手牽手 的 幸福

親子共享的70款旅行甜味

魚兒——著

北台灣幸福時間

中台灣自在小日子

● 南台灣悠遊時光

東台灣美好行旅

NORTH

北台灣
幸福時間

TAIWAN

海角一日行

和平島海角樂園 × 國立海洋科技博物館

ⓐ 和平島海角樂園

基隆是一個充斥著老社區老住宅且經常下雨的城市，雖然氣候不太穩定，但卻有令人響往的海邊。小時候住都市，當時交通不發達，沒什麼機會往海邊走，印象中跟著家人去過幾次，聽說我很喜歡看海，在港口看大船入港，但也很會暈船，這個故事仍在家族裡流傳到現在。翻開兒時所留下的照片，已是陳舊泛黃，背景模糊，憑藉著腦海中的記憶，打算帶著跟我一樣喜歡觀浪看船的明太子，重返我的童年時光。

和平島在基隆地區算是頗著名的熱門景點，每逢週末假日總是湧進許多觀光人潮，尤其以親子家庭最多。與基隆市僅以一座和平橋相連的和平島，曾經封閉了三年，一直到二〇一二年重新整頓開放之後，讓來訪的遊客數逐年攀升。這兒的地質景觀非常特殊，幾乎保留了原始的景觀與自然生態，是一所天然的教學教室，讓孩子們親眼見識了大自然

最原始的面貌。

　　和平島的夏天很瘋狂，人造沙灘、海水泳池，以及兒童戲水池，每個孩子幾乎是全副武裝上場，想玩什麼就玩什麼，讓前來戲水的遊客絡繹不絕；而秋冬季節則是賞景、散心奔跑的好去處。園區另提供露營烤肉的服務項目，只要先預約便能使用，也請使用者僅記安全規範。

　　由於地處偏遠，附近很難找到餐廳，我們決定就地解決吃的問題。遊客服務中心裡的藍媽媽餐廳，有全台唯一的海藻餐，既營養健康又美味，很建議嚐鮮。海角樂園園區佔地寬廣，沒有過多的人工造景，是一座大型的自然生態公園，既能玩沙又能玩水，還能不停的奔跑曬太陽，肯定是孩子們最喜歡的遊樂場所。這裡有海水、沙灘、步道、地質、生態，海角樂園讓大家一次走個夠、玩個夠、看個夠，上山下海玩透透！這兒曾是許多基隆人的回憶，也讓外地來的遊客找回過往的童年樂趣。

02，2463，5999
基隆市中正區平一路 360 號
每日 0800-1800（夏季 6-8 月）
每日 0800-1700（冬季 9-5 月）
FB ｜和平島海角樂園

4

1 和平島保留最原始的景觀生態，是一間天然教學場所　2 遼闊的風景，雄偉的堡壘，和平島很適合親子家庭前往　3 以海藻入味的餐點既營養又不失美味，巔覆了早期對海藻的觀感，連孩子也嘖嘖稱奇　4 和平島曾經封閉了三年，一直到 2012 年才重新整頓開放

ⓑ 國立海洋科技博物館

明太子自從上了學,突然對地球感興趣,要求我們買個地球儀給他當作聖誕禮物,我們也曾經告訴他,地球有百分之七十是海洋,他還不太能理解這個數字,一直有疑惑,所以離開海角樂園之後,趁著他求知慾未減,帶他來到國立海科技博物館。

基隆靠海,海科館選擇在此處落腳,算是佔了地利之便,總面積 48 公頃,它是除了屏東的海生館,另一座以海洋為主題的博物館,闡述海洋與人類生活的交互關係,而其中絕大部份著重於海洋科技的展現。

館內有數個不同的主題館,如:深海影像廳、船舶廳、環境廳、水產廳、探索廳等,利用不同角度跟大家說明海洋相關知識,進一步認識海洋生態的重要與獨特性;區域探索廳則是介紹基隆八斗子的過去與現在,透過影片及模具等說明海洋對於附近居民的重要性,也可以看到漁村的演變;而 IMAX 3D 同樣非常受到歡迎,先進的 3D 技術、擬真的音響特效,讓人有身歷其境的臨場感,吸引眾多幼兒園以上的孩子入內欣賞影片;當然,多數的家長可以說是衝著兒童廳前來,這一廳等於是學齡前孩子的遊樂場。在九個展廳之中,兒童館是專為 4-8 歲孩童所設計的,是一個以海洋為中心的冒險空間,也是全國第一個以海洋為主的兒童樂園,有溜滑梯、雲朵、假山,甚至能玩競賽、躲貓貓、探險及模仿遊戲,讓孩子可以開心學習,並從不同的環境佈置中進一步認識海洋。

海科館帶給我們許多海洋知識,離開前,明太子劈哩叭啦的說一堆,最重要的一話:「水很重要,因為地球沒有水會生病,人也會生病,要愛惜它,不能浪費,也不能把垃圾丟進大海裡,這樣就沒有乾淨的水喝了!」就是這句話,值回票價!最後不免俗的逛逛商店,他選了一隻海豚作伴,結束滿載而歸的一日小旅行。

02‧2469‧0731
基隆市中正區北寧路 367 號
平日 0900-1700 ╱假日 0900-1800
www.nmmst.gov.tw

1 讓孩子有最真實的臨場體驗　2 以海洋為主題的博物館，闡述海洋與人類生活的交互關係，而其中絕大部份著重於海洋科技的展現　3 建築具科技與現代感，甚至讓孩子聯想自己進入一艘太空船裡呢　4 海科館外觀有如一艘大船，帶著大家航向海洋探索深海秘密

基隆站
ROUTE
2

聽海風說故事

基隆港海洋廣場 × 中正公園 × 龍貓公車亭

1

ⓐ 基隆港海洋廣場

　　想起小時候爸爸媽媽帶我到基隆搭船卻暈船的故事，至今仍在家族裡流傳著，偶爾會成為家人茶餘飯後的話題。而明太子跟我一樣，對於上船這件事總

是考慮再三，但卻很喜歡待在港口細數船隻，看大船入港，尤其小男生對貨櫃很著迷，看貨櫃推疊時總覺得像是在玩樂高積木般的有趣。因此，我們選定了

某個假期，帶他去看大船入港。

　　基隆港是台灣的第二大港口，也是北部很重要的海運樞紐。三面環海，被視為基隆門面的海洋廣場位於人來人往的車水馬龍地段，經常舉辦一些活動，如：商演及藝術展覽等，經常在假日吸引大批民眾前往，熱鬧非凡。還記得黃色小鴨嗎？它也曾在廣場出現過，為了一睹它可愛的萌樣，海洋廣場可是天天爆滿，活絡了附近商機，也帶來了蓬勃生氣。

　　有一次，我們帶明太子去看羊咩咩展，也是海洋廣場上舉辦的活動，邊走邊拍，但他的眼睛永遠是望向海洋，只要有船移動，他就會大聲嚷嚷，一副很興奮的樣子。見到麗星郵輪，他說以後也想搭乘；見到清掃海洋的船隻，看得更是仔細，所有小細節都不放過，一待就是十分鐘，直到船隻駛離他眼前。海洋廣場兼具景觀美化與休憩功能，白天在觀景平台欣賞海灣美景，看船隻入港，夜晚透過燈光點綴，變身成浪漫迷人的約會場所，是一處適合溜小孩的無料景點。

基隆市仁愛區忠一路與孝二路口
全年開放

1 小孩都喜歡看大船入港，而海洋廣場正是賞船的好位置　2 雖已繁華不再，但在大家心中仍佔有一席之地　3 廣場經常舉辦商演及藝術展覽，活絡了商圈也帶動了基隆的觀光　4 海洋廣場兼具景觀美化與休憩功能，白天在觀景平台欣賞海灣美景，是一處適合溜小孩的無料景點

ⓑ 中正公園

　　街邊午餐用完，看明太子一副還不
想午睡的樣子，精神好得很，距離太陽
下山至少還有二個多小時，決定找個地
方散散步，帶這位五歲娃兒去把他那過
人的體力給消耗掉，順便消化肚子裡的
午餐。

　　來到基隆著名的中正公園，或許是
太陽公公難得露臉，偌大的廣場上出現
人潮，大人們在一旁悠哉地聊天散步，
孩子們則開心的互相追逐，非常熱鬧。
廣場周邊也出現了各種類型的攤販，像
小市集般提供付費的小遊戲給孩子們體
驗。明太子對砂畫感到好奇，不懂為什
麼有顏色的砂子可以黏在畫板上，有了
一次的經驗後，愈來愈上手，覺得它好

有趣。接下來的釣（撈）魚樂及電動車
駕駛同樣讓他開心許久，孩子就是喜歡
在這樣的空間活動，對他們來說是既自
在又享受的玩法。

　　公園的前廣場是賞景的最佳位置，
被山與海圍繞的基隆港非常壯觀，大房
子變成一個個小木柴盒，明太子透過望
遠設備將整座港口放大看的更清楚，看
到遠方大型機械運作更是激動地指指點
點，一下子便冒出許多問題。中正公園
很大，環境舒適，不僅是大人們喜歡的
休閒場所，更是孩子們的歡樂天堂。

基隆市信義區壽山路 17 號
全年開放

ⓒ 龍貓公車亭

除了眾所皆知的中正公園，原本壽山亭的位置又多了一處龍貓公車站的彩繪，胖嘟嘟的龍貓手中撐著雨傘，傻傻站在公車站前等車來的萌樣，吸引許多遊客前來取景。這裡被私人團體佔用了很長一段時間，最後因為影響周邊居民而遭檢舉，基隆市府在拆除了相關違建後，以天空之城的彩繪塗鴉與綠化植栽

的方式，重新為這片土地帶來新生命，也讓更多遊客看見基隆的美。至於這可愛的龍貓彩繪則不在既定的規劃工程裡，而是一位不具名的藝術創作者所留下的作品。無論如何，龍貓的萌樣深深烙印在大家心裡，在這活靈活現的龍貓彩繪面前，明太子可愛的問了一句話：「龍貓公車會來嗎？」童話故事總是帶給孩子們希望與諸多想像，來陪孩子們一塊兒等公車吧！對了，記得帶把傘上來，拍起照來會更有味道，更能融入主題哦。

基隆市信義區壽山路 201 號
（由中正公園入口處往山下步行約 3-4 分鐘，
進入右側壽山亭即可抵達）
全年開放

1 中正公園可遠眺港口，景色美不勝收　2 做砂畫的傳統童玩在此地也很熱門　3 廣場上什麼都能玩，是小孩的遊戲場　4 跟龍貓經典場景拍張照確實很可愛押

台北站
ROUTE
1

陽光下迎風賞景趣

陽明山二子坪 × 納美花園 × 士林親子館

ⓐ 陽明山二子坪

　　親子旅遊不設限，帶孩子登山健行是鍛練出強健體魄的不二法門。明太子自小就跟著大人們走步道，也因此練就出好腳力，當時未滿四歲的他，最遠的來回路程約 4 公里，很驚人吧！

　　陽明山是台北人的後花園，這兒的自然生態景觀、美麗的花草樹木、還有那都市裡無可取代的新鮮空氣，讓許多人即便是飄著綿綿細雨，也一定要上山走一趟。二子坪步道位於大屯山的西南

側，是通往主峰、向天山，以及休憩區的入口之一。其中二子坪地勢開闊，全長 1.8 公里，生態池塘孕育著多種水生植物及蛙類，走一趟二子坪步道，便能體驗森林的多樣性植被，讓孩子感受不一樣的生態之旅。二子坪路面平緩，還建造出全台首創野外無障礙步道，讓長者與小孩皆能暢行無阻。步道每隔 200-300 公尺就有休憩椅，是一條很方便且設想周到的健行步道。抵達目的地的風景可說是如織如畫，美不勝收，孩子盡情玩耍奔跑，看生態，大人也能輕鬆愜意坐一旁吹風賞景，非常適合親子家庭出遊。

02・2861・3601
台北市陽明山竹子湖路 1-20 號
全年開放

1 良好的生態、新鮮的空氣，與大自然為伍一整天　2 自然淨化的人工濕地　3 詩情畫意的二子坪

ⓑ 納美花園

佔地利之便，陽明山上的景觀餐廳一間間開幕，尤其在揮汗淋漓之後，特別想找個既可觀景又能啖美食的好位子，舒舒服服的坐下享受餐點。

納美花園是一間私人別墅，佔地約六千多坪，設有生態景觀區、養生料理餐廳，以及花園別墅區，與一般的景觀餐廳相比，它既寬闊還小有看頭，假日若沒有事先預約，大概得在現場候位等上一段時間。雖然是私人別墅，但環境整理得不錯，數年來堅持以環保自然的方式開墾花園，不使用破壞生態的農藥，以自然的方式讓植物生長。眼前所見的一草一木，都與大自然融為一體，有生態池、有溪流，還能聽見蟲鳴鳥叫聲。最棒的是那片超大草皮，孩子們可以不受拘束盡情奔跑，大聲嬉戲。納美花園提供養生料理，結合陽明山的健康蔬菜，還有各地的新鮮食材，製作出一道道美味可口的佳餚。不過這兒的餐點份量不算大，若需要與孩子一起分享，建議加點附餐做成套餐份量較足。

02．2861．5800
台北市士林區仰德大道三段 250 巷 11 弄 51 號
週一至週五 1100-1830 ／假日 1000-2100
www.navigarden.com

1 遼闊的大草皮無料入場，快來玩吧　2 花園有各式美麗的花朵正繽紛的綻放著呢　3 食材處理的不錯，唯份量稍嫌不足

ⓒ 士林親子館

1 小男生最愛的嘟嘟車　2 好逼真的人體娃娃道具　3 給醫生看病一點也不可怕

　　在戶外與陽光為伍好幾個小時，若孩子體力尚足，不妨考慮來親子館大玩特玩！在眾多親子館當中，士林親子館的規模算是數一數二的，別說假日，就連平日也得先預約才行。它是台北市第十一座親子館，也是第七座托嬰中心。當初台北市的政策是希望一區一親子館，以及一區一托嬰中心，看來慢慢被付諸實行了。館內遊樂設施豐富且多元，主要服務六歲以下的孩童。為了維護遊樂空間的品質，特別規劃 0-2 歲寶寶探索區，2 歲以上的孩子有更多可以玩的設施，像是扮家家酒區、看診區、閱讀區及體適能區。除此之外，館內最熱門的莫過於模擬車道，甚至設有紅綠燈，讓孩子在玩樂之餘還能學習遵守交通規則，同時體驗道路架駛的樂趣。而診間裡一個做的維妙維肖、可以開腸剖肚的人偶，正是給孩子們了解身體器官構造最佳的教學道具。玩投籃、拼齒輪，甚至是擬真的扮家家酒道具，質感好，也讓孩子們玩的很盡興。親子館裡不可或缺的哺乳室及兒童專用小馬桶也一應俱全，如有需要，還有專業人員陪伴孩子，讓媽媽也能有稍稍喘氣的空間。

02・2883・0262
台北市士林區基河路 130 號
每日 0930-1700（每週一休館）
parent-child.taipei

台北站
ROUTE
2

城市郊遊小確幸

貓空纜車 × 龍門客棧 × 樟樹步道 × 台北市立動物園

ⓐ 貓空纜車

　　孩子愈大愈想走出戶外，能賞景又能外食，哪有小孩不愛？明太子過了三歲之後，我們帶他去搭摩天輪，他開心得不得了。有好一陣子他常嚷嚷著要到高處看風景，我覺得重覆搭摩天輪也沒意思，改換去搭纜車似乎是個好選擇！

　　算一算自己也好幾年沒搭纜車了，自從貓纜開通後，我們還不曾上去過，這算是我們一家三口的初體驗吧，如果幸運還能搭到 kitty 包廂哦！甚至有人特別喜歡搭乘全透明的水晶包廂呢！聽說入夜後的動物園站很美，站外的牆上會出現可愛的長頸鹿造型閃閃發亮著，戶外還有迷人的水舞區。週末人潮雖然較多，但從售票口到搭乘區大概才等個十來分鐘，並沒有花太多時間在排隊。

　　貓纜全長 4.03 公里，是台北市內第一條纜車，收費不高，中間有一站能通往市立動物園，來這裡的幾乎都是攜家帶眷。大部份的孩子一看到纜車進站都會開心尖叫，把站裡的氣氛炒得好熱鬧。建議大家，週末早晨搭纜車的人潮較少，不擁擠又舒適，也較容易找到停車位。

02・2181・2345
台北市文山區新光路二段 30 號
週二至週四 0900-2100 ／週五至假日前一日 0900-2200
週末及假日 0830-2200 ／週日至假日最後日 0900-2100
www.gondola.taipei

1 夕陽餘暉下的景色美不勝收　2 美食小吃林立，方便覓食

ⓑ 龍門客棧

1 客棧設有包廂提供給多人家庭選擇　2 口味清香的茶油麵線很受歡迎　3 油脂分佈均勻，肉質鮮嫩的甕仔雞是店家必點招牌菜

　　由於當地是茶葉產地，故隨處可見觀光茶園及茶餐廳。纜車抵達此向之後，二側咖啡廳、餐廳、小吃林立，美食選擇很多，某幾間商家甚至不須預先訂位便能入內用餐，挺方便的。從纜車站下車處步行僅約 4-5 分鐘，便能輕鬆抵達龍門客棧。聽說這兒的甕仔雞很好吃，所以訂位時我們己跟店家先預訂了一隻，準備好好大快朵頤一番！既然是茶餐廳，就要試試以茶入味的料理，像是茶油麵線、茶香刈包等都是推薦的茶香特色料理，在一般餐廳可是吃不到的喔。不過那隻受歡迎的甕仔雞油脂豐富，而且份量超大，建議有超過四名以上成人用餐時再預訂，否則肯定得打包回家了。

02・2939・8865
台北市文山區指南路三段 38 巷 22-2 號
每日 1100-0100
FB ｜貓空龍門客棧

ⓒ 樟樹步道

1 步道平坦，搭配四周風景，慢慢散步好悠閒 2 沿線的茶園風光、景觀水池、牛車、穀倉等農村意象設施，讓遊客一探農村生活 3 近年搖身一變成為當地最具特色及最熱門的登山步道

吃飽休息一下，該起身消耗卡路里嘍。距離餐廳僅二分鐘路程的樟樹步道，全長 1.1 公里，原是貓空四通八達的保甲路線之一，近年搖身成為頗具特色又熱門的登山步道，後期規劃出平緩型步道，適合各年齡層休憩、賞景。沿途所見以農村為主題，有景觀生態水池、牛車、茶園、土角厝、穀倉等，富含當地人文歷史，還能按圖冀索找出打印台的位置，玩玩蓋印章的尋寶遊戲；同時隨著不同季節及作物的收成，展現出農村多樣性的面貌，每年三月初到三月中是魯冰花盛開的期間，運氣好便能欣賞一望無際的花田，快帶著孩子們來放慢步調體驗農村樂吧！

捷運動物園站下車，轉乘貓空纜車於貓空站下車，循指南路三段 38 巷往三玄宮方向步行，進入樟樹步道。全程步行時間約 40 分鐘
全年開放

ⓓ 台北市立動物園

　　貓纜周邊最夯的親子景點莫過於市立動物園了，老虎、獅子、大象是動物園裡的要角，可以說是從來不缺席。從木柵搬遷來到這兒，園區整個煥然一新，門面變大了，主題也多了，跟小時候對動物園的印象截然不同。實際帶孩子走一趟，才發現他們對動物的認識只停留在平時常見的小動物，對於梅花鹿、野豬、穿山甲甚至是黑熊及獴這一類較少見的，幾乎完全喊不出名字，這倒也讓我們趁機來一場機會教育。

　　每週有二天的說故事時間，是校外教學最常替孩子們預訂的活動；恐龍館裡有二層樓高的恐龍化石，難得孩子們沒受到驚嚇，反而開心地圍在一旁東問西問。動物園曾是許多大人們的回憶，也是唯一讓孩子更親近動物的地方，而早期看到的動物都是被關在籠子裡的，為了改善動物們的圈養環境，現在幾乎不見動物被關起來的情形，但為了讓孩子親身體驗被關著那種不舒服的感覺，園區特別設立了箱籠體驗園地，待在籠裡的感覺真的好無助啊！無論行程規劃上，是搭過纜車再來看小動物，或是先到動物園再搭纜車，都很方便，也都將是一連串新鮮的體驗哦。

02・2938・2300
台北市新光路二段 30 號
每日 0900-1700
www.zoo.gov.taipei

1 北部規模最大的動物園，是親子家庭最常造訪的景點　2 各館主題不同，恐龍館驚叫聲連連，刺激有趣

台北站
ROUTE
3

城市 FUN 心玩

國立台灣科學教育館 × 台北市立兒童新樂園 × 伊莎貝拉風情館 × 士林官邸

ⓐ 國立台灣科學教育館

　　位於士林的國立台灣科學教育館，是一個學習科學教育的大寶庫，非常適合像明太子這樣喜歡問「為什麼」的小孩。館內的常設展提供了豐富的科學知識，透過最生活化以及最炫的方式精采呈現在小朋友面前，三不五時還會穿插一些可愛有趣的展覽，如：氣球人歷險記等，幾乎所有的孩子都會喜歡。館方

還會在寒暑假期間安排各項不同的體驗活動，帶領孩子一步步前進科學領域。緊張刺激的 3D 電影院，讓孩子們知道科學並不如想像中的枯燥乏味，而是與生活緊密結合，讓孩子們愈來愈喜歡科學，愛上科學，並且 fun 心玩科學！

　　除了展覽及活動，B1 樓層設置了兒童益智探索館，分成塗鴉區、身體探索區、親子互動學習區、益智教具遊戲區。與一般坊間遊戲室的不同之處，它的設計概念，是透過探索、想像以及玩樂，讓 2 至 9 歲的孩子盡情地自由發揮，啟蒙孩子的科學概念。帶孩子來動動手，玩腦力激蕩，一起來長知識吧。

02・6610・1234（分機 1000、1005）
台北市士林區士商路 189 號
每日 0900-1900（每週一休館）
www.ntsec.gov.tw

1 館內設施讓孩子動靜皆宜　2 3D 劇院在每年寒暑假常常滿座，不可錯過　3 透過教具操作刺激孩子的五感學習　4 鏡面畫板擦拭容易，讓喜愛塗鴉的孩子愛不釋手　5 館方經常舉辦適合親子類型的展覽，主題生動活潑鮮明並啟發孩子的好奇心

ⓑ 台北市立兒童新樂園

1 壯觀的彩色摩天輪　2 園區附設親子餐廳，兒童餐份量十足　3 新樂園新氣象，但兒時回憶依舊　4 五彩繽紛的樂園帶給孩子們歡樂童年

科教館旁的兒童新樂園也是週休二日家長帶孩子出遊的首選之一，它可是全台唯一適合三代同遊，並且曾經讓許多家長擁有兒時回憶的夢想樂園。揮別舊設施，新樂園帶來了繽紛的色彩，硬體及親子友善空間更是規劃的很完善，有方便的置物櫃、多樣化選擇的餐廳、大型劇場、不怕熱的室內遊樂場，幾乎是滿足各年齡層的孩子。更方便的是，

拋開厚重的零錢包，只需一張悠遊卡就能玩遍各項設施，可說是一項非常便民的設計，讓大家稱讚有佳。

02‧2181‧2345
台北市士林區承德路五段 55 號
每日 0900-1700 ／週六及寒暑假 0900-200
www.tcap.taipei

ⓒ 伊莎貝拉風情館

外觀充滿異國風情的伊莎貝拉風情館，乍見名字是一間很浪漫又有情調的餐廳，但其實裡頭最大的賣點出乎意料之外哦。它原本是一棟破舊不堪的老房子，經過店家巧妙設計改造之後，以西班牙美麗的胡蝶「伊莎貝拉」命名，三個樓層呈現出完全不同的風格。這兒的餐點選擇非常多，有飯有麵，有比薩有焗烤，還有點心下午茶。主打二合一主餐，份量大，食量不大的媽咪建議跟寶貝共享一份餐，否則會吃不完呢。當然，孩子最期待的還是一樓的遊戲室，吃飽喝足了飛也似的衝下樓準備開玩。遊戲室以麵包超人為主題，有球池、小型溜滑梯、玩偶、積木、料理台、小車車等，雖然空間有限，但每個孩子進去後就沒

人想出來了，這時候父母便可以輕鬆用餐嘍。餐廳特別規劃出一個放置嬰兒推車的空間，好方便來用餐的家庭，是不是很貼心呢。

02・2883・3820
台北市士林區中山北路五段 505 巷 24 號
平日 1130-2100 ／假日 0900-2130
www.isabella.tw

1 低矮的坐位讓大人小孩皆感到輕鬆，慵懶感油然而升　2 盤腳坐著用餐也很舒服哦　3 1+1 的主餐提供更多的選擇　4 遊戲室麻雀雖小五臟俱全，還有迷你球池

ⓓ 士林官邸

　　士林官邸就在伊莎貝拉風情館對面巷內，很適合在吃飽飽之後來散步賞花。

　　說到士林官邸，大家對它印象最鮮明的，就是每年的梅／蘭／菊花展，可說是熱鬧滾滾，壯觀的人海絕對不輸給花海。它自 1996 年 8 月全面開放後，便成為台北市第一座生態公園，除了官邸部份不開放參觀之外，園區內的花草樹木都是北市民眾假日休閒踏青的好去處。明太子從小就喜歡花，我們覺得這裡很適合帶孩子來親近植物，也順便教教他們如何愛惜花草樹木吧！

02・2881・2912
台北市士林區福林路 60 號
每日 0930-1200、1330-1700（每週一休園）
www.culture.gov.taipei/frontsite/shilin

1 大片綠地讓都市人備感舒適，彷彿置身於大自然中　2 草木扶梳的官邸令人心曠神怡，平坦的步道老少皆宜
3 官邸花展每年都很有看頭　4 是賞花也是欣賞藝術品

台北站
ROUTE
4

微風散步日和

山水綠生態公園 × 磚窯古早味懷舊餐廳 × 台北找茶園

ⓐ 山水綠生態公園

　　山水綠生態公園原是垃圾衛生掩埋場，也是台北市第二座標準垃圾衛生掩埋場，佔地約 65 公頃。後期經由復育的方式轉變成綠地，與原來的掩埋場景觀樣貌很不一樣，頗有山水綠的意境，故名「山水綠生態公園」。這兒非常寬闊，雖然是假日來訪，遊客多卻不感到擁擠，伴隨著微微涼風，讓人覺得舒適。

　　一望無際的大草皮，是提供孩子盡情奔跑的地方，這兒的草不長，跑起來

沒有障礙，也沒什麼阻力，挺適合小小孩，連寵物也能進來。第一次來還搞不清楚方位，小小繞了一下，發現大人小孩都往高處走，趕緊跟在後頭，原來遊樂設施在比較高的地方，愈靠近那裡，孩子的笑聲愈漸清晰。總算，我們來到孩子的遊樂天堂！沙坑、溜滑梯，溜滑梯、沙坑，所有的孩子反覆來回跑，一下跳進沙坑，一下子又爬上溜滑梯，樂此不疲。沙子堪稱乾淨，可以放心玩，而且在戶外，空氣不錯。頭頂上方架設了棚子，無論是晴天還是雨天，依然可以盡情玩耍，完全不用擔心日曬雨淋，真是設想周到啊！

除了兒童遊樂設施，園區也設置健身器材供民眾免費使用，還有另一區資源回收分類區，也有溜滑梯及沙坑哦。

遊客中心有許多像是鐵鋁罐搭建而成的景觀牆等資源回收再利用的範例，讓大家在休閒玩樂之餘，還能提升環保意識，讓孩子了解動手做環保是保護大自然最重要的課題。此外，山水綠很適合野餐，當天看到好多搭著小帳蓬及舖著野餐墊的家庭，小孩就在長廊上邊吃著飯糰，邊玩起踩高蹺、滾鐵圈等童玩遊戲，很有趣呢。不過離開之前，記得將環境收拾乾淨，留給下一位遊客舒適的使用空間。

02・2651・1434
台北市南港區南深路 37 號
每日 0600-2200

1 遮陽設施成功隔離夏天炎熱的陽光　2 綠地、沙池、溜滑梯組合成一座小型兒童樂園　3 回收鐵鋁罐築成的環保牆深具教育意義　4 大面積的草皮是安排親子活動的最佳場所

ⓑ 磚窯古早味懷舊餐廳

無論玩沙或玩水，小孩只要一放出門就開始消耗體力，更別説在大太陽底下待了二個多小時。多數孩子禁不起餓，明太子更是從小就很依賴食物補充體力的孩子，帶他簡單沖個水，把身上的沙洗淨，得趕緊找個地方覓食，給他補充流失的體力。同樣位於南港地區的磚窯古早味懷舊餐廳，附近好停車，以供應單點的合菜為主，吃多少點多少，就算是小家庭也很適合。店裡收藏許多已經絕版的大同寶寶以及雜貨童玩等，一般市面上是很難看到的，全是老闆的私藏品。

磚窯帶著濃濃的古早味，新切的懷舊物，以及屬於「那個年代」的美味佳餚。在都市裡要看到磚砌四合院並不容易，這讓我回想起小時候媽媽帶我們姐弟回雲林鄉下看外婆，外婆家就是這種紅磚砌成的房子。只是這裡不同的是，大門與馬路僅一線之隔，形成了強烈的對比。不過呢，在裡頭用餐其實很安靜，並不會受大馬路上車輛往來的聲音影響。

白斬雞、古早味軟豆腐、陳年菜脯雞等都是店家推薦具代表性的懷舊料理，而我們全家都愛的菜脯蛋，更是懷舊料理必備的桌上佳餚哦。餐後別急著離開，帶著孩子體驗打彈珠的樂趣，也可以在柑仔店裡淘寶，讓孩子陪著我們一起回味吧！

02・2788・9040
台北市南港區松河街 318 號
每日 1100-1400、1700-2100
www.brick-kiln.com.tw

1 名符其實的「灶腳」 2 古色古香的磚窯建築令人玩味 3 餐廳運用大量的收藏品營造出復古氛圍 4 店家推薦的鹽酥蝦美味又便宜

ⓒ 台北找茶園

我們夫妻倆很喜歡喝茶，大概因為從小就看我們喝，明太子也變得對茶很感興趣，三不五時就跟我們討茶喝。某次跟朋友聊天，得知台北有一處適合品茗的好地方，而且環境優雅舒適，當下就覺得應該很適合我們一家三口，讓我不時地想找機會來坐坐。

沒有人會豪邁飲茶，舉杯品茗必須緩慢且優雅。當我們靜靜的看著茶葉在壺裡伸展開來，這是一種享受放鬆的過程。台北找茶園過去是一棟為了保存南港茶鄉歷史的建築物，透過文物及相關資料說明，可以了解製茶的辛苦與文化。後來有段時間因結構性問題，而進行重建工作。重生後的找茶園，提供了更舒適更自在的品茗環境，除了茶，還有精緻茶點組合，帶領大家感受不一樣的品茗藝術。

總會有人問，孩子來這兒適合嗎？還記得明太子第一次看到茶葉時，好奇的捧在手心裡張望著，當我們跟他解釋沖茶的過程，他驚呼一聲：哇！茶葉變大了耶！當時他才三歲。製茶是台灣具代表性的文化產業之一，讓孩子多接觸，他們便會感興趣，融入並認同台灣文化。長智慧的同時，別忘了預約動動手做DIY。台北找茶園提供導覽及數十種DIY體驗，像是茶染、紅茶凍、茶包、五彩小湯圓、奶茶布丁、彩繪茶餅、製茶體驗等豐富有趣的內容，是親子同樂的好去處。

02・2653・0333
台北市南港區舊莊街二段 336 號
平日 1030-1700 ／假日 1000-2200
www.taipeitea.com.tw

1 半山腰上的台北找茶園靜謐雅緻　2 精緻美味的茶點，視覺味覺雙享受

台北站
ROUTE
5

與自然親近一刻

白石湖風景區 × 穠舍田園咖啡 × 大湖公園

1

ⓐ 白石湖風景區

　　白石湖吊橋位於內湖的白石湖休閒農業園區裡，吊橋入口處就在開漳聖王廟旁，目標醒目好找，停車更是方便，無論假日或非假日都能見到遊客到此安排休閒活動。吊橋全長 116 公尺，以龍骨意象建造，從東邊龍船岩連接白石湖山，經過大崙頭山一直到圓覺瀑布為止，從空中俯瞰就像是一條巨龍。它是一座無懸吊纜繩的隱形吊橋，當初搭建吊橋的原因，是方便遊客進入園區裡的草莓

園。以往每年的草莓季開始時，大家總是爭相跑到苗栗跟其它遊客擠破頭，現在來一趟白石湖就能體驗採草莓的樂趣。不過這裡的草莓園只有假日才開放，而且需事先預約以免撲空哦！

　　園區裡的步道算是平緩，不見坑坑洞洞凹凸不平的路面，對年長者及孩子來說皆便於行走，但還是要時時叮嚀及留意年紀較小孩童的狀況，禁止在步道上奔跑才安全。再往裡頭走，步道一分為二，不過最後都會回到同一個地方，建議來回走不同路，可以看見不一樣的沿途風景。小徑走到底有幾個店家，販賣咖啡、餐飲及一些小點心，平日沒什麼遊客，有些店家甚至不會開門營業，假日也許會多一些人潮。其中推薦大家到茗穀屋坐坐，嚐嚐他們的豆花及蔥油餅，我們覺得鹹甜都美味。除此之外也有蛋糕、手工餅乾、蛋捲、關東煮及各式飲品，小小一家店卻提供多種選擇，成了半路休憩的最佳場所。吊橋串連了果園、濕地湖泊以及花卉景觀生態等，更設置了觀賞平台，是一個挺愜意的小景點。

白石湖風景區
台北市內湖區碧山路 24 號（碧山巖停車場旁）
全年開放

茗穀屋烘焙工作坊
02‧2792‧8899
台北市內湖區碧山路 30-5 號
每日 0900-1800

1 全長 116 公尺的吊橋美景盡收眼底　2 雙心生態池　3 茗穀屋的豆花好喝不甜膩　4 多數商家都在假日開放

ⓑ **穇舍**

明太子跟著我們開心又悠閒的散步二個多小時之後，喊著肚子餓了，還好我事先做了功課，馬上帶他到園區裡的穇舍田園咖啡用餐。普羅旺斯風的外觀，店家販售的是義大利麵，這種建築風格，個人挺喜歡的，在色彩調配上引發出美麗的視覺效果。穇舍前身是晒穀場，在我的年代可是要走進鄉下地方才有機會見到，像明太子這麼小的都市孩子，哪知道什麼叫晒穀場，今天有機會來一場知識導覽。

能把晒穀場改成眼前的樣貌也著實不簡單，既不失原有的農村味兒，還將土地利用的很完善，簡直像是都市人的秘密花園。廣場上有溜滑梯、小車子、搖搖馬、盪鞦韆，還有粉筆塗鴉耶！真讓人懷念從前唸書的日子，粉筆在黑板上發出聲響，學生則在下面偷懶睡覺⋯⋯舒適的戶外休閒區方便父母陪孩子在廣場上玩耍；每到夏天，店家就會搬出充氣的戲水池，放幾顆球給小孩玩。中英文對照的菜單讓人覺得這家餐廳很有誠意招待國外來的朋友。室內採挑高設計，餐桌椅大又舒適，沒有壓迫感。這裡的餐點份量適中，蟹肉泡芙與焗田螺，小小的前菜令人驚艷，牛肉腸南瓜寬麵是一道很特別的義大利麵，在許多餐廳是看不到的，少許勾芡依附在麵條上，而寬麵則提升了口感層次，還辣得很夠勁。整體來說，餐點在水準之上，雖說假日有 90 分鐘的用餐限制，但我覺得已經非常充裕，甚至還有足夠的時間帶孩子唸繪本，或者到田園裡散步，說不定還有許多小收獲及意外驚喜哦！

02・2796・2819
台北市內湖區碧山路 38 號
每日 1000-2100
FB｜穇舍田園咖啡義大利菜

1 漂亮的南法鄉村風建築 2 法式前菜表現的可圈可點，餐點美味可口 3 仿三合院的縮小版庭院像孩子的小遊戲室

ⓒ 大湖公園

1 在大草皮上競賽非常有趣　2 兒童區的人工飄飄河深受孩子喜愛

　　熱呼呼的夏天，小孩第一個想到的就是戲水！在穀舍玩得不夠盡興，我們準備再帶明太子前進附近的大湖公園好好的泡泡水。建造至今已有三十餘年的大湖公園，風景秀麗，彷彿一幅畫，曾在二〇一二年登上法國世界報。二〇一一年公園開始新的建造工程，計劃裡包含了泳池的規劃，並在二〇一四年以嶄新的面貌跟大家見面！

　　公園腹地廣大，環境整頓良好，是附近居民最佳的休閒場所。尤其在捷運站完工之後，更方便民眾前往。廣大的草地是居民最佳的活動空間，有老師在教學生踢球，還有團體在這裡辦活動，草地也是小孩的最愛，玩球、奔跑、翻滾，孩子的笑聲不斷。不過夏季最吸引孩子來的原因當然還是泳池設施，一票玩到底的服務讓大人們豎起大姆指說讚！依身高規定分別有大中小三座泳池，最淺的是六十公分，都有大人陪；中型的水深約八十公分，有漂漂河可以繞圈圈玩，這裡比較多五歲以上的孩子，兩個池子裡頭都有滿滿的玩具鴨子；另外最大的是成人池。此外，不僅戶外有池子，室內還有熱呼呼的 SPA 池，很適合冬天或是不想曬太陽的朋友使用。

　　大湖公園擁有豐富的自然生態，亦是鳥類的棲息地，甚至還有魚兒來產卵覓食，即便不是來玩水，也非常適合安排帶孩子來一場與大自然親近的活動。

台北市內湖區成功路五段 31 號（捷運大湖公園站旁）
全年開放

新北站
ROUTE
1

尋找創意童趣

宏洲磁磚觀光工廠 × 陶瓷博物館

ⓐ 宏洲磁磚觀光工廠

　　一直都知道這間觀光工廠，但或許是離家近的關係，反而沒有立即前往的動力，再加上當時明太子玩手作的能力有限，所以遲遲沒有安排。幸好有來，宏洲真的是很不錯的觀光工廠，不僅服務態度良好，導覽解說淺顯易懂，DIY 項目種類之多，讓大人小孩一起長知識的同時，還能一起動手找樂子。

　　宏洲創立於一九七六年，至今已有四十個年頭，是一間擁有許多「台灣第一」的磁磚工廠。走進宏洲，摒除心中對製造業廠房的既定印象，眼前環境帶給大家耳目一新的感覺，空間明亮寬敞，商品陳設井然有序，看起來像是一間精品店，很難想像早期的磁磚工業如今也能轉型成為美觀大方的觀光工廠。

　　店家主動上前招呼我們，看到孩子更是熱情。簡單說明之後，先在櫃檯預約稍晚的 DIY 活動，接著隨導覽員的腳步進行參觀程序。一樓的磁磚展示區僅是

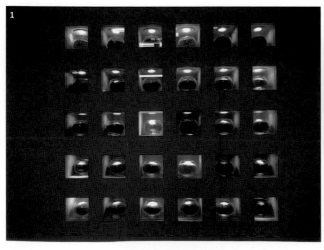

1 從如何取得材料、遴選陶土、檢測、作業流程到製成品，全都是學問　2 宏洲創立於 1976 年，至今已有 40 個年頭，是一間擁有許多"台灣第一"的磁磚工廠　3 導覽集印章領禮物的小活動讓孩子們更樂意走完全程　4 參觀後才知道磁磚不完全是我們想的那樣制式呆板，無論在花色、材質等都可以有很多變化及創意　5 透過親臨現場的走訪體驗，帶領我們更深入磁磚王國的專業領域

所有開發商品裡的其中一部份，聽著說明才知道原來磁磚不完全是我們想的那樣制式呆板，無論在花色、材質等都可以有很多變化及創意，至於精密度、耐磨耐重及其它重要功能開發等，就是展現他們研發實力的時候了。從如何取得材料、遴選陶土、檢測、作業流程到製成品，只要專心聆聽導覽員的解說，都將收獲滿滿。廠房裡的機器仍在運作中，利用高溫窯燒技術，一片片美麗且具功能性的磁磚逐漸成型。

宏洲有專屬的 DIY 教室，經常有學校機關團體包場預約課程，也開放個人預約。我們依明太子的年紀及興趣報名了「馬賽克拼貼」。拼貼不僅可以促進小肌肉靈活發展，還能提升專心度及顏色辨識、數數等，玩個遊戲好處多多，

不玩太可惜。十多年前，誰能想像磁磚也能如此繽紛、熱情、有變化、創意十足呢？你知道磁磚也能成為公共場所的標示牌嗎？來磁磚工廠當然不是來買磁磚，光是學習如何辨識好壞、施工及保養就已值得，更能額外得到許多寶貴的知識以及了解磁磚工業的發展沿革及演化，透過親臨現場的走訪體驗，帶領我們更深入磁磚王國的專業領域。別忘了，緊緊跟著導覽員的腳步走，會看見世上最貴的、最小的、最大的、最多人拼的「磁磚之最」，讓你大開眼界！

02 · 8678 · 2786
新北市鶯歌區中正三路 230 巷 16 號
每日 0930-1700（每週一休館）
www.hjtilemuseum.com.tw

ⓑ 陶瓷博物館

　　每回帶明太子出遊，不全然只是安排他消耗體力，有時也希望讓他嘗試靜態的活動，讓生活產生對比，來點不一樣的發現，對孩子來說往往會有意外的收穫！

　　鶯歌的陶瓷博物館是他從小到大常去的地方，喜歡來的原因是這兒空間大，有藝術氣息，還不定時舉辦活動，也有餐廳，甚至在夏天開放戲水池跟沙坑，而且完全免費。所以有時我們來看展，有時來戲水玩沙，有時則單純讓他跑一跑活絡筋骨，消磨時間。

　　以清水模、鋼骨架及透明玻璃等三大組合元素建造而成的陶博館，我個人尤其喜歡這兒的光影交錯，整體展現出質樸的美感，頗具特色，也是攝影人士的最愛拍攝地之一。館方常舉辦像是音樂會、園遊會義賣等活動，每到假日都很熱鬧，也有各式主題展覽。雖然某些展覽不一定適合較小孩子欣賞，但總會遇上感興趣的。藝術氣質需要長時間培養，我們不急也不給明太子壓力，不過他的「為什麼」倒是不少。

　　館內的 DIY 體驗課程多半與陶藝相關，四歲以上即可報名；若不足四歲，就到戶外曬太陽，戲水玩沙，孩子就很開心了。今年全新開幕的小陶窯遊憩區也正式啟用，是一百二十公分以下兒童的專屬休閒空間，讓陶博館更加活潑有趣了。館內有幾家供應西式餐點的餐廳以及咖啡廳，要找吃的很方便。戶外的窯燒麵包純手工製作，賣的是以健康為取向的五穀雜糧口味，大又有料，每到出爐時間就出現排隊人潮，非常搶手，多數大人小孩都很捧場。

　　整體而言，陶瓷博物館是非常有趣的地方，不妨抽空帶著孩子多來走走，增廣見聞吧！

02・8677・2727
新北市鶯歌區文化路 200 號
平日 0930-1700 ／假日 0930-1800
www.ceramics.ntpc.gov.tw

1 古早味童玩店裡的小時候商品琳瑯滿目，大人比小孩更沉浸在這懷舊的氛圍中 2 陶博館空間大，有藝術氣息，並不定時舉辦活動 3 以清水模、鋼骨架及透明玻璃等三大組合元素建造而成的陶博館，光影交錯，展現出有美感的建築特色 4 陶器窯燒是三鶯地區的特色，博物館裡陳列的設備以及工具讓大家進一步了解製陶過程 5 陶博館的夏天可以戲水，更加熱鬧有趣

新北站
ROUTE
2

日常人文小旅行

陶趣家 × 老街驛站 × 三鶯藝術村

ⓐ 陶趣家

　　鶯歌的馬賽克拼貼在這一兩年算是很流行的一項手作活動，對於從小就喜歡玩動手體驗的明太子來說一定會覺得有趣。陶趣家就在老街上，店家位置並不醒目，在小小的交叉路口僅見一片招牌，若沒有特別留意或事先研究店址，還真不容易看見。好處是它距離各停車場的位置都不算遠，帶著明太子小走一段路，邊逛邊看邊玩老街商店裡的小玩意，不一會兒就來到陶趣家門口。

　　店裡的陳設就像一間小型木工坊，什麼都有，有各式材料工具及成品、半成品展示等，小小孩一進來看到這麼多小東西，當然是迫不及待地想趕緊動手。不過在動手之前呢，得先選一個自己喜歡的木器，而每個木器的設計及功能皆不同，後頭都有標價，依選定的木器決定體驗的價格。有孩子喜歡相框，明太子則選了一個人型撲滿，面積大比較容易構思拼貼的圖案，更有人想挑戰木製小板凳。現場所見無論是花器、椅子、桌子、吊飾等，全都可以馬賽克，讓居家佈置更加五彩繽紛。陶趣家不僅有馬賽克拼貼，還有蝶古巴特以及捏陶體驗，玩 DIY 就是要讓孩子玩出自己的創意，天馬行空想像一下，透過自己雙手完成的往往最有趣也最具紀念價值。

　　老街商店販售陶製茶具及工藝品，也有部份商家提供各式手作體驗，帶孩子來尋寶時別忘了也讓他們玩玩手作，帶給孩子更多無限樂趣！

02・2677・2709
新北市鶯歌區尖山埔路 55 巷 6 號（鶯歌老街內）
平日 1000-1800 ／假日 1000-1900（每週四店休）
diy2.webdiy.com.tw

1 陶趣家像一間小型木工坊，琳瑯滿目的成品與半成品多的數不清，讓人不禁想趕緊動手體驗其中樂趣 2 鶯歌的馬賽克拼貼在這一二年算是很流行的一項手作活動，對於從小就喜歡玩動手體驗的孩子來說一定會覺得有趣。3 木器有不同價位及不同樣式，功能也大不相同，其最大的特色就是帶回家的成品是百分百可利用的，非常物超所值

b 老街驛站

　　台灣的老街小吃店林立，各有其特色，而鶯歌老街上放眼望去，重複性質的餐飲店還不少，這回我們想嘗試不一樣的味道，選擇來到老街驛站。它是一間複合式餐飲店，空間堪稱寬敞，其中較特別的是餐廳裡附設了陶藝教室，不只來用餐，還能兼玩陶！

　　建築有部份以紅磚堆砌而成的壁面，隨處可見農村使用的器具及小工具，內部陳設呈現出古早農村的感覺，再加以鶯歌著名的陶器品做裝飾，有幽古幽然之情。老街驛站主要供應中式餐點，紅燒牛肉麵、排骨酥米粉、苦茶油麵線、里肌排飯等，菜單裡多達二十種以上的主餐，八種以上的小菜，以及超過二十五種的冷熱飲，一間不算挺大的店，卻提供如此多餐飲的選擇，而且便宜又好吃，我們各點一

份燒肉乾拌麵及苦茶油麵線，再來一碗白蘿蔔湯以及免費的無限暢飲紅茶，就讓人很滿足了。

　　隱藏在數家陶藝店裡的老街驛站，餐點組合重覆性低，選擇性高，價位親民，簡單的主餐加幾樣小菜，帶點淡淡懷念的古早味，在老街裡也算是小有特色。

02・2679・2144
新北市鶯歌區尖山埔路 48 號
平日 1100-1600 ／假日 1100-1900

1 建築有部份以紅磚堆砌而成的壁面，隨處可見農村使用的器具及小工具，內部陳設呈現出古早農村的感覺 2 餐廳裡附設了陶藝教室，不只用餐還能兼玩陶 3 餐點組合多，重覆性低，價格親民，不少家長帶孩子回訪的機率頗高，像我們就來了三次嘍

ⓒ 三鶯藝術村

三鶯新生地佔地 9.8 公頃，主要劃分為陶瓷藝術主題園區、公共設施及保育區。藝術村佔地 3000 多坪，以兒童藝術教育為主題，有主題展覽及陶藝品，期望透過欣賞藝術品，讓孩子在實習互動中培養出美學及基本的藝術觀。由於佔地廣闊，想把整座藝術村給瞧仔細，最好是租輛鐵馬會比較輕鬆。藝術村周圍設有自行車道，讓我們無需與車爭道，非常安全；貫穿大漢溪的龍窯橋在二〇一二年完工，是一條串連新北市與桃園之間的自行車道，橋身長 85 公尺，內部可見屬於鶯歌的歷史，外觀則如同一條小龍，在橋身裡騎鐵馬讓人倍感舒適。

大草皮上以窯燒製成的超級大餐具全都是藝術品，不僅是拍照的最佳背景，還見到小朋友在草地奔跑的可愛畫面，這就是最棒最自然的親子活動了。展示廳裡很涼快，成了我們的中途休息站，人潮不多反而多了份悠閒感。專為 8 至

12 歲兒童打造的展示大廳，裡頭經常舉辦各式展覽，內容豐富且多元，這裡也有志工服務，替大家做簡單的導覽解說。

　　三鶯是藝術家的天堂，開放的大空間除了能跟大自然接觸之外，讓孩子近距離接觸藝術品可培養美感，穩定情緒，同時訓練孩子的耐心及觀察力，是一處適合親子遊樂互動的好場所。可愛又討喜的戶外陶藝裝置藝術一直在陸續增加，藝術村裡的環境藝術工坊更在近二年來增設多項 DIY 課程，如：鶯歌陶藝、三峽竹藝、窯烤麵包烘培，以及環境導覽服務等，豐富了整座三鶯藝術村。

02・8678・2277
新北市鶯歌區館前路 300 號
平日 0900-1700（每月首週一休園）／假日 0900-1800
FB｜三鶯藝術村

1 三鶯藝術村是藝術家發揮創作的小天地，也是非常適合全家出遊的好去處 2 在園區外圍租借腳踏車非常方便，種類選擇也很多 3 貫穿大漢溪的龍窯橋在 2012 年完工，是一條串連新北市與桃園之間的自行車道，橋身長 85 公尺，內部可見屬於鶯歌的歷史

新北站
ROUTE
3

戀戀河岸之旅

淡水漁人碼頭／世界巧克力夢公園 × 石牆仔內 × 布朗森林親子餐廳 × 一滴水紀念館

ⓐ 淡水漁人碼頭／世界巧克力夢公園

對我來說，淡水一向是個浪漫的地方，也曾經為我們夫妻倆創造出許多回憶。只要是好天氣，哪怕是人擠人，都讓我很感興趣。即使有了明太子，仍然三不五時就想往淡水走，吹風散心，逛商店，看船遊河，也是一種小確幸。明太子出生後的第一次淡水行，我們在雨中度過。帶小孩又遇風雨，浪漫嗎？好玩嗎？旅行不會永遠遇上大晴天，雨中玩樂自有它迷人之處，絲毫不影響我們的心情。

漁人碼頭舊名淡水第二漁港，位於

淡水河出海口的右岸，聞名遐邇的淡江夕照總是吸引大批量民眾前往欣賞這美麗浪漫的夕陽，也是情侶約會促進感情升溫的最佳場所之一。漁人碼頭兼具漁業發展及觀光休閒，是新北市重要的觀光休閒園區，這裡異國風情濃厚，帶孩子繞一圈經過三百多公尺的木棧道、堤岸咖啡及港區公園，可以佇足欣賞碼頭風情，品嚐漁港特色美食，放孩子們在草地上玩耍，時而看船入港，愜意度過親子時光。

來到淡水自然會放慢腳步，細細觀

察周圍景緻及生態。帶著明太子坐在岸邊吃著零嘴小憩一會兒，看見白鷺鷥停在眼前，他好奇地問了幾個問題，我們也趁機為他上了一堂課，以滿足他的好奇心。走上人行跨海大橋，他待在橋上許久不願離開，才發現原來他正細數腳底下經過的船隻，那表情真是逗趣。

漁港裡唯一的飯店內設有「巧克力夢公園主題樂園」，室內既不用擔心氣候，也是一處能滿足孩子的小天地。入口處外牆是一片超大的巧克力片，園區裡有各式巧克力巨大模型，各個唯妙唯肖，靠近一點還能聞到巧克力的香氣呢。五大館區各有特色，好拍又好玩，可以在可可市集裡品嚐巧克力的原始風味，試飲獨一無二的辣味巧克力，體驗磨可可粉的樂趣，欣賞巧克力時裝秀，用巧克力金幣換棉花糖，難得能吃巧克力，好興奮啊！這裡還有劇場表演，以及受孩子歡迎的巧克力糖 DIY，巧克力大師的

工藝秀刀工了得，令大家稱讚不已。夢公園讓每一個孩子笑臉迎人，一進去就不想離開了。

飯店廣場前的情人塔也是碼頭熱門的點之一，登上高塔俯瞰，美景盡收眼底，使用悠遊卡付費就能進場，非常便民，明太子可是看得目不轉睛，第一次的體驗總是特別新鮮有趣，離開後還意猶未盡，嚷著要再去呢！漁港白天夜晚各有不同風情，帶著孩子大手牽小手一起來玩吧！

淡水漁人碼頭
02・2805・8476
新北市淡水區觀海路 91 號
全年開放

世界巧克力夢公園
新北市淡水區觀海路 91 號（淡水漁人碼頭內）
02・2805・8269
每日 1000-1800
FB｜世界巧克力夢公園

1 異國風情濃厚，除了是諸多廣告商指定的拍攝地，近幾年來也有愈來愈多的親子家庭來到這裡舉辦活動　2 衣服也是能吃的巧克力？好有創意啊　3 漁港裡唯一的飯店內設有巧克力夢公園主題樂園，在室內既不用擔心氣候，也是最能滿足孩子的一處小天地　4 園區裡有各式的巧克力巨大模型，各個是唯妙唯肖，靠近一點還能聞到巧克力的香氣呢。五大館區各有特色，好拍又好玩

ⓑ 石牆仔內

　　沿著小徑來到石牆仔內的門前，眼前壯觀的百年老房子是一棟三合院建築，園區佔地四千坪，有二十三顆百年古樹，還有蘭花園、樹梅園、山藥園及一般的花園，相當有歷史。在北部古屋餐廳並不多見，全台大概也沒有幾間以古厝做為營業用的餐廳，畢竟要維持古厝的完整性並非易事，經歷後代子孫整修後，對外開放予民眾參觀及休閒。

　　遠離車水馬龍的大馬路，古屋躲在一條安靜巷弄裡，附近都是高大的樹木，幾乎不見人車經過，很讓想像淡水除了那些熱鬧的景點，還能找到一處存在著寧靜樸實的角落。諾大的庭院，幾桌客人正悠閒的聊天用餐，望見這一幕感覺就像小時候回到鄉下外婆家，大人在院子裡泡茶，小孩則追逐嬉戲著，彷彿回到過去的懷念時光。

　　老闆很隨性，菜單上不見任何菜名，只有大大的二個字「簡餐」，從頭到尾老闆只說了一句：點少了就是簡餐……想想也算有道理。座位任意選，想坐哪就坐哪，就算只有幾個人，也可以找張大圓桌，開心就好。菜送上了之後，覺

1

1 園區佔地 4000 坪，有 23 顆百年古樹，還有蘭花園、樹梅園、山藥園及一般的花園，相當有歷史　2 連貓兒都慵懶了　3 以傳統快炒方式料理，炒出令人滿意的香氣　4 難得有機會在古厝裡喝咖啡，推薦大家一試

得來這裡吃飯，人多人少都不是問題。每道菜的份量適中，以傳統快炒方式料理，高麗菜脆、絲瓜清甜，豆腐是店家的招牌菜之一，炒飯跟菜脯蛋則是鹹甜度剛好，都是記憶中的古早味。

房子裡古色古香，就像電視上看到拍片用的紅磚瓦屋，陳設一模一樣，連貓都慵懶地趴在門口做日光浴，而最開心的非明太子莫屬，一會兒跟貓說話，一下子又跑去大院子裡玩跳格子遊戲，然後邊玩邊吃，完全不像在家裡得吃完才能下餐椅，這不就是孩子最開心的時光？

特別的是，古厝三樓是喝咖啡的地方，提供自家烘焙的咖啡豆，濃濃的咖啡香氣四處飄散，令人心情愉悅。不同於都市咖啡館，這兒安靜，不受打擾，望出去的不是汽車快速奔馳的馬路，而是鳥兒悠閒飛過的綠樹。中式餐點西式咖啡的混搭風頗讓人玩味，也為古厝增加了一點話題性。

全家來到這裡，別擔心孩子吵鬧，開心的嘻笑聲反而為這裡增添了幾許歡愉的氣氛，放孩子們下餐桌找樂子吧。

02・2621・0252
新北市淡水區忠寮里大埤頭 3 號
每日 1100-1900
www.shi1871.com

ⓒ 布朗森林親子餐廳

除此之外，淡水也難得出現親子餐廳。位在老街裡距離捷運站不到一公里的布朗森林是一間甫開幕、小而巧的親子餐廳，空間雖然不大，但裡外環境打理的乾淨清爽，也感受得到店家在餐點上的用心，無論是專屬孩子的兒童餐，亦或是大人的餐點，調味口感皆在水準之上，像是雞腿飯套餐以及紐奧良烤雞翅都深得我心，所有人都喜歡那料理，就連自製的甜點也頗受好評。而布朗森林裡的樹屋、料理檯、球池、滑梯以及決明子沙坑更是營造出歡樂的氣氛，讓孩子們玩的很開心，一點也不想離開呢。最棒的是，我們在假日時段用餐超過二小時也不見店家有限時提醒，讓大家可以放慢速度，跟孩子來一場輕鬆的午餐約會。

02・8631・8980
新北市淡水區文化路 63 號 1 樓
每日 1100-2100（每週一店休）
FB｜布朗森林

1 小而巧的空間，環境乾淨清爽　2 用心料理的兒童餐讓孩子吃的笑開懷　3 在大人的餐點內容上也很用心，口味口感皆在水準之上　4 樹屋球池令孩子流漣忘返，記得叮嚀他們先吃過飯再去玩

d 一滴水紀念館

1 花草樹木皆被細心的照料著，環境整頓的很棒　2 園區裡安靜的連呼吸聲都聽的見，很讓人放鬆的一處優美勝地　3 不喜歡人擠人，到一滴水參觀是不錯的選擇

　　早期淡水線大部份走的是海景逛老街，後來發現都市中的迷你景點其實也很值得走走看看。在返家的路上看見一滴水紀念館六個小字的指引牌，好奇的往裡頭駛入，眼前一棟日式建築吸引我們的目光，這兒人潮不多，四周環境簡樸雅緻，看的出花園裡的花草長期被細心照料著，營造出整體的美感。帶明太子來並非要讓他在這兒奔跑嬉戲，而是藉由這座紀念館背後的故事，讓他了解萬物資源的珍貴，哪怕只是微不足道的一滴水。

　　園區道路平坦易行，綠化的環境讓人感覺貼近大自然，從新鮮的空氣中嗅到一絲絲清新的芳香味，很適合帶孩子散散步，為一整天的行程劃下句點。

02・2626・3350
新北市淡水區中正路一段 6 巷 30 號
每日 0900-1700（每週日、一休館）

新北站
ROUTE
4

慢活深呼吸

石碇千島湖 × 氧森谷 × 坪林茶葉博物館

ⓐ 石碇千島湖

　　有台灣小千島之稱的千島湖，位在翡翠水庫的上游，是由許多山巒及湖水匯集成潭，山巒交疊，像島嶼一樣，將水面切割成好幾塊湖泊，自高處看與陸版千島湖如出一轍，一旁井然有序的茶園景觀，真的是不用出國就能見到的美景。

　　進入千島湖之前的一小段平坦道路旁，放眼所見的茶葉田及梯田是石碇的景觀特色。早期的石碇主要產煤礦，同時也是台灣東方美人茶的主要產區，後來發生幾起礦災造成人員傷亡後，政府便協助輔導產業轉型，後期才開始以製茶、產茶為主，目前是台灣北部主要的

茶葉供應地之一。

　　從梯田步行到能飽覽全景的位置約二十多分鐘的路程，巧遇附近熱心居民告知，雖然目的地有個小停車場，但沿途會車不易，僅單輛車通行，建議最好將車輛停放在永安步道上再往下方走即可抵達千島湖。這裡有三個景點匯集，高度分做三層，千島湖、八卦茶園及永安步道，距離觀賞千島湖的第一個平台約 150 公尺左右，是一條舒適的林蔭大道，接下來平均大約要走一公里多的路，步道平坦易行，而往回走則是通往八卦茶園的道路，全長 0.3 公里，沒什麼車輛經過，很適合帶孩子悠閒的慢慢散步。茶園主人以自助方式在門口販售茶葉蛋、手工麵線及冷泡茶，讓大家補足體力再出發。

　　山下的石碇東街上有許多美食跟店家值得探索，還有人特別向商家報名了慢活石碇小旅行，跟著導覽老師一路從千島湖、玩麵線 DIY 再回到老街上，豐富的小旅行讓大家收獲滿滿。都市孩子很少有機會親近大自然，別放孩子在家看電視，這兒距離台北僅三、四十分鐘的車程，帶著全家人一同來感受石碇山城的魅力吧。

北宜公路 27 公里處，見「永安社區」大石右轉進入即可抵達
全年開放

1 千島湖是由許多山巒及湖水匯集成潭，山巒交疊，像島嶼一樣　2 千島湖一帶環境優美，山上好空氣，一望無際的美景盡收眼底

ⓑ 氧森谷

走了幾公里的路，消耗不少體力，大家都餓了，我們沒有往老街找小吃，因為想去一間小有特色、隱身在山裡的餐廳，而且更接近我們接下來要去的地方。

經過一小段婉延的山路，很快抵達氧森谷。店如其名，一下車就嗅到泥土與小草芬芳的味道，附近只有幾戶民宅，安靜到連說話都只聽得見自己的聲音。

老闆利用私人山谷建造出一處環境舒適、綠意盎然的休閒庭園，隨著不同的季節變化，氧森谷也用不同面貌迎接來訪的客人，讓大家有機會感受到不一樣的坪林。門口大紅燈籠高高掛，室內卻瀰漫著南洋風，以籐製家俱營造出一股慵懶的氣氛，有種置身於南洋國家的錯覺。

氧森谷主要供應中式套餐及排餐等

1 綠意盎然的休閒庭園，隨著不同的季節變化，氧森谷也用不同面貌迎接來訪的客人　2 不容易搬動的超大棋盤等您來挑戰　3 堅持以當地新鮮食材入菜，少油少鹽無味精，就連輕食小點也特別美味　4 看著生態池裡的錦鯉自在悠遊著，孩子倒也滿足的直盯著瞧上許久

精緻料理，堅持以當地新鮮食材入菜，少油少鹽無味精，盡可能保留食材的鮮甜味，同時結合坪林當地的特產，研發出以「茶」入味的各式料理，獨特的想法總是能為客人留下深刻的印象。戶外的露天咖啡座及用餐區，讓人即使在炎炎夏日也備感舒適涼爽；生態池裡特別飼養了錦鯉，小朋友總愛停留在這裡來一場餵魚秀；巨大的象棋棋盤超吸睛，由鉆板製成可移動的棋子，獨特的創意讓大家驚呼聲連連，一群人就在這裡玩開來，好不熱鬧啊！平坦的棧道二側種植杏花樹及櫻花樹，有吊床、小溪流，每到夏天這裡總是很受歡迎。而每年四月是螢火蟲出沒的季節，在氧森谷的戶外區就能見到漫天飛舞的螢火蟲，店家還特地邀請我們一家人隔年再訪，來看看螢火蟲呢。

在森林裡喝咖啡、品茗、用餐、下午茶、戲水、賞螢火蟲，如此多元化的餐廳經營模式並不多見，想遠離都市塵囂，享受難得的寧靜，氧森谷絕對是個好選擇。

02．2665．8197
新北市坪林區粗窟村仁里坂 15-2 號
每日 1100-2100（每週二店休）
www.o2valley.com.tw

ⓒ 坪林茶葉博物館

坪林多丘陵地，溫暖且潮濕，很適合茶樹生長，而此地所產的包種茶在茶業界更是享有「南烏龍北包種」的美譽。我們平日有喝茶的習慣，明太子也深受影響，喜歡跟著我們四處品茗，出門旅行水壺裡裝的不是白開水也不是飲料，而是茶水。近幾年台灣有愈來愈多各式型態的博物館，坪林茶葉博物館也是其一，因為愛上茶文化，所以來到這裡。

博物館坐落於新北市坪林區的北勢溪畔，總面積約有三公頃之大，是一座閩南安溪風格的四合院建築，散發著淡淡的江南之美。展示館裡設有「茶事、茶藝及茶史」三大區，徹底將茶的精神與物質給展現出來，從古代手工製茶，到現在以機器取代人力，清楚紀錄整個

1 靜謐的後花園,頗有蘇杭韻味 2 近幾年台灣有愈來愈多各式型態的博物館,從用品到吃的樣樣有,坪林竹茶葉博物館也是其中一間 3 昔日的餐廳如今已不供餐,僅供遊客休憩之用 4 茶油麵線散發出淡淡的茶香氣,是來到茶博館必嚐的特色餐點 5 透過觸覺與嗅覺,體驗最貼近生活的茶香味

過程及轉變。知性之旅結束後,還可以玩小遊戲參加抽獎,只見大夥兒裡裡外外忙進忙出在各個角落找尋答案,有些孩子是箇中高手,負責指引父母找到答案;有些孩子則一路瞎忙,模樣逗趣引人注目,歡樂的氣氛在這裡渲染開來,好不熱鬧。一樓的茶香體驗區有販售茶油麵線,淡淡的茶香氣滲透進了麵線,既有飽足感且清爽不油膩。

從小看爸爸泡茶,明太子除了知道泡茶需要的工具之外,來到這裡更豐富了他的茶之旅,以及更多茶的文化及相關知識。製茶文化象徵傳承,如同我們一代接著一代,在優雅環境下培養孩子的氣質,

進一步了解中國以茶會友的精神。博物館也是個散心的好地方,不妨走到後山窺探千島湖之美,感受坪林地區清新乾淨的空氣,讓人覺得不虛此行啊!

02・2665・6035
新北市坪林區水德里水聳淒坑 19-1 號
平日 0900-1700 ／假日 0900-1730（每月首週一休館）
www.tea.ntpc.gov.tw

新北站
ROUTE
5

記憶中的人情味

茶山房肥皂文化體驗館 × 厚道飲食店 × 新北市客家文化園區

ⓐ 茶山房肥皂文化體驗館

　　大部份的人都喜歡用沐浴乳洗澡，因為它讓皮膚又滑又香，但我們一家三口卻是「茶摳」的愛用者，深信肥皂比起沐浴乳更溫和。偶有出遊若看到市面上評價不錯的肥皂往往都會買回家試用，

而人們總是想追求更適合自己使用的東西，前後換過幾個大品牌的肥皂，一直到某天在茶山房門市試用了手工浮水皂，從此再也沒換用其它牌子。

　　茶山房體驗館在一條山路邊，是一間走過半世紀的老皂廠。創辦人認為，做肥皂是良心事業，絕對不能危害到環境和人，才能稱作良心事業。創立初期茶山房將三峽的碧螺春綠茶應用於肥皂製作，大受歡迎，此後讓他們更堅定投入這塊市場。茶山房遵循古法獨創浮水肥皂，自然萃取，無化學香精，使用過是清爽的。

　　茶山房佔地約兩百坪，提供給遊客導覽、文物展示、歷史介紹、產線參觀，以及大人小孩都喜歡的皂作 DIY，體驗肥皂不只是四四方方的，也能做出花朵造型，再加一點顏色調和，大家都驚呼了；這是肥皂嗎？手工肥皂很多人做，也有很多人是因為有興趣而特別拜師學藝，無論如何，肥皂與生活己是密不可分。茶山房首度公開與一般市售肥皂不同的熱煮製造法，多元精緻的空間，讓孩子了解清潔用品對這片土地的重要性，並藉由解說導覽及動手做，一同「製皂」美好回憶。

02．2671．4400
新北市三峽區白雞 64-11 號
每日 0900-1700（需預約）
www.teasoap.com.tw/visitinfo.php

1 走過半世紀的老皂廠，開放給大家來體驗　2 茶山房佔地約 200 坪，提供給遊客導覽、文物展示、歷史介紹、產線參觀等　3 肥皂與生活密不可分，來體驗早期怎麼販賣肥皂吧　4 香皂 DIY 不僅學習過程，也讓孩子們自行發揮創意，是很棒的手作體驗

ⓑ 厚道飲食店

這年頭注入復古流行元素的餐廳愈來愈多，然而要真正做出道地的古早味料理可不是件容易的事，畢竟懂吃的老饕客也不少！耳聞這一帶有家特色懷舊料理，專賣古早味排骨飯，每天的銷售量驚人，用餐時間幾乎是一位難求。

厚道飲食店位在三峽老街旁，招牌特色醒目，腳踏車、早期的電視機、雜貨店招牌以及過去才看得到的迎娶轎子，讓人一眼就能認出這間有著與眾不同外觀的餐廳。剛走近店門口就看到一堆人候位，幾個年青朋友拉開嗓門討論等等要點什麼餐，即使店裡頭的空間不算寬敞，動線略顯擁擠，但大家想嚐試古早味的興致依舊不減，看來大家滿心期待店家的懷舊料理。

往二樓走，才發現這裡人更多，一旁已有好幾組人在等著了。偉士牌摩托

1 高腳木製桌椅、可以玩骰子的瓷器大碗公，整間店被濃濃的懷舊風給包圍著。前檯的設計像小時候的柑仔店，令人懷念　2 門口的立牌上寫著「古早味排骨飯」六個大字，還加以霓虹燈輔助，叫人不注意也難　3 比手掌還要大的香酥排骨讓人深刻體驗到愈是傳統的料理愈有無可取代的好味道

車、有紀念價值的大同寶寶公仔、高腳木製桌椅、可以玩骰子的瓷器大碗公，整間店被濃濃的懷舊風給包圍著。前檯設計像小時候的柑仔店，令人懷念，從這裡被端出的菜餚，肯定十足美味。聽到店裡頭其它孩子的聲音此起彼落，相信不少家長除了自己喜歡古早味，也想帶著孩子一同來懷念小時候的時光。

排骨飯一上桌，香氣四溢，讓明太子迫不及待把碗遞給我。炸得又香又酥的排骨比我的手還要大，搭配酸菜、魯肉、筍子、豆芽及紫心芋，看似簡單的配料，嚐起來卻不簡單，如同小時候媽媽最常幫我們準備的便當菜，每一口都有熟悉想念的味道。

餐後順道去富含巴洛克風格建築的老街上走走，它是北部最長的老街之一，也是台灣少數完整且具歷史價值的傳統街區，就連這兒的派出所同樣頗具特色。豬血糕、米糕、金牛角（霜淇淋）等是這兒的人氣小吃，玩吹泡泡、懷舊玩具，樣樣讓孩子躍躍欲試。為孩子安排一趟老街懷舊之旅，感受其特色以及它的過去與現在，也是很棒的親子活動。

02・2672・5262
新北市三峽區長福街 10 號 2 樓（清水祖師廟旁）
每日 1100-1930（每週二店休）

ⓒ 新北市客家文化園區

二〇〇五年八月開幕的新北市客家文化園區位於三峽隆埔里，是一棟全新落成的客家文化園區。有著新穎的建築外觀，巧妙融入客家元素，能見圓樓、望樓、耳樓及通廊等，融合了客家精神，替園區注入了另一股新生命。除了懷舊，園區內還定期展出客家藝術作品，偌大的前廣場是孩子們嬉戲的地方。週末假期有劇團在此登台演出，廣場旁提供童玩、扯鈴給孩子們免費體驗，也能預約玩捏麵人、相框及擂茶等有趣的手作體驗。

園區安排的表演很夠水準，我們幸運地參觀了一場「川劇變臉及魔術秀」，表演者獲得滿場喝采，精采十足，有機會來參觀園區可千萬別錯過了。若是巧遇用餐時間，不妨考慮待在有濃濃客家風味的大嬸婆御膳房用餐，再逛逛紀念品區，結束一趟開心之旅。

02・2672・9996
新北市三峽區龍恩里 31 鄰隆恩街 239 號
平日 0900-1700 ／假日 0900-1800
www.hakka.ntpc.gov.tw/

4

1 園區新穎的建築外觀，巧妙的融入客家元素　2 園區可見象徵客家精神的一景一物　3 餐廳推出客家風味餐引起遊客們的興趣，不失為用餐的好去處　4 有劇團定時演出，適合闔家觀賞

新北站
ROUTE
6

時間的老味道

新平溪煤礦博物園區 × 樓仔厝 × 十分老街

ⓐ 新平溪煤礦博物園區

　　明太子對火車很著迷，只要有機會搭車，往往會讓他興奮一整天，帶著他出遊，或多或少受到影響，我也開始熱愛鐵道旅行。只要火車能抵達的地方，時間也允許，就盡量不開車，滿足他對旅行的期待。然而北部哪裡適合帶小小孩來一場鐵道之旅？左思右想，非平溪支線莫屬！全長 12.9 公里，鐵道貫穿菁桐、平溪及十分等小站，沿途能見商店街及當地特色美食小吃，迫不及待來一場鐵道懷舊之旅啦！

　　由於是支線，無論從北部或南部啟程，都必須在瑞芳站換車前往，先經過十分，接著是平溪，最後是菁桐站，考慮用餐地點，我們決定先去煤礦博物園區參觀。

　　園區位於新北市平溪區，早期是熱門的採礦地，隨著國內礦產減量後停止開採，為留下珍貴的歷史紀錄，保存產業既有文化，將台灣煤礦業相關的文物、

1 模擬坑道完全依實際比例建造，從煤炭的形成到運送，體驗當時礦工從業辛苦的一面　2 博物館園區佔地大景色優美，是假日休閒的好去處　3 在進步飛快的時代，能跟孩子們分享過去的年代背景，一起創造共同的回憶，是伴很幸福的事　4 早期是熱門的採礦地，後來成立煤礦博物園區，成為寓教於樂的場所

開採器具等規劃成一處適合親子同樂，提供戶外教學的生態園區，這就是煤礦博物園區成立的由來。園區內的模擬坑道完全依實際比例建造，從煤炭的形成到運送，體驗當時礦工從業辛苦的一面，同時加深大家對礦場的印象。而載運煤礦的台車則改裝成園區觀光列車，是鐵道迷的最愛，非常具有歷史價值，大家搶著體驗。另外，園區原有的礦坑因礦業法修改後正式關閉，為了讓遊客有難忘的坑道之旅，園區將依原坑道 1:1 比例重新搭建全新的模擬坑道。

高科技產業興起，傳統業趨於沒落，能保存下來實屬難得，整座園區設置展覽室、坑口、礦工澡堂、影像長廊、器材陳列室、時間車月台及紀念品部，這種寓教於樂的地方很適合帶孩子來體驗。

在進步飛快的時代，能跟孩子們分享過去的年代背景，一起創造共同的回憶，是件很幸福的事，每年的四、五月份園區特別推出螢火蟲季的限定行程，除了介紹螢火蟲生態，還能搭煤礦車賞螢，最後玩天燈 DIY，熱鬧又有趣，絕對能帶給孩子最特別的回憶。

02・2495・8252
新北市平溪區新寮村（十分寮）頂寮子 5 號
每日 0900-1700（每週一休館）
www.taiwancoal.com.tw

ⓑ 樓仔厝

來到平溪的「樓仔厝」，端看外貌，不難想像是一間「有歷史」的建築，既然平溪與煤礦脫離不了關係，想必這間樓仔厝與這兒的礦產必定小有連結。從街上某端穿越過小巷，彷彿來到另一個時空，遠離了人聲鼎沸的老街，樓仔厝釋放出一股寧靜、純僕、自然的味道，空氣像是瞬間凍結一般，門口可愛的米老鼠正歡迎我們到來。

老闆是礦工的孩子，早期在鄉外討生活，但對家鄉有著深厚般的感情，希望藉由樓仔厝喚起更多在外地打拼的遊子回鄉，延續平溪在地文化。而這間有故事的樓仔厝是煤礦產業發達時平溪鄉唯一的二層樓硬體辦公室，當時房屋建築普遍是黑瓦矮舍，這棟辦公室的建築造型可說是鶴立雞群，因為是稀有的二層樓建築，所以在地人都稱它為樓仔厝，

1 樹枝上客家花布天燈迎風搖曳，很快的愛上這裡　2 結合現代感的復古設計，既是餐廳也是民宿　3 樓仔厝是一間有歷史的建築，釋放出一股寧靜、純樸、自然的味道　4 大火快炒後的羊肉，鮮甜味緊緊被鎖住，放上鐵板淋上沙茶醬，成了一道口感豐富的中式佳餚

它既是餐廳也是民宿，純樸幽靜的環境帶給人一種輕鬆自在的悠閒感，院子裡擺滿了可愛討喜的玩偶石像。陽光灑落地面，伴隨微風徐徐，樹枝上客家花布天燈迎風搖曳，在美好的景致與合宜溫度下，我們在戶外就坐，準備用餐。

樓仔厝的餐點主要為鐵板、火鍋套餐及義大利麵，也有咖啡花茶及披薩、吐司、鬆餅這類輕食點心。大火快炒後的羊肉，鮮甜味緊緊被鎖住，放上鐵板淋上沙茶醬，成了一道口感豐富的中式佳餚。

樓仔厝的戶外有美麗的庭院，緊鄰基隆河旁，河床上方的平和吊橋是當年運送煤炭特別建造的便利捷逕；室內雅緻，古色古香，空間寬敞乾淨，複製了早年的商店景象，帶大家感受到一絲絲的懷舊風。結合現代感的復古設計，樓仔厝不僅保留過去，也給大家耳目一新的視覺感受，如此悠閒的地方，適合全家大小一起來，享受最寧靜美好的用餐時刻。

02‧2495‧8602
新北市平溪區十分街 74 巷 3 號（十分車站旁）
平日 1100-1900 ／假日 1000-2000
louachu.okgo.tw

ⓒ 十分老街

十分，舊稱十分寮，原本只是平溪鄉的一個村落，後來因為這裡有一座台灣的尼加拉瓜瀑布「十分瀑布」而因此聲名大噪。侯孝賢的《戀戀風塵》電影海報，濃濃的五、六〇年代懷舊氣氛，背景也是取自十分車站。

五年內二度來訪，這裡沒什麼大變化，鐵道二旁依舊是人來人往，遊客們忙著在車站前留影。或許新鮮好玩，也

可能是難得跟最愛的鐵道如此靠近，明太子開心地在上頭反覆走著，想不到搭乘火車旅行的願望這麼快就實現。基於安全考量，一般來說火車站鐵道附近一定設有「禁止穿越」的警示標語，但十分老街特殊的居家環境與鐵道密不可分，形成了人們在鐵道上行走、拍照及穿越卻不會被制止的畫面。雖然不用擔心被開罰單，不過還是要提醒大家注意安全，

因為它仍是一個運作中的車站。

　　車站旁就是老街，喝的吃的玩的樣樣有，有陣子雞翅包飯被炒得火熱，經常一出爐就搶購一空，是這裡的人氣排隊美食，後來推出的爆漿雞翅捲也成了人氣寵兒，只能說老街裡的特色美食太多，樣樣都很吸引人啊！

　　附近佇立基隆河上將近一甲子的靜安吊橋，全長 128 公尺，可能是平溪最長的吊橋了，二側能見美麗的河川景色，居高臨下視野遼闊，貓兒們慵懶地趴著，足以可見這兒的生活步調不比都市，緩慢多了。吊橋另一端有老房子，有寧靜的巷道，我們找到一份悠閒自在。在商店裡買的森林火車成了明太子的新寵，呼呼的氣笛聲讓他開心得不得了。一輛輛彩繪火車從眼前呼嘯而過，這回輪到我們上車，一路上捨不得睡，帶著滿足愉快的心情返程。

新北市平溪區十分里十分街 51 號
全年開放

1 彩繪列車是十分車站常見的特色列車　2 二側能見美麗的河川景色，居高臨下視野遼闊，比起都市，這兒步調慢了許多　3 十分老街特殊的居家環境與鐵道密不可分，也就形成了人們在鐵道上行走、拍照及穿越卻不會被制止的畫面　4 老街裡的特色美食太多，樣樣都很吸引人啊

新北站
ROUTE
7

寧靜美好的生活提案

台灣玩具博物館／435 藝文特區 × 逸馨園書香茶坊 × 新北市立圖書館總館

ⓐ 台灣玩具博物館／435 藝文特區

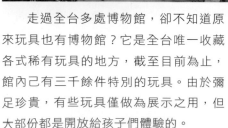

　　走過全台多處博物館，卻不知道原來玩具也有博物館？它是全台唯一收藏各式稀有玩具的地方，截至目前為止，館內己有三千餘件特別的玩具。由於彌足珍貴，有些玩具僅做為展示之用，但大部份都是開放給孩子們體驗的。

　　入館大人小孩同價，一個銅板五十元，非常親民的入館費，一票玩到底，還包含無限時的腳踏車租借服務，當然若想購買館內的玩具可得自行掏腰包付費嘍。實際參觀試玩後發現，早期的童玩設計並不只供娛樂之用，還有先人的

智慧在裡頭，不像現在的玩具，都是工廠開模大批量生產，帶出門常常會「撞玩具」，想買到與眾不同的機率還真是低，相對地也較沒有保存的價值。博物館裡的玩具以木製品居多，也見少數具特色的鐵製造型，而大部份的玩具在市面上已經停產了，希望孩子在開心體驗之餘，家長也能多花些心思看管自己的孩子，珍惜不破壞，讓這些難得一見的古董玩具得以繼續被保存下去。

　　博物館就在「435 藝文特區」裡，手背蓋個章就能無限次進出館內外，跟博物館租腳踏車，孩子就能到藝文特區的大廣場玩樂。平日假日的藝文特區廣場上有不同主題的裝置藝術，石牆上有生動活潑的彩繪塗鴉供大家拍照，還有小孩最愛的超大沙坑以及兒童遊樂區；室內則有展覽及表演，假日有電影院開放，

是一個集合藝文空間與動態活動的多功能休閒場所。看著不時上演家長拉著孩子離開的畫面，肯定是一處讓小孩玩到瘋狂、大人也開心的療癒系遊樂場所，這麼有趣的地方一定要來，絕對跟你想像的不一樣！

玩具博物館
0917・567・617
新北市板橋區中正路 435 號（435 藝文特區內）
每日 1000-1700（每月首週一休館）
www.toymuseum.com.tw

435 藝文特區
02・2969・0366（分機 34）
平日 0900-1700 ／假日 0900-1800（室內／每月首週一休館）
每日 0600-2200（戶外）
www.435.culture.ntpc.gov.tw

1 全台唯一收藏各式稀有玩具的地方，截至目前為止，館內已有三千餘件特別的玩具　2 入館大人小孩同價，一個銅板 50 元，價格非常親民　3 小男生最愛的汽車軌道組，可以玩很久很久　4 435 藝文特區是附近居民休閒的最佳場所，很適合帶著孩子來騎車或其它體能活動　5 彩繪作品將 435 藝文特區妝點得頗有藝術氣息　6 435 藝文特區的沙池範圍廣大，免費又易清潔

ⓑ 逸馨園書香茶坊

1 從外觀看逸馨園完全不知道這裡頭竟然是視子同樂的場所　2 幽靜的茶坊裡別有洞天，孩子的歡笑聲不絕於耳
3 特別喜歡這裡的中式熱炒，料理的非常到味

　　帶孩子出遊，多數家長還是以親子餐廳為主要優先，這幾年打著友善二字的親子餐廳似乎也有逐年增多的趨勢，現在就連古色古香的茶坊也來參一腳！位於新北板橋某條巷弄裡的逸馨園，在市場裡特別突兀，格外顯眼。外觀看似一處提供多人泡茶聊天的好地方，餐廳裡卻隱藏著小驚喜。附設的親子遊戲空間又大又明亮，以木質地板打造出的環境讓人備感溫馨舒適，天花板有可愛的彩繪圖案，規劃有水管溜滑梯、大型積木、扮家家酒、爬行區等，適合各年齡層孩童。遊戲間與用餐區形成對比，多種色彩營造出活潑的氛圍，二種截然不同的風格，彷彿一邊是孩子專屬，一邊是大人的世界。

　　逸馨園以茶坊為主要經營模式，除了提供多種中式單人套餐，也有茶點及飲品供大家選擇。吃飽喝足玩夠了，戶外魚池也非常受歡迎，向櫃台買包飼料就能讓孩子來場餵魚樂。逸馨園在提供餐點茶飲之餘，還貼心替孩子們規劃一處遊戲室，讓大人可以輕鬆用餐，很適合親子家庭。

02・2965・8080
新北市板橋區南雅東路 45 號（南雅夜市內）
每日 1100-2300（每週一店休）
www.isteahouse.com.tw

ⓒ 新北市立圖書館總館

　　結束動態遊戲，不妨嘗試給孩子們適當的閱讀空間，體驗靜態的活動。開幕不久的新北市立圖書館，每天大門一開就湧進許多人潮，門口設立 U-bike 租借區，一樓大廳美輪美奐，完全不像圖書館，反倒比較像是走進一間時尚的展覽廳，透過機器操作就能進行自動化借書服務，既便民又創新。圖書館共十個樓層，最吸引家長帶孩子參觀的是三樓，也只有這層樓提供哺集乳室。三樓大致分為兒童閱覽區、演講廳及兒童故事屋，體諒有些較小的孩子必須得跟著哥哥姐姐一塊兒來，本樓層特別闢造出讓家長們方便看顧孩子的一個小空間，在軟墊上玩積木推疊，安全看的見，也算是館方提供的貼心服務之一。

　　很多孩子從小就喜歡閱讀，這裡不僅有大量繪本，也有適合國小生的自然科學及歷史故事書等，原本很少聽故事的明太子，一小時之內至少搬出數十本書要我說故事，足以可見書是很有魅力的。除了超多書籍以及明亮的閱覽空間，館方首創玩具的出借服務，體驗在安靜的圖書館裡也能玩遊戲的樂趣，只需持個人證件即可免費租用一套樂高積木，每套配件都不一樣，館方會依年齡提供不同大小顆粒的積木，等於是替孩子們量身打造一組合適的玩具，頗為用心。

　　館方在週末經常有客家紙傘 DIY 這一類親子同樂會的活動，而且都是免費參加，不只是跟家長一起，也開放阿公阿嬤帶孫子一起來，幾乎是場場爆滿，想一起同樂的親子家庭手腳得要很快才行。本館是全台唯一 24 小時不休息的圖書館（依各樓層分類有不同的營業時間），是台灣圖書業最大的創舉，讓閱讀成為親子假期的一部份吧。

02・2953・7868
新北市板橋區貴興路 139 號
全年開放（一、四樓）
每日 0830-2100（二樓／每週一 0830-1700）
每日 0830-2100（其餘樓層／每週一 0830-1700）
www.library.ntpc.gov.tw

1 新穎流線的建築巔覆以往對圖書館的既定印象，反倒比較像是走進一間時尚的展覽廳 2 在兒童館可以到櫃台借積木，完全免費體驗 3 寬敞舒適的閱讀區連好動的孩子也願意靜下來好好看書

新北站
ROUTE
8

山城貓步時光

黃金博物園區／瑞芳美食街小吃 × 猴硐貓村

ⓐ 黃金博物園區／瑞芳美食街小吃

　　九份、金瓜石一帶風景秀麗，空氣又清新，是我們夫妻倆經常走訪的路線，即使不下車，待在車上遊車河都會讓自己感到心情愉快。又因婆家在附近，婚後來得更勤，也喜歡帶明太子一起上山看海。金瓜石地區除了大自然迷人的景色之外，百年的採礦史跡更是遍佈整個金瓜石聚落，當年留下的舊建物、坑道、採礦器具與文物，紀錄了開採金礦的點滴。

　　九份山城一向是熱門的觀光景區，非週末假期人潮依舊，有增無減，帶著孩子出遊我們還是盡可能選擇舒適的大空間，人潮也相對沒那麼擁擠，附近的

黃金博物館似乎比九份來得更適合孩子。它是國內首座以生態博物館為理念的博物館，園區頗為寬廣，可見四連棟建築、早期的煉金樓，並有淘金體驗及坑道體驗等等。經過太子賓館，明太子好奇提問，為什麼房子長這樣？誰住在這裡？一連串問題引發我們大笑。後來讓他發現了鐵道，開心沿著鐵道來回奔跑，原來這是早期以人力運送礦石所建造的輕鐵軌，讓他誤以為火車會從這兒經過呢！

　　來到黃金博物館，千萬別忘了參觀本山五坑，隨著環境變遷，採礦事業已不復見，多數人根本不了解也沒有機會

1 黃金博物館是國內首座以生態博物館為理念的博物館，園區頗為寬廣，可見四連棟建築、早期的煉金樓，並有淘金體驗及坑道體驗等 2 220公斤重，純度高達999的金塊是遊客必看必摸且必拍照紀念的黃金 3 古早味礦工便當是遊客們必嚐的特色美食，裝飯菜的鐵製便當盒、筷子及包巾還能帶回家反覆利用，非常環保金 4 龍鳳腿是瑞芳地區具代表性的小吃之一

接觸礦場。為了讓遊客體驗昔日採礦工人在漆黑坑道中工作的經驗，園區特別從本山五坑舊有的坑道內向上挖掘一條新坑道，利用蠟像重現當年的採礦情景，配合聲光效果，彷彿身歷其境回到過去，令人留下深刻的印象。在坑道口必須做完安全宣示才能入內參觀，沿途設有志工導覽，兼具寓教於樂的意義。

　　到了用餐時間，絕對不能錯過這裡獨家販售的「礦工便當」，炸過後再滷的排骨、酸菜、豆干及菜脯，散發出濃濃古早味，是必嚐的特色美食，裝飯菜的鐵製便當盒、筷子及包巾還能帶回家反覆利用，非常環保。此外，短短一條美食商店也販售幾樣小點心。若不待在園區用餐，往山下開到瑞芳美食街也很近，最具代表性的小吃像是龍鳳腿、胡椒餅、熱油麻糬以及當地人從小吃到大

的刈包，銅板價格的平民美食，只有瑞芳才找得到。

　　園區步道大致上平坦，提供輪椅及嬰兒推車租借、無障礙洗手間、無障礙停車格及電梯等服務，也有哺集乳室及飲水機，不用擔心孩子餓肚子，甚至歡迎導盲犬進入，是一所對老人及小孩友善的園區，非常適合家庭出遊。

黃金博物園區
02・2496・2800
新北市瑞芳區金瓜石金光路8號
平日 0930-1700／假日 0930-1800（每月首週一休館）
www.gep.ntpc.gov.tw

瑞芳美食街
新北市瑞芳區民生街口（瑞芳火車站前）
全年開放

ⓑ 猴硐貓村

　　新北市瑞芳區的小鎮「猴硐」，是曾被美國有線電視新聞網評選為全球六大賞貓景點之一的山城，早年因猴子出沒而得名，後因愛貓網友為了改善村內環境，成立志工隊，希望給貓咪更多友善的生活空間，又不時將貓照片放在網路上分享，意外獲得更多支持及關心，引起愛貓人士前來尋找貓的蹤跡。當地的貓咪在居民細心照料下乾淨且不怕與人親近，貓兒們也將這裡當做永久居住地，與居民互動良好，很悠閒很隨性的過日子。走進村裡隨處可見可愛活潑的貓咪彩繪，為這裡帶來了新氣象，也增添幾許色彩。有時貓兒會不經意從身邊經過，有些貓兒則無時無刻跟在遊客後頭，希望能討些食物，但是切記，貓咪有專屬的罐頭飼料，任意餵食可能會讓貓兒生病喔。

這裡的貓咪個個都是最佳模特兒，只要鏡頭對著它們，就會立即擺出專業的姿勢，當然也有貓咪只想躺著做日光浴，畢竟貓兒比較慵懶，有時一躺就是一、二個小時，我們繞一圈再回來時，它還在休息呢！貓兒讓這個村有了新的生氣，也帶動了瑞芳及周邊的觀光，成為當地有名的觀光景點之一，甚至有遠從日本、韓國及中國大陸來的觀光客，只為了一睹貓村的風采。週末假期不妨帶孩子來一趟尋貓之旅，跟貓咪們互動合照，逛逛村落，買些與貓相關的紀念品贈送親朋好友，留下難忘的旅行回憶。

02・2497・1266
新北市瑞芳區光復里
全年開放

1 小小的車站湧入大批人潮，全都是來看貓兒的遊客，連同週邊商品也非常熱賣　2 來貓村順道喝杯濃香的奶茶應應景　3 貓村裡的貓兒不喜歡被打擾，請孩子們用看的就好　4 猴硐貓村是一處能讓孩子近距離與貓兒互動的地方，但請家長告知孩子務必善良的對待貓兒　5 商家推出貓咪造型的糕點實在太療癒，在當地造成搶購

花樹下的相遇

承天禪寺／桐花步道 × 桐話咖啡庭園餐廳 × 手信坊文化形象館

ⓐ 承天禪寺／桐花步道

常想著若是一早起床就能聽見蟲鳴鳥叫該有多好？清晨的空氣清新乾淨，尤其愈是靠近山區感覺愈好。適逢花季，不如來趟健行賞花與吃吃喝喝的行程，帶明太子活絡活絡筋骨。

每年的四至五月是桐花盛開的季節，全台各地有多處賞桐勝地，光是北部地區就有好幾處悠哉賞桐的地方，而土城的桐花步道在北部小有名氣，幾乎是無人不知無人不曉。

　　寺廟及步道都能欣賞美麗的油桐花，不過在進入桐花步道之前，我們先到承天禪寺走走，順便帶從小就喜歡走廟宇的明太子來拜拜。承天禪寺位於土城的半山腰上，入口處的布袋和尚笑臉迎人，壯觀的白色建築在一片樹林裡特別醒目，環境幽靜雅緻，遊客們人來人往，不少人專程前來參拜禮佛。不同於許多鄰近大馬路邊的大廟，這兒顯得安靜許多，且人人守規矩，廟方也不時舉著「保持安靜」的告示牌提醒大家。

　　站在禪寺的前廣場，放眼望去，居高臨下，觀音山、林口台地景色盡收眼底，是新北市少有的賞景勝地。由於人為開發不多，附近仍保留了原始高大的原生闊葉林，大範圍的綠樹與白色油桐花呈現出對比，有如白色花毯般美麗。在這麼一處寧靜祥和之地欣賞美麗的油桐花，心都平靜了。寺廟的戶外空間打造的很舒適，設有涼亭及石桌椅，即便不是花季，平常也有不少民眾帶孩子來散心、吹泡泡，最後順著路來到桐花公園裡，有幾條較為平整的步道適合全家大小來一場踏青健行活動，比比看誰走得比較遠吧！

02・2267・1789
新北市土城區承天路 96 號
每日 0300-1830（夏季）／每日 0330-1800（冬季）
www.ctbm.org.tw/tw

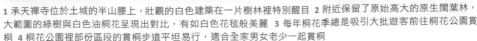

1 承天禪寺位於土城的半山腰上，壯觀的白色建築在一片樹林裡特別醒目 2 附近保留了原始高大的原生闊葉林，大範圍的綠樹與白色油桐花呈現出對比，有如白色花毯般美麗 3 每年桐花季總是吸引大批遊客前往桐花公園賞桐 4 桐花公園裡部份區段的賞桐步道平坦易行，適合全家男女老少一起賞桐

ⓑ 桐話庭園餐廳

1 特殊的拱柱設計、粉色大頂燈像極了夢幻花園裡的公主城堡，營造出唯美浪漫氛圍　2 餐點以西式套餐方式供應，甜點也堪稱美味　3 桐話設有多間包廂，包廂外的花園景緻怡人，孩子們喜歡在餐後在綠地上玩耍

位於承天禪寺山腳下桐花公園的另一側出入口的桐話咖啡庭園餐廳，無論是平時的假日或是熱鬧的賞花季，在附近一帶是非常受歡迎的用餐處。由於經常承辦婚宴及庭園派對的活動，大空間，美裝潢，典雅舒適，特殊的拱柱設計、粉色大頂燈像極了夢幻花園裡的公主城堡，營造出唯美浪漫氛圍。除了長型的多人用餐區，還有可容納五至六人的半開放式沙發座椅包廂，角落唯一的和室空間更是適合有孩子的小家庭。不過最受歡迎的熱門座位並不在室內，而是戶外包廂，往往至少要二週前才有機會搶到位子，包廂平均可容納九至十人，美麗柔和的色調，極具隱私的用餐空間，讓大家爭先恐後排隊預約。

桐話的餐點以西式套餐方式供應，味道濃郁的義大利飯麵及入口即化的羊膝深獲好評，甜點也堪稱美味。雖然不是標榜親子餐廳，但包廂外的大草皮開放給孩子們一個自由活動的空間，大人可以待在長廊下的椅子看他們玩耍，輕鬆的陪伴。

02・2269・2125
新北市土城區承天路103號（桐花步道入口對面）
每日 1100-2100（每週一店休）
FB｜桐話庭園餐廳

ⓒ 手信坊文化形象館

　　每回出遊，明太子總是很期待能有手作的活動，來到土城，也別錯過走一趟手信坊文化形象館。手信坊原是食品公司，專製專售日本和菓子，後來成立了觀光工廠，取得 ISO 國際認證，是頗具規模的工廠。大門入口處散發出濃濃的日式風格，市區裡有這樣的建築非常特別，彷彿真的帶我們飛到了日本旅行。走進廊道，像是進入縮小版的日本街道，有日本童玩體驗區、露天座位區、櫻花造景及日本民俗體驗區等，想快速了解日本文化，在這裡多停留一會兒準沒錯。

　　館外館內有許多大小型人偶公仔，孩子們個個看的目不轉睛。文化館一樓介紹手信坊的品牌故事及禮俗節令的展示，多媒體區、模具參觀、和菓子食材介紹、製作場景及品管還有產品演實區也都在一樓，不過一開始讓我們很忙的是「試吃區」，前腳才剛踏進館內，工作人員己經排排站就定位，手上拿著一大堆手信坊的產品準備請大家試吃，有試吃孩子們最開心了，一見狀馬上伸出手來搶著體驗，館方也大方地一再供應，不怕你吃，好大器啊！吃不夠？上二樓教室自己動手做和菓子更美味，更值得紀念；或是來一份有紅豆湯及麻糬的日式甜點餐也很享受喔！

02 · 8262 · 0506
新北市土城區國際路 55 號
每日 0830-1900
www.3ssf.com.tw/factory

1 廊道設有日本童玩體驗區、露天座位區、櫻花造景及日本民俗體驗區等 2 大門入口處散發出濃濃的日式風格，市區裡有這樣的建築非常特別 3 頂樓有餐廳及廣場，大人可以輕鬆的享受點心，孩子則能不受拘束的活動

新北站
ROUTE
10

回憶裡的森林奇遇

烏來內洞國家森林遊樂區 × 安娜貝兒咖啡簡餐 × 觀光台車

ⓐ 烏來內洞國家森林遊樂區

我還蠻喜歡帶孩子一起走進回憶，那種感覺很幸福，很值得珍藏。小時候跟著父母玩遍好幾個地方，有些已經沒落或遷移，有些則保持原狀，也有發展為更優良的觀光景點。約有十多年沒有走進烏來，突然懷念起兒時片段，趁著風光明媚的好天氣，來一次三代同堂的旅行。

印象中很小的時候搭乘過烏來纜車，相較於現在的貓纜，這兒的纜車顯得空間寬敞且車體大很多。一輛輛高空纜車從遊客中心前廣場駛過，孩子們興奮得尖叫，嚷著要搭纜車玩。已經不記得以前的遊客中心長什麼樣子，現在的遊客中心像是剛

完工啟用沒多久，感覺很新穎，裡頭販售冰淇淋及鬆餅飲料這一類簡單的點心，也有伴手禮以及部落相關的周邊商品。從遊客中心到園區售票口開車約十來分鐘，小有距離，不過離大自然愈近的地方路程就愈遠，期待一下吧。

　　位於海拔 230-800 公尺的內洞國家森林遊樂區，每逢春夏交替季節，蛙聲頻繁，故有娃娃谷之稱。園區裡設有數公里長的平緩步道（無障礙步道），步道二側提供賞花資訊，以及大面積的蕨類，沿途不時有鳥兒停在身邊，蝴蝶漫天飛舞，嗅得出瀰漫在空氣中的花草芳香味，在芬多精的洗滌下，我們與大自然融為一體，一邊輕鬆自在的散步，一邊帶孩子觀察自然生態，任憑腳底下清澈溪流流過，遠看近看都像美麗的畫。

走近遊樂區裡最有名的信賢瀑布，觀景平台搭建得很舒適，風迎面吹來，伴隨著瀑布的水氣撲向臉頰，非常涼爽。不只是平台，緊鄰瀑布旁的森林浴步道也是觀瀑的好位置（此段易行，但不適合使用推車），帶些小點心就能陪著孩子待在野餐區，享受美好的親子時光。

02・2661・7358
新北市烏來區信賢里
每日 0800-1700

1 內洞規劃完善，閒情雅緻的休息區隨處可見，提供遊客更貼心的服務　2 遊樂區裡最有名且必訪的信賢瀑布
3 景色優美，溪流清澈，遠看近看都像畫　4 纜車搭載著許多兒時回憶，點滴在心頭

ⓑ 安娜貝兒咖啡簡餐

1 原住民風味美食口感獨特，頗具特色，推薦給大家　2 熱呼呼的快炒讓人一口接著一口，大快朵頤的享受著
3 安娜貝兒是一間手工藝品店，也是一間原住民美食餐廳，特殊的建築風格常讓人停下腳步入內參觀

安娜貝兒是一間手工藝品店，店內的商品多達數百種，有許多純手工製、獨一無二的款式，作品散發出濃濃的原住民風格，因為店面寬敞，整排商店街就屬它最醒目，路過的遊客難免會走進去多瞧一眼。不過它不僅是商店，也是餐廳，就像在一間雜貨小鋪裡用餐，感覺挺有趣，就連廚房的營造也小有特色。座位約有三十席，提供合菜、套餐，也有單點的炒飯炒麵，價格公道，選擇多樣。

炒飯、麵夠水準，很家常味，整體來說餐點份量十足，老闆娘也有幾道隱藏版菜單，有興趣的朋友不妨先行詢問；而店裡的冰沙皆以新鮮水果現打而成，是夏天必喝的清涼飲品。走出餐廳就是美景，乾淨的人行步道，壯觀的瀑布，讓人捨不得離去。餐後不如在這裡散散步，逛逛商店，休息片刻再前往下一處景點前進。

02・2661・7306
新北市烏來區瀑布路 12 號
每日 1000-2000
FB ｜安娜貝兒咖啡屋

ⓒ 觀光台車

在山區裡空氣好，很舒服，飽餐一頓後，準備帶明太子搭台車。烏來風景區的入口到烏來瀑布間有一段林務局的台車道，從安娜貝兒餐廳步行到林業生活館售票口才幾分鐘路程，非常方便。這裡的台車原本是日據時期的運材車，早期是以人力推動，坡道又斜，運輸林木時相當費力，現在改為機械化方式取代人力，開放給遊客體驗當時辛苦的一面！

瀑布區全程 1.6 公里，從原本的單軌改為雙軌，沿途可欣賞烏來景色，提供大家除了步道外的另一個選擇。大約五分鐘即可抵達頭一另的車站，以台車來說速度算快的了，沿著下車處往前走就是老街。即便台車比火車小，也較搖晃，但明太子坐了一趟還想再繼續，捨不得下車呢。

觀光台車發展到第七代，仍吸引無數遊客前來體驗搭乘的樂趣，而車站也頗有味道，在月台看著眼前數輛台車奔馳而過的畫面，兒時景象一一浮現。烏來台車或許跟我們小時候看到的已有不同，但不變的是那份陪伴孩子的心，以及延續傳承的親子關係。

(02)2661-6780
新北市烏來區瀑布路 1-2 號

1 台車售票口就在林業生活館內，等待台車抵達的同時可以順便參觀館內 2 搭乘台車沿途欣賞烏來景色，提供大家除了步道外的另一個選擇

桃園站
ROUTE
1

尋找生活裡的童趣

八德親子館 × 米樂咖啡 × 祥儀機器人夢工廠

ⓐ 八德親子館

　　擁有幾款限量的汽車與機器人，似乎是所有小男孩畢生的夢想，所到之處只要看見這一類的玩具，總是難掩興奮的表情。看明太子漸漸大了，提問次數增多，想起某次跟朋友揪團帶孩子參觀，卻又因時間無法配合前往而失望取消的機器人夢工廠，想必能讓明太子玩得開心又有所收獲，趁著週末沒有其它計畫，一家三口說走就走！

　　由於沒有事先計劃，所以在路上便先以電話詢問相關資訊，對方告知廠內有固定導覽時間，不開放自由參觀，明太子又急著想出門溜溜，想起曾經帶他到八德親子館玩過好幾次，既可殺時間又距離機器人夢工廠景點不遠，就決定先帶他耗耗體力，聽聽故事吧！

　　這裡完全免費，有托育服務、親子館還有資源服務。館內一樓是 0 至 3 歲的活動室，有說故事時間、互動遊戲、主題體驗及親子講座，每個月安排的內

容都不一樣，豐富且多元。還不識字的明太子愈來愈喜歡聽故事，閱讀對孩子來說是一件很棒的事，能從書本裡獲得知識，也讓孩子有更多的想像空間；聽完故事繼續動手做勞作，最後再來一場唱唱跳跳的歌舞活動，孩子們笑得超開心；因為一樓是針對較小的孩子所設計的空間，考量了許多安全方面的細節，超過三歲的孩子建議到樓上玩耍。二樓是親子活動室及共讀室，裡頭有些中小型的遊樂器材，有很多圖書，適合跟孩子互動及親子共讀，是大家最常帶孩子遊戲的樓層。這裡的玩具在操作上都很安全，較大型的體適能器材也是採用安全的軟性材質，比較需要注意的是有些孩子玩得太開心會出現奔跑衝撞的行為，請家長們多加留意；而三樓是溫書中心，會使用這裡的空間大多是已經能自己閱讀的小學生，由資源中心貼心的提供安靜的環境，讓孩子們有個舒適的閱讀場所。館內設有多項親子友善設施，如飲水機、育嬰室、親子廁所，方便媽咪們照顧自己的孩子，可說是設想周到，非常貼心。

03・367・7720
桃園市八德區介壽路二段 73 號
每日 0900-1230、1330-1700（每週一休館）
FB｜八德親子館

1 開心的玩樂空間讓孩子不肯早早離去　2 親子館有老師指導作品　3 貼心的沖水區　4 館方在夏天推出小小戲水池，安全又有趣

ⓑ 米樂咖啡

1 米樂位在小巷弄裡，幽靜的環境讓人感到很舒服　2 輕食點心同樣受到歡迎，餐後跟孩子一同品嚐，享受溫馨自在的親子時光

　　米樂咖啡原本就在口袋名單裡，趁著有機會來到附近，帶明太子來吃飯順便看看他喜歡的貓咪。才剛下車就看到好幾隻貓咪趴在窗戶上伸懶腰，明太子看得目不轉睛，沒幾秒鐘馬上就拉著我的手迫不及待走進餐廳。

　　店裡約有五、六隻體型較大的貓咪，毛整理得很漂亮也很乾淨，看起來似乎已被飼養了一段時間，個個頭好壯壯，感覺非常健康。室內空間營造得溫馨舒適，每一張桌子皆配有沙發椅，慵懶感大提升，大人一坐下就只想賴在上頭，但小孩卻是忙碌的在貓咪家進進出出，有的則是趴在玻璃窗上盯著貓咪們瞧，一刻不得閒，都快忘了吃飯這件事。

　　米樂的主餐為義大利麵、飯，香蒜系列的義大利麵味道濃重，微微的辣讓口感層次更豐富，要點給孩子的餐點可以請店家在調味上略做調整；另外有現做手工披薩、雞翅、雞米花、三明治或棉花糖吐司這一類輕食點心，也有多種口味的現烤鬆餅以及咖啡、茶等飲品。

　　店家特別以玻璃窗把貓咪跟客人的座位區隔開來，讓貓兒們有專屬的活動空間，也不會讓顧客在大快朵頤時受到影響。貓咪們療癒又可愛，有牠們陪伴用餐，可以讓孩子吃飯時心情大好，說不定會多吃幾口呢！

03・377・6002
桃園市八德區重慶街 51 號
每日 1130-2130（每週二店休）
FB ｜米樂咖啡

ⓒ 祥儀機器人夢工廠

一走進大門，看見小朋友在操控著機器人，明太子難掩興奮神情，衝到機器人旁邊睜大雙眼，直說「好酷哦」！他會出現這反應已在意料中，也表示接下來的體驗肯定會令他印象深刻。

穿過有如星際大戰場景裡燈光閃爍的長廊，讓在場所有的孩子驚呼聲連連，而長廊另一端就是機器人互動體驗區及展示區，這裡有全台唯一會動的鋼鐵人、跟大家說哈囉的機器人小姐、背後故事很精采的劍獅金鋼、原住民機器人、有年節氣氛的舞龍舞獅，以及會跟大家對話的語音機器人等，不僅是觀賞用，最酷的非互動體驗區裡的機器人莫屬，可以操控機器人踢足球、玩投籃、格鬥比賽、猜拳遊戲，孩子們一關接著一關，小手沒停過，排隊輪流體驗機器人帶給他們的樂趣。

透過詳盡的導覽，得知祥儀以傳統齒輪產業起家，利用輕巧微小的馬達齒輪箱研發出各式大小不同功能的機器人，致力於機器人應用的發展，其中黑熊機器人曾榮獲國家金點設計大獎，還有美國救難部隊御用的救難型機器人便是使用祥儀的齒輪箱，成功由傳統產業跨足創新科技業，也證明了台灣的研發實力。走進祥儀，親眼看見那些機器人的樣貌，才深深了解為什麼男孩對於機器人世界如此著迷，因為連女孩兒都玩得很過癮啊。祥儀真的是一處非常適合帶孩子來的地方，保證能看見他們最燦爛的笑容。

03・362・3452
桃園市桃園區桃鶯路 461 號
平日 0900-1700／假日 0900-1730（每週一休館）
FB｜祥儀機器人夢工廠

1 全台唯一會動的鋼鐵人，讓大家看得好過癮　2 館內有許多免費的操作體驗，令在場的孩子著迷

桃園站
ROUTE
2

簡單的幸福

慈湖雕塑公園 × 好時節農莊／保健植物園 × 埔頂公園

ⓐ 慈湖雕塑公園

其實帶孩子出門不一定要花大錢，到公園跑跑曬曬太陽也能開心度過一天。桃園有不少適合親子同遊的旅遊景點，這回帶大家來到大溪，準備讓孩子們享受盡情在草地上追逐的開心時光。

趁著上午氣溫還不是太高的時候，來到慈湖雕塑紀念公園。這裡一年四季都很

漂亮，尤其是秋意正濃的季節，大規模的楓樹盛開，讓整座公園顯的詩情畫意，而櫻花盛開之際，同樣美不勝收。

園區佔地寬闊，共有大小塑像 152 座，是全世界唯一為單一個人的雕像所設立的紀念館。草皮修整完善，並設有木棧道，還有座椅供休憩之用，唯某些

路段的小石子路老人與小孩皆需稍加留意。想圖方便，可以選擇待在園區裡的觀景台餐廳用餐。雖說沒有絕佳視野，但中規中矩的餐點能餵飽五臟廟，最大的好處，就是可以不用離開園區，免去上下車的麻煩。

　　紀念品區獨家販售文創商品，像是國旗包、馬克杯及具台灣代表性的明信片等，都是很熱門的商品，我們也不免俗替明太子帶了一個迷你國旗包做為紀念。園區很大，稍嫌可惜的是樹蔭不夠多，夏天建議早上或近傍晚來比較沒那麼曬，秋冬就很舒適涼爽囉。

桃園市大溪區復興路一段 1097 號
每日 0800-1700

1 園區佔地寬闊，共有大小塑像 152 座，是全世界唯一為單一個人的雕像所設立的紀念館　2 美景如畫，來散心吧　3 這裡一年四季都很漂亮，尤其是秋意正濃的季節，大規模的楓樹盛開，讓整座公園顯的詩情畫意

ⓑ 好時節農莊／保健植物園

好時節是一個頗獲網友好評的觀光農牧場，利用紅磚搭起的建築顯得更有早期農莊味道。沒有過多的人工造景，以天然木材打造的大門，象徵生生不息的自然生態。農莊裡有個大窯，提供幸福窯烤披薩 DIY 的體驗，從捏麵糰開始到灑料，可以自由選擇加料或是特別的形狀，主要口味有水果、泡菜、燻雞等，配料包含大溪豆乾、薑絲、特調豆乳醬或鹹蛋等，新奇的組合挑戰大家想像的極限。

超寬廣的草皮則是孩子們的天然遊樂場，只要帶顆球來就能玩好久，還能餵鴨餵鵝看小兔子，經常有幼兒園來這裡舉辦校外教學活動。農莊裡有供應農家風味套餐，對想待久一點的人來說挺方便的，或者事先預約 PIZZA DIY，直接當午餐吃也不失為一個好選擇。

距離好時節農莊不遠處，還有一間保健植物園，有天然的大花園、大面積的綠色植物及藥用植物以及各式花卉欣賞。餐廳提供蔬食料理，推薦給茹素或是走養生路線的朋友；同時也有鍋物及合菜類的餐點，都很適合孩子。園區有協助規劃一日遊搭配 DIY 的套裝行程，提供給大家參考。

好時節農莊
03・388・9689
桃園市大溪區康莊路三段 225 號
每日 0900-1700（每週一休園）
luckytime.com.tw

保健植物園
03・307・6638
桃園市大溪區員林路三段 385 號
每日 1000-2000
www.e-green.idv.tw

1 大空間可容納多人團體，其中以學校機關為最多，經常有幼兒園到此參訪玩體驗　2 農場主人會帶大家去看可愛的小鴨們哦　3 大窯柴燒的 pizza 口感獨特，親手做得更棒哦　4 保健植物園的棚架裡有各種植物供遊客參觀，環境整理的不錯　5 養生料理正流行，為健康層層把關

ⓒ 埔頂公園

把肚子填飽了，我們再到埔頂公園跑跑跳跳消化一下吧！埔頂公園是一座綠化很棒的大型公園，橫跨高速公路二側，是它最特別之處。這裡可以騎腳踏車、有兒童遊樂設施、可以慢跑及健身、或是在大草皮上翻滾玩耍，是一處結合多功能的休閒場所，而且因為大樹很多，一年四季無論何時來都很舒適。

桃園市大溪區公園路
全年開放

1 綠化做得很棒的埔頂公園是當地居民休閒好去處，路面平坦可騎乘腳踏車　2 硬體設備維護有佳，地墊讓安全性多了一道防護

聆聽大自然

百吉林蔭步道 × 天御花園 × 阿姆坪生態公園 × 富田花園農場

ⓐ 百吉林蔭步道

我很重視孩子的體能及健康，都市待久了，偶爾也要遠離室內遊樂園，帶孩子走走步道，接近大自然，吸收芬多精。位於大溪的百吉林蔭步道，是一條我們經常造訪的步道。步道二側綠樹成蔭，就連夏天也很涼快舒適。一路上還有小昆蟲們陪伴，鳥類生態豐富，像是一間自然教室，等於是以現成的教材，直接幫孩子們上課。

步道平坦易行，沒有任何難度，適合各年齡層民眾健行散心，使用嬰兒推車也不是問題。步道區設有路障，汽車無法通行，也鮮少看到機車出沒，沒有住宅，空氣好無光害也無污染，花兒開得美，蝴蝶蜻蜓身邊繞，不時出現各類昆蟲的身影，是一個很熱鬧的小森林。每年的螢火蟲季總是吸引遊客前來，在桃園一帶已經算是小有名氣的景點。來這裡不要給自己太多負擔，只需備幾包乾糧給孩子們餓了裹腹，愈輕鬆愈好。

步道往返約 1 至 1.5 小時，是讓孩子練體力的好地方，既不用花錢又可遠離電視機，週末的早晨別太晚起床，一起來親近大自然吧。

桃園市大溪區復興路一段
全年開放

1 步道平坦易行，春暖夏涼，是假日休閒健走的好去處　2 四周生態豐富，適合全家一起親近大自然，也能鍛練孩子的體能

ⓑ 天御花園

　　走步道很耗體力，每次結束明太子總是胃口大開，吃的比平常多，動一動之後肯定要找個舒適的地方好好吃頓飯，補充元氣。天御花園最適合在走完步道後來用餐，它距離步道約三分鐘的車程，很快就能飽餐一頓。

　　歐式造景的花園餐廳由二兄弟共同經營打造，在大溪一帶風評頗佳。哥哥從小喜歡花，去了一趟瑞士荷蘭之後，覺得台灣應該也需要那樣的空間，望山賞花，帶著寵物跟孩子奔跑。於是，天御花園誕生了。

　　餐廳供應各式各樣的中式套餐以及輕食小點，餐點頗具水準，價格親民，供餐時段總是會突然湧進許多遊客。走出餐廳就是漂亮的花園造景，有人在拍照，有人帶寵物散步，也有人陪著孩子賞花，此時此刻店家的夢想成真，也為這個寧靜的小鎮帶來許多歡笑聲。在漂亮的花草及舒適的氛圍裡用餐很享受呢！

　　天御不僅是餐廳，還是一間花卉市場，各式植栽花卉種類繁多，琳瑯滿目，也有工具及肥料等，專程來買花的遊客可不比餐廳少。戶外的鞦韆草原以及小木屋咖啡營造出歐式花園的氛圍，那份愜意感只能親自來體會了。

03・387・4743
桃園市大溪區復興路二段 45-1 號
每日 0830-1730
www.skygarden.com.tw

1 美麗恬靜的歐式花園種植著許多花草，餐後陪孩子一起享受悠閒的美好時光　2 食材新鮮美味且多樣，總是吸引老饕回訪　3 閒情雅緻的用餐空間

ⓒ 阿姆坪生態公園

1 喝咖啡賞景可謂人生一大享受　**2** 石門水庫旁的阿姆坪，是露營烤肉、郊遊踏青的旅遊勝地　**3** 腹地廣大，即使湧入大批人潮也不顯的過於擁擠

　　午後伴著微風徐徐，涼爽舒適，我們順路來到曾是偶像劇拍攝場景的阿姆坪生態公園放風，沿著大片的草皮及湖岸邊，散散步消化一下，順便帶腳踏車來騎。石門水庫旁的阿姆坪，是露營烤肉、郊遊踏青的旅遊勝地，可容納百人紮營，適合辦營火晚會及團體活動。湖邊一側建築體已損壞，看似多年沒有人使用，原來這個位置是以前的湖濱大飯店，飯店及廣場上六十多項體能訓練設施現已荒廢。平日沒什麼遊客，因腹地廣大，假日人潮也不會過於擁擠。園區設有涼亭及椅子，供民眾休憩之用。岸邊船隻讓喜歡咖啡的朋友，可以上船體驗湖畔喝咖啡的樂趣。除了在園區裡走走看看之外，還能從阿姆坪碼頭搭遊艇到枕頭山（薑母島），也是電視偶像劇女主角的家。遊湖時間約一個半小時，島上提供吃薑母包、挖薑母筍這一類的活動，沒有體驗過的可以來玩玩。

桃園市大溪區懷德路
全年開放

ⓓ 富田花園農場

　　此外，距離天御花園較近的富田花園農場，同樣因為偶像劇一炮而紅，也是新人最喜歡來拍婚紗的地方。早期不如現在整頓得如此完善，現在園區裡可餵食小動物、賞花海、有教堂，還有那片一直都很壯觀的綠色草原。富田將園區重新打造成有如歐式小鎮般那樣吸引人，佔地千坪可說是很有得玩。鋪上野餐墊，讓孩子在草地上恣意玩開來，一會搶著騎摩托車，一下子又跑去玩小汽車，有時還故意追在小動物們後頭玩耍，忙碌得很。園區內有餐廳，供應簡單的義大利麵套餐，也可提前預約烤肉，另外開放 DIY 體驗，可以待上好幾個小時不無聊，能聽到孩子開朗的笑聲，就是一趟值得的旅行。

03・387・2540
桃園縣大溪鎮福安里埤尾 22-8 號
每日 0900-1800
www.tomita.com.tw

1 玻璃教堂成為婚紗業者取景的必訪之地，孩子也能在池邊餵魚（需有家長陪同）　2 富田在桃園地區小有名氣，優質寬敞的空間適合親子家庭造訪　3 綠地與馬兒，交織出一幅美麗的小歐洲

桃園站
ROUTE
4

親子共享的甜味

森林鳥花園 × 八方園鄉村餐廳 × 郭元益觀光工廠 × 白木屋品牌探索館

ⓐ 森林鳥花園

成為桃園居民超過十年，發現能帶孩子一起玩的新景點有逐年增多的趨勢，還真是挺造福當地居民，尤其有了明太子之後，朋友家人更是常為了哪裡適合帶小孩、大人又能放鬆的地方而思考很久。

二〇一三年開幕的森林鳥花園是一間很不一樣的親子園區，裡頭規劃了餐廳及相關的友善親子（遊樂）設施，非常方便帶孩子去跑跑跳跳。其實它原本是一間瀕臨倒閉的鳥園，在一位慈悲的長者無私付出之下，終於替可憐的鳥兒們尋得這片幸福園地。園方誠意十足，門票不貴還可全額抵消費。在這裡可以走進大鳥籠裡與鳥兒們近距離的接觸，全程有導覽解說，一起帶著孩子細看鳥類生態。沙坑、溜滑梯等基本遊樂設施讓孩子嗨翻天，夏天開放的戲水池更是擄獲了孩子們的心，無時無刻都能聽見他們此起彼落的嘻笑聲，就連大人也喜歡這裡。

園區裡有幾個用餐區，有輕食、點心還有套餐，自由選擇，不過週末人潮稍多，如果想吃套餐，還是建議先預約才不會讓寶貝餓肚子苦等。另外，無障礙坡道、親子廁所、哺乳室等各項友善親子設施，讓家長們覺得超級貼心，就連還在包尿布的小小孩都很適合來。不要猶豫，快來溜小孩曬太陽吧！

03・589・9341
新竹縣新埔鎮清水里汶水坑 97 號
每日 1000-1700（每週三、四公休）
www.forestbird.com.tw

1 提升組合概念的小工具 2 難得與鳥兒如此貼近，透過導覽了解更多關於鳥兒的故事 3 在樹蔭底下乘涼的沙坑，不怕頂著高溫玩沙，也不必擔心淋雨，真是貼心

ⓑ 八方園鄉村餐廳

在鳥花園裡爬上爬下溜滑梯數回，認真又開心地將園區裡能玩的都至少玩過一遍，體力耗掉大半之後才驚覺肚子餓了，怕孩子們餓著，趕緊驅車前往距離園區很近的八方園餐廳，準備嚐嚐特色古早味料理。

融合了三合院的古厝建築與歐式庭園的環境，彷彿帶人走進懷舊的年代。八方園有寬闊的草地，整體空間舒適清爽，餐廳內裝潢擺飾古色古香，散發出淡淡的悠古情懷，無論是傳統客家菜及養生食材的特殊組合，亦或是榕樹下的咖啡香及手作點心，無不讓人回味再三。八方園通過桃園市政府的評鑑榮獲金牌好店的殊榮，餐點頗具特色，油雞鮮嫩多汁，客家小炒及薑絲炒大腸則是必點的客家菜，菜色口味濃厚，連胃口不佳的小孩都能多扒幾口飯。

餐後大人們移到一旁的咖啡廳裡點杯飲料放鬆心情聊聊天，孩子們則在戶外的大草皮上來回開心的追逐嬉戲，大夥兒吃飽喝足，一起度過開心愜意的午後。

03・478・4735
桃園市楊梅區永寧里 4 鄰 22 號
每日 1130-1400、1700-2030（每週一店休）
FB｜八方園

1 大樹下咖啡館悠悠靜靜，是話家常的好地方　2 八方園有寬闊的草地，整體空間舒適清爽，孩子在三合院前玩起遊戲，笑聲此起彼落，好不熱鬧　3 餐廳內裝潢擺飾古色古香，散發出淡淡的悠古情懷

ⓒ 郭元益觀光工廠

吃飽喝足，準備返程之際，發現有人還不想回家，肯定是這麼多人一起出遊，難免希望能多點時間跟大家在一起。看時間還早，我們繼續前往附近的觀光工廠再玩一會兒吧！位於楊梅的郭元益，是一間老字號的糕餅工廠，為了讓更多人了解郭元益，後來才轉型成為觀光工廠，無論是傳統味的喜餅、糕點，樣樣是「頂港有名聲，下港尚出名」。雖然製作的是傳統口味的糕餅，但總吸引特定族群的喜愛，大概是平常精緻點心吃多了，明太子竟也對它產生興趣。

楊梅館佔地一萬四千坪，仿古典漢風，全國唯一的宮廷式廠房，讓人印象深刻。館內可體驗的項目之多，除了參觀博物館，還有拋繡球、糕餅丟丟樂、轉圈圈等小遊戲，經常能遇到學校機關團體來做觀光工廠的巡禮。為了推廣環境教育，在二〇一一年為台灣食品業締造第一座黃金級的綠建築工廠，包括原物料廢紙袋回收利用的再生藝術牆、利用風力發電及回收用水概念搭建的洗手間，處處展現郭元益為綠能環保所盡的一份心力。此外，孩子們能輕鬆從互動遊戲裡學習相關知識，沒有壓力的學習環境讓他們很開心。

因配合工廠製造生產，想看產線運作的現場狀況，只有平日才看得到；假日則提供導覽解說，以及 DIY 手作糕餅的體驗課程。跟著導覽走一遍，了解整個運作的過程，最後再動動手做 DIY，既能長知識還能品嚐自己親手完成的點心，對孩子來說很有成就感呢！郭元益跨足食品、婚紗及博物館，成功建立自己的品牌，也提供更多人週休二日休閒體驗的好去處。

(03)464-3545
桃園市楊梅區幼獅工業區青年路 9 巷 1 號
每日 0900-1730
www.kuos.com/museum

1 几淨明亮的空間在視覺上多了一層享受　2 不能錯過的糕點 DIY　3 生動有趣的導覽令孩子們目不轉睛

ⓓ 白木屋品牌探索館

　　楊梅地區並不只有一間觀光工廠，白木屋品牌探索館也是非常受歡迎的觀光工廠之一。相信大家對白木屋這個品牌都不陌生，也經常在電視廣告上看到它們推陳出新的產品。位在楊梅的白木屋品牌探索館，有著亮麗白色的建築外觀，如同塗滿奶油的蛋糕一般，吸引不少大小朋友入內參觀。蛋糕造型獨特且漂亮，甚至帶點華麗感；館內除了介紹白家的商品，並設有伴手禮區之外，一樓二樓皆有體驗廊道，可以直接透過玻璃窗看到部份商品製作的過程。機器不停嘎嘎作響，孩子們更是忙著詢問父母：「那是在做什麼啊？」

　　來到白木屋最不能錯過的是巧克力DIY，從巧克力知識、成份、溶解、塑形一直到裝飾，過程中不時嗅到甜甜的味道，對平常沒什麼機會吃巧克力的孩子來到這裡都是大解放，就連我也受到影響，難怪有人說巧克力帶給人的幸福滋味，只有親自體驗才知道。館內供應數種簡單的餐點以及冷熱飲，而白木屋的幸福下午茶主要為蛋糕及巧克力，種類不少，順便在美麗有質感的午茶區休息一會兒，感受甜滋滋的氛圍。

　　從蛋糕到喜餅，白木屋成功的打響了自己的品牌，獲得普羅大眾的喜愛。市面上的蛋糕成品個個精緻有型，喜餅倒是較不多見。總之，想多了解這個品牌背後的故事，還是建議大家親自走一趟囉。無論是品嚐巧克力或是做糕餅都很有趣，不同商品不同形態的觀光工廠，等各位親自帶孩子來體驗！

03‧496‧5558
桃園市楊梅區高獅路 813 巷 22 弄 6 號
每日 0900-1800（每週二休館）
www.wwhousegallery.com

1 白木屋品牌探索館在楊梅地區是非常受歡迎的觀光工廠之一　2 繽紛活潑的色彩受到孩子的喜愛，彷彿來到一座蛋糕樂園

桃園站
ROUTE
5

清晨風裡的微笑

義美食品觀光工廠 × 奧爾森林學堂 × 坑口彩繪村

ⓐ 義美食品觀光工廠

　　天空不作美的早晨，努力思考著該帶明太子上哪兒去？飄著微微細雨，決定找個室內窩著，最好是有得吃又得玩，可以待上好幾個小時的地方。好！就決定不走遠，來去義美，尋找屬於我的兒時回憶。

　　看到義美，你想到什麼？小時候對義美的印象，是從一顆牛奶糖開始。義美在我的年代，頗具知名度，走過七十五年，現在變身成為大家喜愛的觀光工廠。一直到現在，義美陸續發展出更多周邊商品，有牛奶糖、冰棒、巧克

力、餅乾等,甚至麵包,就連受歡迎的滿福堡早餐,也是義美代工的喔,讓我好幾次想直接去門市買回家來自己做漢堡呢。一間比我年紀還大上二倍的老字號食品工廠,想必很有看頭。

義美廠區已經頗有歷史,它是國內最大的業務用麵包生產工廠,舉凡漢堡、熱狗、吐司、貝果等,義美都有供應,透明化的作業流程,讓消費者看得一清二楚,買得放心,吃得安心。廠區內甚至為孩子們搭建了幾項遊樂設施,讓較小的孩子玩得開心,較大的孩子則是能更進一步體驗古早童玩的樂趣。來到這裡,孩子們參加導覽,並且動手玩 DIY,

親自製作出來的小餅乾,不僅美味好吃,還趣味十足,更能提升親子間的互動。

義美設有餐廳,提供南北各式點心,小籠湯包、蘿蔔糕、蔥油餅、湯麵等應有盡有,給大家不少選擇。結束 DIY 之後,建議可以直接在這兒用餐,方便又美味!

03.311.7525
桃園市蘆竹區南工路一段 11 號
每日 0700-2200
www.imeifoods.com.tw/nankang

1 義美工廠前的溜滑梯是孩子的最愛　2 義美的餐點以南方點心為主,種類多又美味　3 帶孩子參與 DIY 體驗課程,增進親子互動　4 讓孩子動手做,從玩樂中學習　5 義美工廠後方有生態池,並附設戶外座位區,供民眾休憩之用

ⓑ 奧爾森林學堂

在義美至少可以待上四個小時，如果覺得玩得不夠盡興，可以再到虎頭山的奧爾森林學堂小小活絡筋骨，玩玩遊樂設施。於二〇一二年開幕的奧爾森林學堂，就在桃園虎頭山。會取名為奧爾，原因是虎頭山裡有許多貓頭鷹（Owl），故取了諧音。所以呢，奧爾學堂打造了樹屋群，當親子同遊時，可利用樹屋觀察鳥類的生態。

樹屋群共有三座，一座是可以看見三百六十度的絕佳視野，另一座是用來觀察鳥兒的生態，最後一座則是提供大家休息的地方。樹屋裡有固定的說故事時間，也是孩子們最喜歡的活動之一，甚至有導覽跟劇場。這裡種植了大量的樹木，除了綠化做得很好之外，還提供絕佳的遮蔽處，夏天來挺涼爽的。所有的大型遊樂設施底下皆鋪設了軟地墊，確實保護了孩子們的安全，可說是設想周到。

沿著階梯往上走，便是著名的虎頭山。虎頭山少有陡坡，階梯不是太多，靠近市區、遮蔭也多，大小路線穿梭，組合多樣，想往哪兒走都行，路面規劃的不錯，雨天也不會太濕滑，繞一圈約 1 至 1.5 小時，適合帶長輩及幼小孩童前往。虎頭山鄰近忠烈祠、孔廟及經國梅園，都是桃園一帶著名的景點，下山時可順道參觀。

03・394・6061
桃園市公園路 42 號
全年開放

1 在森林學堂裡的樹屋聽故事，孩子的嘻笑聲此起彼落　2 森林學堂不僅是孩子玩樂的天堂，更是附近居民休閒的好去處　3 除了遊樂設施，也可以帶孩子爬爬階梯，走走步道

ⓒ 坑口彩繪村

1 坑口彩繪村讓孩子體驗縮小版的農村生活　2 彩繪世界讓原本不起眼的小村落熱鬧了起來

　　這幾年社區彩繪正流行，讓許多原本名不見經傳的小聚（村）落瞬間活絡起來，逐漸成為地方特色。彩繪社區多集中於中南部地區，在北部目前仍較為少見。距離奧爾森林學堂約莫半小時車程的坑口彩繪村，是一處適合帶孩子走走逛逛的小地方。

　　坑口社區彩繪自完工後，便吸引大批當地居民前往參觀，期間甚至還有媒體報導以及網友相傳。跟許多村落比起來，坑口地區規劃不大，不過社區牆上多了色彩豐富的彩繪圖樣，難免熱鬧了起來。也因為範圍不大，很適合慢慢散步閒逛，感受濃濃的鄉村味兒。

　　彩繪社區主要分為四大區：誠聖宮周區、彩繪二巷區、永純化工區、海山路沿線。各區皆有不同的主題，供民眾取景拍照，並且以生動活潑的彩繪方式呈現出各個主題面貌。社區裡仍有長者居住，在參觀的同時，偶爾還會遇上熱心的居民指引參觀路線。附近的蘆竹花海在每年的花彩節會吸引許多遊客前來欣賞搖曳動人的花姿，橋上的可愛彩繪以及地景裝置藝術，都是遊客爭相取景的熱點；慢慢走完一圈彩繪村也要四十多分鐘，多數孩子大概都沒見過早期農村的樣貌，很適合帶孩子來體驗農村生活，遇花季時不妨走進美麗的花海間，來張全家福做紀念吧！

03・354・4246
桃園市蘆竹區坑菓路、海山路
全年開放

桃園站
ROUTE
6

水岸逍遙遊

石門水庫風景區 × 山景湖水岸 × 三坑子老街

ⓐ 石門水庫風景區

以前聽人家說石門水庫有多美,在桃園居住了十來年,還是生兒子之後,才第一次造訪石門水庫一帶。

對我來說,石門水庫最美的季節是秋天,所以我很喜歡帶明太子在秋天來訪,溫度最適中,有微涼的風,還有一排美麗的楓(槭)樹迎接我們,彷彿來到了韓劇中的場景。水庫位於龍潭,很靠近大溪,是我們家族旅行經常走訪的路線。這兒佔地寬闊,不用擔心喜歡大動作的孩子無處可去。明太子對大水壩很感興趣,望著湍急的水從大水管裡渲

1 壩頂視野遼闊，是絕佳的賞景點 2 在水庫裡的公園輕鬆散步欣賞最自然的風景 3 一排排美麗的楓（槭）樹迎接我們，彷彿來到了韓劇中的場景 4 每當秋冬之際雲霧飄渺，有種迷濛之美座位區

洩出來，大人們忙著拍照，小孩則目不轉睛專心注視著。若認真走完一圈，得花上一點時間，要是擔心孩子體力無法負荷，就在壩頂上的大草原待著也不錯，那裡可以玩球、找昆蟲、野餐、賞花等，還有孩子就直接躺在草地上翻滾，自己笑得很開心呢！周邊設有自行車道，停車場附近也有幾處大小公園，道路平坦，很適合使用推車，除了汽車行駛的道路之外，其它地方都很適合帶孩子賞景散心。水庫範圍大，無法步行走完全程，比較恰當的是定點停留，孩子會感到比較輕鬆。每年年底至隔年年初這裡會舉辦石門水

庫賞楓活動，許多家長都會帶著孩子來共襄盛舉，在我們帶明太子來欣賞美麗的「楓景」之餘，期待讓他了解更多水的相關知識以及水資源的重要性，我們相信教育是根深蒂固的，紮實上了一課，再搭配一旁的知識體驗區，他馬上就知道如何珍惜水資源，回到家也不會亂開水龍頭玩水，非常有用呢！

0800‧200‧233
桃園市龍潭區佳安里佳安路 2 號
每日 0800-1700
www.wranb.gov.tw/

ⓑ 山景湖水岸

水庫周邊有幾家評價不錯的餐廳，由於地理位置關係，不少餐廳是緊鄰著湖岸邊搭建，許多遊客在用餐休息之餘，還順便飽覽美麗的湖光景色。來石門水庫不一定要吃活魚，這二年湖水岸重新裝潢，把門面做的更大更漂亮，西班牙式的建築吸引更多人前來用餐。緊鄰水庫旁的湖水岸，讓我們非常喜歡這兒的環境，也有多次的愉快經驗，所以往往在結束石門水庫的行程之後，來這裡用餐。

湖水岸有一個後花園，空氣好環境佳，餐點也在水準之上，以義大利麵跟排餐為主，份量比想像中的稍多些，建議媽咪跟寶貝一起分享會較為合適。餐廳裡外都很寬敞，餐後可以帶孩子走走看看，欣賞花園景緻，或是帶著泡泡瓶來玩吹泡泡也很愜意。

03・411・2899
桃園縣龍潭鄉大平里民富街 19 號
每日 1100-2000
www.lakehouse.com.tw

1 石門水庫旁的秘密花園　2 優質的用餐空間讓人很放鬆　3 創意風味排餐　4 戶外花園優雅靜謐，空間清新

Ⓒ 三坑子老街

1 相較於其它熱鬧的老街，三坑子多了份樸實靜謐的味道 2 老街有幾間特色小吃店，假日總是擠滿了用餐人潮
3 著名的黑白洗讓孩子們好奇為何要在大水溝裡清洗衣物

　　在一天結束之前，帶大家到距離水庫很近的三坑子老街逛一逛。老街說長不長，相較於其它熱鬧的老街，這裡多了份樸實靜謐的味道。老街裡除了幾間特色小吃店，再往最裡頭走去，是當地居民的住所，漫步經過一小段田間小路，放眼望去盡是美麗的花海。沿著花海向前行，是一條鐵馬道，沿途規劃完善，有洗手間及涼亭，可串連至大溪老街，不少父母帶著孩子來這裡邊賞花邊騎腳踏車，好不愜意。這裡最著名的「黑白洗」，它部份的水源來自於石門水庫，另一小部份則是泉水。至於如何跟孩子們解釋早期人們為什麼要在大水溝裡洗衣服，端看各位家長如何為孩子們解說。

　　在三坑子裡感覺不出太多的商業氣息，街道二側的屋舍鮮少有改建，幾乎被原汁原味保存了下來，店家們好客又熱情的招呼聲此起彼落，跟冬天的太陽一樣溫暖。試著放慢步調輕鬆遊，會有不一樣的收獲喔！

桃園市龍潭區三坑子
全年開放

夢幻的草綠山色

綠光森林富野綿羊牧場 × 隱峇里山莊 × 角板山行館

ⓐ 綠光森林富野綿羊牧場

想遠離塵囂，對都市人來説是一種奢侈。孩子們住的是高樓大廈，似乎只有附近的公園或是稍稍偏遠的山區能讓他們感到與大自然貼近一些。

復興鄉距離都市有很長的一段距離，選了一天沒有雨的日子來散散心，嗅嗅綠草泥土芬芳味。其實孩子跟小動物們一樣，基本上是喜愛親近大自然的，因為這樣會讓他們感到自在，尤其山上空氣清新，過敏的孩子來到這裡不流鼻水也不咳嗽了。

由於綠光森林地處偏遠，即使是假日也不見擁擠的人潮，反而有種舒適感。晴空萬里的好天氣，圍繞在飄渺的山景

之間處處是美景，這裡有一大片幸福草原，還有綿羊放牧區，在都市裡經常能見貓跟狗，感覺沒什麼稀奇，而放牧區裡幾隻大大小小的可愛綿羊反而讓孩子們有十足的新鮮感。除此之外，園區提供餐飲及住宿服務，餐點有西式套餐（排餐）、炒飯及義大利麵、下午茶小點心、飲品等，也有專為兒童設計的兒童餐，在山區經營難免價位較高，搭配四周美景及環境也算值得。二樓有好多大小熊偶，供新人拍婚紗照使用，很受小小孩喜愛。來到這裡就盡情放鬆，不要趕時間，不要趕行程，放慢步調，感受四周景色帶來的美好。

03・382・2696
桃園市復興區霞雲里 3 鄰志繼 19-2 號
每日 1000-1800
www.furano.com.tw

1 少了人群的擁擠，綠光讓人感到自在　2 圍繞在飄渺的山景之間處處是美景　3 放牧區的綿羊很幸福，不僅空氣乾淨清新，還有一大片綠色草地做為家

ⓑ 隱峇里山莊

1 隱身於山中的餐廳，環境優美風景秀麗，讓家庭聚餐多了一處選擇 2 南洋風格的隱峇里，無論是屋舍、裝飾，或是環境的營造，都像極了巴里島 3 多種餐點選擇，視覺滿足了胃也滿足了 4 山上的好空氣就是最棒的天然冷氣，夏天來賞景很舒適呢

有著南洋風格的隱峇里，無論是屋舍、裝飾，或是環境的營造，像極了我們幾年前曾經數次造訪的巴里島，既悠閒又自在，彷彿給我們一張躺椅，就能嗅到海洋的味道。這兒的座位在店家巧妙規劃下，每一間都是具有南洋風格的包廂，座位區寬敞，不用擔心影響他人用餐，空氣裡瀰漫著一股清新味道，深呼吸幾口精神都來了；而開放式的座位區能遠眺川谷溪流，有極佳的視野。

餐點有排餐及單人火鍋，鍋物湯頭清爽，孩子的接受度很高；排餐類份量十足，尤其是焗烤飯，要跟孩子共享一份套餐也不嫌少。比起需要一直待在位子上稍有氣氛的餐廳，隱峇里開放式的空間更符合有小小孩的家庭，伴隨著山上的好空氣，暫時跟冷氣說掰掰，用餐時感覺心情特別好呢！

03．382．1688
桃園市復興區羅浮里 2 鄰合流 58 號
每日 1000-1900
www.w.url.tw/yellowpage

ⓒ 角板山行館

自從某次造訪過角板山之後，我便愛上了這個地方。角板山行館內主要展示蔣公生前文物、舊照及紀錄片，以及蔣公停留在角板山的生活資料等。說到賞梅盛地，若說南台灣有烏松崙，那麼北台灣非角板山莫屬。每年的一、二月份是梅花盛開的季節，在行館周圍皆能欣賞那清新脫俗的梅花，在藍天白雲的襯托底下更顯得純淨無瑕。偌大的草地整理得舒爽乾淨，遠眺溪口台地清晰可見；沿著環湖步道觀察池裡的生態，孩子樂得蹦蹦跳。即使不是賞花季節，仍可見到不少民眾在綠色樹蔭底下席地而坐，而環湖步道也是必走的散步路線，不僅步道維護得好，放眼望去大面積的生態池與山巒景色一樣層層疊疊，美不勝收，步道旁的楓葉讓生態池四周頗具詩意。走累了想休息一下，到園區裡的行館咖啡廳裡點杯咖啡配上幾口鬆餅，開心結束一天的行程。

03・382・1678
桃園市復興區澤仁村中正路 133-1 號
每日 0800-1700

1 溪口台地是一塊三角台地，共四層台階，上二層為梯田，下二層為草坪，第三層還有小公園　2 冬有梅秋賞楓，好有詩意　3 梅花盛開的季節讓角板山顯的更佳迷人　4 沿著環湖步道走一圈可見湖面豐富的生態，是啟發孩子探索的天然場所

桃園站
ROUTE
8

隨風前行的日子

新屋綠色走廊 × 聖多里尼海岸咖啡廳 × 永安漁港

ⓐ 新屋綠色走廊

　　大概是小男生體力過人，說到騎腳踏車，他們總是跑第一。只是夏天騎車真是挺熱的，我們馬上想到新屋的綠色走廊。那兒有一條筆直的自行車道，二側是又高又大的樹木群，在綠蔭底下騎車或散步，應該是蠻舒適的。

　　綠色走廊（又稱綠色隧道）全長四公里，沿著海岸邊建造。在政府用心的規劃下，儼然成為北台灣最具規模的自行車專用道，全程皆為柏油路面，非常

容易騎乘，無論是平日假日，常見到父母帶著孩子乘著風騎著車全家出遊那種開心的畫面。沿途兩側綠樹成蔭，飄來陣陣的清香氣息，邊騎車邊賞海景更是愜意。自行車道的入口處有幾家單車及協力車出租店，無需自備車輛，就能享受騎乘的快感。除此之外，這裡有停車場，並設有步道、木棧平台、景觀涼亭、休憩椅及貼心的洗手間等，設備非常完善，尤其假日的綠色隧道為自行車專用，不必與汽機車爭道，是全家人一同從事戶外活動的最佳首選。

03・332・2101
桃園市新屋區濱海林蔭大道
全日開放
taiwan.net.tw

1 中途休息下來賞海吹風，或是讓孩子走到沙灘玩玩沙，如此也能玩上大半天呢　2 租一輛家庭車連小小孩都可以坐，不必與汽機車爭道，是全家人一同從事戶外活動的最佳首選　3 沿途二側綠樹成蔭，飄來陣陣的清香氣息，夏天騎乘很涼爽

ⓑ 聖多里尼海岸咖啡廳

1 如此悠閒的氛圍底下連孩子也感到自在愉悅　2 美麗又浪漫的異國風情建築為聖多里尼帶來更多遊客　3 餐廳供應各式異國料理，多以套餐方式呈現，並有下午茶類的蛋糕輕食點心

永安漁港距離綠色走廊約三公里長，騎完車體力也消耗了大半，除了市場裡新鮮的海產漁獲，二樓還供應異國料理。在陽光照射下，聖多里尼明亮舒適且空間寬敞，很方便嬰兒推車入內。藍白相間的希臘式風格，在附近一帶顯得特別搶眼。位在二樓優越的地理位置，漁港美景盡收眼底，尤其是黃昏時刻，店裡更是坐無虛席。餐廳供應各式異國料理，多以套餐方式呈現，並有下午茶類的蛋糕輕食點心，種類繁多任君選擇，孩子們在開闊的大空間裡也感到自在愉悅。

03・486・1001
桃園市新屋區中山西路三段 1165 號 2 樓
每日 1000-2100

ⓒ 永安漁港

　　然而無論在什麼季節，傍晚的永安漁港永遠是那麼迷人。這是全台唯一以客家莊為主題的漁港，也是中壢區漁會轄內的唯一漁港。漁港內有一座造型優美的拱橋，橋身長達 110 公尺，橫跨漁港的南北岸。入夜後，拱橋會亮起燈，隨著夜色漸暗更加閃耀。當然，更吸引孩子們的是一艘艘大小不同的船隻，喜歡交通工具的小男生們更是瞪大了雙眼，瞧個仔細呢！

　　漁港每天補撈的新鮮漁獲，是這兒的特色美食，一樓小吃攤林立，是老饕們的最愛，想嚐新鮮海產或是買買乾貨，來漁港準沒錯。離開都市，帶著孩子沿著岸邊騎車，沒有時間限制，累了就休息，喝午茶吃點心，停下腳步欣賞最美麗的夕陽，我們喜歡這樣的親子遊，你們呢？

桃園市新屋區永安村中山西路三段 1165 號
全年開放

1 造型優美，橋身達 110 公尺的拱橋在入夜後會亮起燈，隨著夜色漸暗更加閃耀　2 永安漁港的白天與夜晚各擁不同風情

手牽手，一起吹吹風

老街溪河川教育中心 × 青埔運動公園 × 馬利歐賽車親子餐廳 × 羊世界牧場

ⓐ 老街溪河川教育中心

　　位於中壢區的老街溪河川教育中心，顧名思義就是以河川保育為首要，強調水資源的重要性，以及自然能源再利用的永續概念。不僅綠化做得好，還有館藏及不定期的活動展演，常有學校團體機關報名參加河川教育體驗，透過生態故事解說以及互動展示，讓更多莘莘學子主動關懷水資源的重要性，了解無水可用所帶來的不便。

　　老街溪的戶外綠地整理得相當好，偶有民眾帶孩子來野餐，並有舒適乾淨的休閒空間及座椅供休憩之用；而最受

歡迎的非溜滑梯莫屬，沒來過的朋友可能感到納悶，溜滑梯本是大大小小公園裡必備的硬體設施，難道這裡有什麼不同？這座時空隧道溜滑梯是以水泥搭建而成，又長又筆直，重要的是它設有四個滑道，能一次應因眾多孩子的需求，不必長時間等待，讓孩子玩得好開心，也因此無論平日假日總能吸引許多家庭前來曬太陽、溜小孩。

別以為這座公園就這麼點大，穿過自行車道往另一側走去，還有更遼闊的陽光大草皮、一座翠堤橋及生態池，最後我們選擇帶明太子前往那片大草皮溜溜。草皮範圍很廣，沒有過長的雜草，適合踢球、跑步這一類的活動，圍繞在草皮四周的是自行車／人行步道，靠近公園出入口有小型遊樂設施及攀爬區，是一個多功能的大公園，若是沒有安排其它景點，能在此處停留半天以上呢！玩累了吃點水果及小點心裹腹，準備去大吃一頓將流失的體力給補充回來。

03・422・3786
桃園市中壢區中原路 88 號
每日 0900-1700（每週一休館）
www.shedu.org.tw/river

1 四座超長的磨石子溜滑梯讓孩子們笑開懷　2 公園廣場附設其它硬體遊樂設施，更多選擇小孩玩的更開心　3 玩樂的同時也一起長知識吧　4 陽光大草皮適合踢球、跑步這一類的活動

ⓑ 青埔運動公園

1 佔地遼闊，是一處適合孩子活動的空間　2 球場規劃的跟國際棒球場完全相同　3 豎琴造型鞦韆，每張椅子會發出不同的高低階音，讓人覺得很有趣

　　某次為了探訪花海，意外發現棒球場旁的青埔運動公園也是一處溜小孩的好地方，它是桃園國際棒球場的副場地，在主球場的西側，裡頭的球場規劃與國際棒球場完全相同，而球場周圍就是座公園，這座公園比較空曠，除了大又醒目的豎琴造型鞦韆，每張椅子會發出不同的高低階音之外，其餘空間並不見遊樂設施，可以放孩子在這裡騎腳踏車、跑步，如果孩子有伴最好，能一起玩追逐遊戲。以步行的方式繞公園一周約 15 至 20 分鐘，路面平坦易行，推車可用，若時間上不允許造訪其它景點，來這裡吹吹風曬太陽讓孩子活動活動，不失為另一個好選擇。

03‧427‧6044
桃園市中壢區文康二路 89 號
全年開放

ⓒ 馬利歐賽車親子餐廳

　　親子餐廳為許多家庭帶來便利，既無需刻意降低音量，也不用擔心小孩瘋狂的行徑影響他人，更不會讓他們有機會在位子上不耐煩地頻頻催促大人用餐。這天午餐我們來到中美村的一棟大樓，裡頭有二間不同性質的親子餐廳，考量明太子比較喜歡汽車，所以決定先來探路，好分享給其它跟他一樣喜歡車子的小男生家長。

　　火鍋店以紅、黑為主色，調和鮮艷的色彩、賽車貼紙、輪胎鋼圈、旗幟等，營造出賽車場的氛圍。椅腳加裝了車輪，連兒童餐具也與賽車主題相關，玩具車圍繞四周，男孩們一進來是驚呼聲連連，媽媽們的眼睛也為之一亮，無怪乎如此受歡迎，連女孩兒們都很欣賞啊！親子餐廳雖然強調硬體設施，但既然是餐廳，餐點也該馬虎不得，五種特色湯頭，以吃到飽的消費方式供應給消費者，連肉片也沒有取用的限制，食材新鮮選擇也多，吃飽飽再來一份冰淇淋及餅乾點心，大人小孩都很滿意。

　　然而，一般火鍋店基於安全考量，都希望孩子能待在位子上，不過店家卻顛覆傳統火鍋店的刻板印象，闢造了一輛酷似巴士的遊戲室給孩子玩樂，讓大人可以好好的享受不被催趕且美味的一餐，成功締造親子餐廳新話題。

03・427・2203
桃園市中壢區中美路一段 12 號 4 樓 B 室
平日 1130-1400、1730-2100 ／假日 1130-220
FB｜馬利歐賽車餐廳

1 火鍋店以紅黑為主色，調和鮮艷的色彩、賽車貼紙、輪胎鋼圈、旗幟…等，營造出賽車場的氛圍　2 吃到飽的消費方式讓餐點選擇更多，鴛鴦鍋組合更是親子家庭的最愛，既能滿足大人也適合孩童　3 汽車外觀的遊戲室讓家長更能輕鬆用餐

ⓓ 羊世界牧場

　　羊世界成立至今已有十餘年，是一間生產羊乳、羊肉的專業牧場，牧場主人從農校、農專到專業的牧羊人，一路走來始終堅信羊乳是非常健康的飲品，期望以自身專業的知識飼養出品質優良的乳羊，提供最新鮮的農畜產品到消費者手中，因此創建了羊世界牧場。

　　來到羊世界，一定要親自體驗餵食的樂趣，先準備牧草，走近羊群，最後任由羊兒們盡情享受，別小看這幾個簡單的動作，對於不曾有過近距離餵食體驗的孩子來說，可是會被瘋狂搶食的羊群們嚇的哇哇大叫，不過有了第一次的經驗，很快就能操作自如，上手後想拉還拉不走呢。

　　羊世界是一間沒有圍牆的教室，園方替孩子們規劃了一系列的戶外生態體驗課程，除了餵食，還能練習擠羊奶、扮演小小考古學家、羊拉車、DIY 等，包括提供新鮮羊奶火鍋、羊乳酪這一類的中式餐點，活動內容很豐富，適合三十五人以上的團體。當然，園區的空

間及硬體也開放給散客使用，明太子玩遍所有的遊樂設施，不只餵羊還餵了其它小動物，也體驗了彩繪 DIY，還發現園區有淺淺的戲水池，像這樣收費合理又好玩的景點實在不多，難怪深受親子家庭的喜愛，這天明太子玩得很盡興，直呼以後還要再來。

03・426・6987
桃園市中壢區民權路三段 382 巷 1-5 號
每日 0900-1800
www.goat-world.com.tw

1 除了餵羊吃草也有溜滑梯玩　2 羊世界是一座很貼近大自然的小型農場，看看小動物讓孩子很開心　3 園區小火車讓玩樂多了一個選擇　4 夏日戲水區　5 來到羊世界，一定要親自體驗餵食的樂趣

打開不同的視野

新竹公園 × 玻璃工藝博物館 × 新竹市立動物園 × 巷弄田園親子餐廳 × 眷村博物館

ⓐ 新竹公園

　　前一晚窗外還在飄著綿綿細雨，想不到隔天竟是艷陽高照，計劃許久的新竹小旅行終於可以成行嘍！大概是有睡飽，也或許是受到好天氣影響，一路上明太子興奮異常，直問目的地是哪兒？那裡能跑嗎？有東西吃嗎？別急，到了就知道，肯定是有得跑又有得吃還有東西看的行程。

　　緊鄰市立動物園與玻工館旁有一座美麗迷人的公園，而麗池是公園裡最美最具特色的景觀。四周栽植大量樹木，湖面上的九曲橋及涼亭仿造蘇州庭園搭建，連接至對岸的日式建築在日據時代稱為湖畔料亭，是日本人接待高級文官將領及富商的高級社交場所。湖畔邊不時有鳥兒群聚，池面上也有鴨子野雁與錦鯉的蹤跡，春天櫻花盛開時更出現迷濛之美，將麗池點綴得好浪漫。木棧道彼端就是玻璃工藝博物館的戶外露台，這兒是當地居民平日的休閒場所，也吸引許多外地人前來，無論是帶孩子體驗各項遊樂設施，或是呆坐平台欣賞鴛鴦戲水，都是愜意逍遙的休閒活動，週末假日不妨到公園散步繞一圈，讓孩子跟魚鴨打聲招呼，沐浴在早晨清新自然的好空氣裡，享受簡單的幸福。

新竹市公園路
全年開放

1 湖面上的九曲橋及涼亭仿造蘇州庭園搭建，跟著大家在平台上賞景非常舒適　2 熱鬧的都市裡能有這麼一座公園實屬難得，浪漫唯美的景緻令人不捨離開

ⓑ 玻璃工藝博物館

1 原是一棟日據時代的建築，於 1999 年修繕並成立博物館　2 兒童玻璃體驗館　3 博物館在假日並未見人潮大量湧現，非常適合喜歡放慢步調的親子家庭前往

　　輕鬆在公園裡散步一圈，早晨的好空氣讓明太子精神奕奕，為了不耽誤午餐時間，隨即步行來到附近的玻璃工藝博物館參觀。這裡原是一棟日據時代的建築，於一九九九年修繕並成立博物館，廣大的面積有許多玻璃相關展覽及收藏，並設有展示區、玻璃工房、圖書視廳室、展售區及餐飲部等。園區之大，藝術品眾多，個個皆有其特色，為園區增添幾分藝術氣息；濃濃日式風格的庭院角落，成為遊客們的歇腳處，工房外的水塘景色怡人，逢週末假日開放家庭 DIY 體驗、有市集、有讓孩子搶著合照的主題活動餐車，甚至還能見到玻璃大師精湛的現場表演及創作，成了假日親子出遊的熱門景點之一。切記，帶著孩子慢慢走慢慢看，將會有更多的收獲。

03．562．6091
新竹市北區東大路一段 2 號
每日 0900-1700（每週一休館）

ⓒ 新竹市立動物園

　　走到玻工館另一側出口，看看時間，思考著該去用餐還是再到其它地方探探路，難以抉擇之際，明太子突然大聲說：「我要去動物園！動物園！妳不是說這裡有動物園嗎？可以去嗎？」難怪他如此興奮，在此之前我們確實不曾帶他去過任何一所動物園，回想起他經常會把 A 動物說成 B 動物，真該怪我們太少讓他跟小動物們互動，親身體驗比透過圖卡教學來的更為生動，趁這次旅行讓他開開眼界跟動物們當好朋友吧！

　　從玻工館出口繞半圈經過體育館就是動物園了。新竹市立動物園創園於民國二十五年，是全台最老的動物園，也是當地居民喜歡的休閒場所之一。園區大致分為：爬蟲王國、鹿的樂園、熱帶雨林、靈猴家族、可愛之家、鳥的天堂等六大區，約有七十多種動物，其中更不乏河馬、紅毛猩猩及孟加拉虎等大型動物。明太子可是很認真地一區逛過一區，其中讓他停留最久的是鳥的天堂，因為離他最近，可以看得很清楚；熱帶

雨林區裡的動物體型都較大，他似乎不懂得害怕，一直近看老虎的模樣。更特別的是，園區裡竟有小孩超愛的沙坑，面積還不小呢！用心替孩子設想周到，真是貼心。

相較於台北市立動物園，這裡的規模小很多，在時間分配以及體力各方面更適合學齡前的孩子。這次動物園之旅讓他大有斬獲，一路上不時說出看過的小動物名稱，並開心表達出他與動物們互動的細節，最後滿心歡喜的表示他肚子終於餓了，很期待接下來即將前往的餐廳裡究竟有什麼好玩好吃的！

03・522・2194
新竹市東區博愛街 111 號
每日 0830-1700（每週一休園）
zoo.e-tobe.com

1 新竹市立動物園創園於民國 25 年，是全台最老的動物園，也是當地居民喜歡的休閒場所之一　2 相較於台北市立動物園，新竹這裡的規模小很多，在時間分配以及體力各方面更適合學齡前的孩子　3 貼心規劃大沙坑，不用再到親子餐廳找沙玩，還可以玩得更久

ⓓ 巷弄田園親子餐廳

依循導航駛進了窄巷，只見兩側民宅，愈接近巷底道路愈狹窄，正想著是否該回到大馬路上重新找尋位置時，看見前方車輛停了下來，大人小孩都下了車，一塊不明顯的小招牌上劃了箭頭並寫著「巷弄田園」四個字，原來那裡就是入口處，想不到窄巷裡真有一處歡樂天地，而大門另一邊可是別有洞天！

園主為了讓大人小孩能夠一同體驗生活中的樂趣，讓大家在工作忙碌之餘有個適合帶孩子出遊的好地方，親手帶領團隊打造出好玩有趣又能用餐的巷弄田園，園區非常寬闊，室內外打造了不同的遊樂設施，有可愛動物區、氣墊溜滑梯、沙坑、球池、戲水池、滑水道，更有電動小火車在大草皮上來回奔馳，這裡簡直是孩子的天堂啊！

巷弄田園提供自助烤肉的服務，烤肉區就在戲水池旁，方便一邊打理烤肉食材，同時兼顧孩子安全，不過因為沒有其它家人或朋友同行，烤肉不太適合我們這種小家庭，所以我們決定待在室內用餐。餐廳有排餐、火鍋、義大利麵及披薩等多種選擇，也有各式鹹甜點心、飲品及下午茶，全天候供餐服務更方便親子家庭，待一整天也不怕餓肚子。

巷弄田園每個角落都能聽見孩子的歡笑聲，明太子也開心體驗了所有設施，他忙得開心，我們則輕鬆自在。歡樂的時光總是特別短暫，準備離開時明太子有些失望，我們也承諾他有機會一定再來，因為連媽媽都很喜歡這裡啊！

03 · 532 · 7566
新竹市東大路二段 605 巷 50 號
平日 1130-1800（每週一店休）／假日 1100-1900
www.farmcoffee.com.tw

1 草皮上的小火車雖然只是短短走一圈，但卻深深擄獲孩子的心　2 夏日戲水池是孩子的天堂，玩再久都行

ⓔ 眷村博物館

1 眷村文化算是台灣特有的歷史產物，休假日帶孩子走一趟，對他說一說你的故事吧　2 廚房用的收納櫥櫃以及大同電視，都存在著小時候回憶　3 還記得小時候家裡也有一台這樣的電扇呢

　　巷弄田園設施多樣，真的很有得玩，到三點才準備離開，動態活動玩多了，上車還靜不下來，興奮得不想閉眼休息。想起幾年前跟朋友參觀過附近的眷村博物館，帶明太子來看看也不錯，可以讓他靜一會兒別那麼躁動。

　　博物館是一棟三層樓建築，經常提供藝文活動表演之用，入口大門仿造眷村紅門白線的設計，與小時候的家門一模一樣。我並沒有參與過眷村生活，也因此博物館內收藏展示的眷村文物讓我有些小興奮，磁磚砌成的流理台、奶奶的縫紉機、廚房用的收納櫥櫃以及大同電視，都存在著小時候回憶。當時的玩具設計不像現在這麼多元，女孩兒們最常玩的是跳格子，小男生則喜歡呼朋引伴的一塊兒玩紙牌，明太子對這些東西感到好奇，每一種都要問出它的名稱及功能。雖然走馬看花繞完一圈僅需半小時，但因二代間的生活環境差異，有好多從前從前的事想對他說，彼此間也產生更多互動，幾個孩堤時代的小故事可是讓他聽得津津有味呢！眷村文化算是台灣特有的歷史產物，休假日帶孩子走一趟，對他說一說你的故事吧！

03・533・8442
新竹市東大路二段 105 號
每日 0900-1200、1300-1700（每週一休館）

新竹站
ROUTE
2

慢慢走，收藏笑顏

7-11 OPEN 家族旗艦店 × 松湖親子休閒農莊 × 紅毛港紅樹林生態遊憩區

ⓐ 7-11 OPEN 家族旗艦店

週末吃完早餐再出發，往往很接近中午了，為了打發零星的時間，我們特別安排一個適合走馬看花的小景點：7-11 OPEN 家族旗艦店。逛便利商店？一路上明太子納悶著，那有什麼好看的？不就是便利商店嗎？那可不……就是不一樣才來啊！

統一集團的製造工廠在湖口園區佔地頗大，有別於一般工廠，在建築物外觀注入商品元素，有杯麵、吐司等造型，用色大膽鮮明，將這裡打造成一座活潑的兒童樂園，並對外開放給全台國小學童參觀。工廠初期以烘焙、泡麵及生產冰塊為主，而 7-11 門市也首度進駐園區，大量引進 OPEN 小將家族的元素，讓門市裡裡外外皆充滿了 OPEN 將的主題，是全台最受歡迎的門市之一。

門市販售的商品大致上與其他地區相同，特別的是只有這裡才看得到 OPEN 小將的全系列商品，也因為工廠就在一旁，商店裡特別設置了新鮮麵包專櫃，不同於其它的包裝麵包，它們在口感上顯得特別綿密順口，大人小孩都很喜歡。OPEN 小將與商品完美搭配著，是很好逛也很好拍的小地方，帶孩子出遊往往無法完全照著時間計劃走，像這樣的小地方就很適合塞進臨時的行程裡，趕緊放進口袋名單裡備用吧！

03．569．3161
新竹縣湖口鄉八德路三段 30 號
全年開放

1 金黃色吐司造型烘焙廠 2 旗艦店將整體氣氛營造的很有歡樂氣息 3 以 open 小將為主題的特色商品種類繁多，喜歡的人不可錯過

ⓑ 松湖親子休閒農莊

松湖是由一對愛釣魚的父子共同編織起來的夢想，園區裡的魚池又大又乾淨，魚隻數量很多，遊客可自備釣竿，付費進行釣魚活動。池子四周圍繞著綠色松樹，微風伴隨著樹梢一起飄動著，營造出美麗的畫面，有如蘇杭的悠靜之美。

園區裡有沙坑、戲水池、溜滑梯及球門等大型兒童遊樂設施，還可畫畫、餵魚、看小豬，為了讓孩子們更喜歡這

裡，店家將外觀塗上了色彩，使園區更活潑更有朝氣，湖畔邊那些活潑生動的大型龍貓彩繪看板，喚醒大家在電影裡的回憶，眼前一片綠油油的樹蔭，與龍貓住的森林如出一徹，好有畫面。

在松湖一待就二三個小時，園區備有餐廳提供簡單的套餐給遊客們祭祭五臟廟，稍作休息後再繼續回到大草原上奔跑才有力氣。我們特別留意到松湖是個很安靜的休閒場所，空氣清新舒爽，

比起其它具規模的熱門景點，我們更喜歡待在這裡等待時間緩慢的流逝，陪孩子說說話、散散步，一起踢球，一起奔跑，一起曬太陽，在松湖就是如此愜意，不急不徐，一年四季皆宜，連毛小孩也可以一起帶來，如此貼近大自然的地方是全家同遊的好去處，大人放鬆孩子開心，真是名符其實的休閒農莊。

0931・132・836
新竹縣湖口鄉和興路 755 巷 32 弄 31 號
平日 1400-2000（週一休園）／假日 1000-1700
FB ｜松湖休閒親子莊園

1 池邊有桌椅供遊客使用，比坐在石頭或地板上來的更加舒適　2 松湖是一座很悠閒的農莊，步調必須放慢才能感受那股自在　3 足球場是我們最欣賞的一項設施，不只好玩有趣，汗流夾背後更是精神奕奕　4 松湖沙坑區面積不小，讓孩子玩的挺盡興　5 溜滑梯上下幾次消耗不少體力，但孩子仍然不肯錯過難得的機會　6 餐點表現還不錯，無論是麵或燉飯都很貼近大眾化的口味

Ⓒ 紅毛港紅樹林生態遊憩區

許多人小時候都有釣魚釣蝦或蟹的經驗，不過對現在的都市孩子來說實在是很難得有這樣的環境能夠給他們體驗，某次拜訪朋友得知附近有這麼一處私房景點，立刻筆記放進口袋名單，想不到沒多久就派上用場。

紅毛港紅樹林生態遊憩區位在新豐鄉靠近出海口附近，是北台灣唯一水筆仔、海茄苳混生的紅樹林，也是台灣唯一搭建觀賞步道的生態保護區，比起台北關渡的紅樹林，這裡可以站得更近，看得更清楚，把頭向下探，隨便就能找到一堆招潮蟹，平均每二秒鐘就有一隻從眼前經過，再更仔細的瞧，連彈塗魚都映入眼簾了。

一條牙線加一隻筆便是一組簡易的釣竿，再找些合適的食物當做魚餌，小螃蟹自然就會上勾啦！釣螃蟹跟釣魚一樣，需兼具耐心及專注力，還要能手眼合一，剛好給明太子練練，試著從玩樂中學習更多。

遊憩區規劃完善，除了平坦易行的步道，還有供民眾歇腳的涼亭，橋上可觀賞鳥、魚、蟹、蝦，黃昏時分可欣賞日落美景，無論是環境及設施都非常適合帶孩子一遊，離開前務必切記將上勾的螃蟹給放回濕地，以維護大自然生態的平衡，順便給孩子一個機會教育。

新竹縣新豐鄉池府路 156 號
全年開放

1 紅毛港紅樹林生態遊憩區位在新豐鄉靠近出海口附近，佔地 8.5 公頃，是北台灣唯一水筆仔、海茄苳混生的紅樹林　2 被天然植被與大地美景圍燒住，是一處寓教於樂、適合親子共遊的好點　3 如此近距離欣賞螃蟹在眼前的畫面，孩子天真無邪的笑容展露無遺

閱讀舊時光

內灣老街／好客好品希望工場／幻多奇博物館 × 合興車站

ⓐ 內灣老街／好客好品希望工場／幻多奇博物館

　　說起老街，全台大大小小老街有數十條，其街道設計、販售商品及營造出的感覺難免大同小異，在地文化才是我們想深入體驗的。內灣位於新竹橫山，當地居民以客家人為主，懷舊的老街風情帶動了觀光，沿路經過古色古香的內灣車站、戲院及吊橋，皆是新竹知名的景點，而老街除了傳統的街屋建築，還有那活潑逗趣出自於劉興欽筆下的大嬸婆與阿三哥。某些店家為了遠道而來的

遊客，更推出地方傳統手工藝活動，尤其深受歐美人士喜愛，爭相體驗。

　　我們在老街上的柑仔店淘寶，汽水糖、嗶嗶糖等各式糖果，都有屬於我們的童年回憶；走進內灣戲院，牆上許多電影海報、CD 及留聲機……都離我們的年代很遠很遠了，好奇的明太子總有許多問題，因為眼前事物對他來說更是陌生，我簡單的對他說了裁縫機的故事，

讓他稍有概念這機器的功能以及對那個年代的貢獻。

　　印象很深刻的是「幻多奇博物館」，館內展示的物品都非常「另類」，是國內擁有珍奇展品種類最多的博物館，買張門票就能進去參觀，有三十公斤的澳洲大巨兔、活生生能吞下一頭牛的巨蟒、擁有二張嘴的女嬰照片、雙頭豬等，真是讓人大開眼界，看傻了眼，只能說世

界之大無奇不有啊！不過較小的孩子可能會害怕這些稀奇古怪長相特異的東西，建議跳過此處，去吊橋走走。而車站旁的「好客好品希望工場」則是內灣一座新型的文創園區，在這裡可以欣賞屬於五、六〇年代的劉興欽漫畫手稿，並結合 DIY 手作、漫畫區、兒童遊戲室及餐飲等，還不時地見到火車穿梭車站前的畫面，是值得一遊的新景點。

　　逛老街當然就要品嚐當地具特色的小吃，多數店家僅在假日營業，全長兩百公尺的老街兩側販賣具有地方特色的野薑花粽、客家菜包及牛浣水等客家美食，而較常見的糯米腸及古早味蛋糕也同樣非常受到遊客歡迎，帶孩子在老街

用餐既輕鬆便利、選擇性也高，更能融入在地飲食文化，邊走邊吃讓孩子不受拘束，反而很開心呢。

好客好品希望工場
03・584・9569
新竹縣橫山鄉內灣村內灣 139-1 號
平日 1000-1700（每週二店休）／假日 1000-1730
azureemo.wixsite.com/hakka-culture-park

幻多奇博物館
03・584・9706
新竹縣橫山鄉內灣村內灣中正路 223 號
平日 1000-1800 ／假日 0900-1900

1 老街裡有得玩有得吃，連外國人都愛逛　2 每一條老街的美食特色略有不同，親自嚐過才能感受那美味　3 城堡在老街裡顯的特別突兀，穿過它即抵達好客好品希望工場　4 在好客好品不時能見火車經過的畫面　5 餐廳附設兒童遊戲區，以繪畫及閱讀童書等靜態活動為主　6 好客好品附設餐廳，提供遊客歇腳處　7 餐點以輕食為主，兼具健康與美味

ⓑ 合興車站

1 日式木造建築的合興車站曾經被棄置，台鐵也打算廢站，後來因一對夫妻出面認養，促成合興車站的重生，因此有了愛情火車站這個浪漫的別名　2 沒有列車經過的月台成了遊客拍照的場景　3 車廂設有座位，陪著孩子一塊兒享受點心也很愜意

同樣在橫山鄉日式木造建築的合興車站曾經被棄置，台鐵也打算廢站，後來因一對夫妻出面認養，促成合興車站的重生，因此有了愛情火車站這個浪漫的別名，成為近年的熱門新興景點。範圍不大，車站裡重新修整過，保留了鐵軌及車廂供遊客拍照，車廂裡被改造成一處有彩色塗鴉的多元空間，桌椅、漫畫書、盆栽造景、熊布偶及花束，佈置得美輪美奐，營造出浪漫的氛圍，甚至能在這裡享受點心，體驗車廂裡寧靜慵懶的午後。這裡很適合拍照散心，孩子們喜歡在空地上自在的來回穿梭著，看看車廂、走走鐵道，一起度過愜意的午後時光。

新竹縣橫山鄉力行村中山街一段 17 號
全年開放

新竹站
ROUTE
4

通往想像力極限

竹東動漫園區魔法森林 × 西瓜莊園 × 綠世界生態農場

ⓐ 竹東動漫園區魔法森林

竹東火車站並不像都會區的火車站有太多人潮與車潮，反倒讓人感覺四周瀰漫著一股靜謐的氛圍，才剛下車就已經愛上這裡的環境。由新竹縣政府規劃，以「一線九驛夢工場計劃」將歷史文化、動漫創意與生活娛樂結合而成竹東動漫園區，偶爾有市集及大型活動進駐，還有 Cosplay 比賽，成為不少親子家庭在週休二日殺時間的好選擇。

魔法森林西側有兩顆人造魔法樹，獨特的造型吸引路過的民眾拍照合影，明太子當然也不免俗地要求我替他拍張到此一遊照，整座園區範圍不大，不過很好取景也適合悠閒散步，空間及牆面皆經過特殊設計，把孩子放在 3D 背景前抓準角度按下快門，有趣活潑的構圖活脫像是專屬的生活藝術照，就連大人也是怪動作連連，與孩子們一起開心互動。

園區供應簡單的輕食點心，還有幾張舒適的桌椅，其中棉花糖起司吐司與麻糬鬆餅都很受歡迎，實際嚐鮮確實小有特色，口感味道都不錯，讓孩子一邊欣賞大螢幕動畫，歇歇腳、解解饞，稍作休息之後再續逛或往下一處景點出發吧！

03・596・6886
新竹市竹東鎮東林路 196 號
每日 0930-1800
FB｜竹東動漫園區魔法森林

1 由新竹縣政府規劃，以「一線九驛夢工場計劃」將歷史文化、動漫創意與生活娛樂結合而成竹東動漫園區
2 知名偶像劇曾在此車廂取景　3 時間一到就會發出吼叫聲，偶爾會嚇到孩子，不過最後反而想待在原地等待下一次的聲光出現

ⓑ 西瓜莊園

1

明太子曾跟他的朋友一起到西瓜莊園玩得超開心，幾年後的夏天，我們又來了，二訪的原因是莊園裡增設了孩子們最愛的戲水池！明太子一下車便表示他曾來過這裡，知道現在裡頭可以戲水，變得浮躁起來，一直想跳過用餐，直接衝向水池。

莊園裡的花草樹木整頓得井然有序，偌大草地是孩子們嘻笑追逐的最佳場所，還有一些利用報廢木頭打造而成的玩具，很受孩子歡迎。室內裝潢以西瓜為主題，從餐桌、餐椅、菜單甚至杯墊都能見到西瓜圖案的蹤影，店家更是貼心地在我們入座後，立即送上茶水及菜單，並提供畫筆及紙張遊戲（西瓜尋寶圖與迷宮）給明太子，餐墊就是好玩又能殺時間的迷宮圖，讓小孩在等餐之餘不會耐不住性子，尤其是井字遊戲，被他玩出心得後一再挑戰我們。將尋寶圖留到餐後，再好好地探險整座園區，收集完所有的印章就能到櫃台兌換小禮物一份，讓小孩不無聊的遊戲看來挺有趣的，也感受到店家的用心。

這兒的餐點以義大利麵、飯套餐為主，另有飲品及輕食甜點，下午茶則有固定開賣時間。在西瓜莊園除了用餐，也能報名參與彩繪、窯燒 Pizza 等 DIY 項目。要在這麼大的範圍裡完成印章收集的工作，可不是件簡單的差事，但好處是印章散佈在園區裡的各個角落，藉此讓大家有機會認識整座莊園的一點一滴。當然，多數人是為了沙坑及戲水池而來的，沙坑蓋在草原上，店家貼心搭建了簡單的帆布屋頂，讓孩子無論是晴天或是雨天都能玩得盡興；而戲水池則在主棟上方的位置，以西瓜切片後的造型做為主體設計，是一處消暑且熱門的遊樂場所。

為了保護自然生態,園區裡的草皮無噴灑農藥,偶爾可見小昆蟲們跳出來跟大家打招呼,但也請大家別特別打擾它們,帶孩子在一旁觀察就好。西瓜莊園既能用餐又能玩沙玩水,園區裡有很多適合孩子玩樂的器材,也是拍照的好地方,有時一待就超過半天,一點都不無聊呢!

03‧580‧2000
新竹縣北埔鄉水磜村 6 鄰 32-10 號
每週四、五 1000-1700 ／假日 1000-1800
FB ｜西瓜莊園

1 園區有大草皮方便孩子進行活動　2 餐後可依循尋寶圖上的位置參觀園區,並取得印章後跟櫃台換取小禮物　3 戲水池以西瓜切片後的造型做為主體設計,是一處消暑且熱門的遊樂場所　4 即使是艷陽日,孩子仍想待在沙坑裡蓋城堡玩家家酒

ⓒ 綠世界生態農場

若家中小寶貝比較喜歡跟小動物互動,那麼不妨考慮去綠世界生態農場,70 多公頃大的園區,共有六大主題,佔地非常遼闊,實際走過後才發現不能只參考手中的園區位置圖,走路加上參觀的時間,平均一個區域就得花半小時以上,如果要每個地方都看過,恐怕一天也走不完,建議大家挑選出孩子喜歡的主題區,以搭乘園區接駁車的方式將它們串連起來。

最靠近入口處的天鵝湖區除了黑白二色的天鵝,偶爾能見雁鴨及鴛鴦不時地悠遊自在從眼前游過,遠從西伯利亞的雁鴨會在每年中秋前後來到這處自然的湖泊棲息,隔年再飛返西伯利亞。明太子也是在這次的出遊之後,才知道原

來天鵝不只有他看過的白天鵝，還有黑天鵝呢！然而天鵝湖區不只有天鵝，也有金剛鸚鵡身影穿梭其中，有著漂亮的彩色羽毛，它們很活潑，只要遊客一經過就立刻做出逗趣的動作，讓人覺得好可愛。不一會兒看到的大草原，便是草泥馬的家，雖然烈日高照，這一區仍然非常受孩子的歡迎，也是明太子離動物最近的一次。最有趣的來了！平時常見的那幾種動物沒什麼稀奇，但大探奇區裡頭許多叫不出名稱的特殊物種讓明太子好奇睜大了眼，就連大人們也看的出神。各區皆架設 DIY 自動解說系統，讓大家更了解該區動物的習性及注意事項。

只是才走完二個主題區，我們就覺得累了，畢竟大太陽底下步行真的很耗體力，索性依循著指示找到了遊園車的呼叫站，只要一個按鈕便馬上有專車服務，超貼心貼方便的。車子載著我們繞了水生植物區半圈，行經遊客較少的賞蝶步道及養蜂區，最後停在鳥類生態公園，觀賞幾隻可愛有趣的小鸚鵡們表演，學人說話加上逗趣的動作成了大家的開心果。

最後在離開農場之前，推薦大家找個好位置欣賞台上的動物表演秀，看會玩遊戲還會耍寶的金剛鸚鵡算術、騎小單車等，大家直呼好神奇啊。園區設有餐飲部，一次解決吃喝玩樂的問題，小孩開心大人輕鬆，大手牽小手一起動起來吧。

03‧580‧1000
新竹縣北埔鄉大湖村 7 鄰 20 號
每日 0830-1730
www.green-world.com.tw

1 綠世界大草皮經常是團體舉辦活動的不二首選　2 金鋼鸚鵡毛色漂亮，是園區裡的寵兒　3 鮮少見到的草泥馬有舒適的家，並會定時放出到大草皮溜溜，屆時便可近距離與草泥馬接觸

往晴朗的回憶啟程

西湖渡假村 × 桐花村客家料理 × 集元裕糕餅童玩村

ⓐ 西湖渡假村

西湖渡假村擁有豐富的生態並致力於環境保育，通過環境教育設施場所認證，是苗栗縣第一家通過認證的主題園區，油桐、蝴蝶及螢火蟲會在特定的季節出現，每逢花季只見片片花瓣緩緩落下，有如下雪般的場景，生動且浪漫，成為苗栗地區每年熱門的賞花地點之一。

園區佔地遼闊，設有多個主題區，全新的安徒生童話異想世界，彷彿像是走進童話故事般的場景那樣繽紛活潑，每個人物、每個角落都很適合來張全家福。不經意走到有許多大型恐龍雕像的地方，好奇地按下按鈕，眼前栩栩如生的恐龍突然擺動肢體大聲吼叫，明太子瞪大了眼盯著瞧，下一秒馬上退到我們身後，那表情真是逗趣。

西湖最美麗的莫過於那美輪美奐的歐式花園，仿造希臘風格的藍頂建築，遊園火車來回穿梭，遊客們輕鬆散步，優雅地欣賞花園裡的一景一物，交織出的畫面彷彿真實置身於歐洲國家。而室內的影音互動區是孩子們另一處遊樂場所，動動手便能讓螢幕上的桐花漫天飛舞，還能跟著小美人魚在水中遨遊，透過現代科技，讓安徒生的異想世界充滿更多新奇的體驗，也帶給我們無窮樂趣。

037・876・699
苗栗縣三義鄉西湖村西湖 11 號
每日 0900-1700
www.westlake.com.tw/WR/main.html

1 西湖有小歐洲之稱，在園區裡散步很舒服　2 夏天的西湖有沁涼的划船體驗　3 遊園火車繞一圈好幾分鐘，到站了小朋友還不想下車呢

ⓑ 桐花村客家料理

薰衣草森林家族在新竹苗栗台中一帶小有名氣，幾乎是無人不知無人不曉，經營得很成功，除了薰衣草森林，後期跨足民宿及餐飲，這回它們走出山野林間，在充滿客家特色的小鎮，打造出結合客家文化及人文的「桐花村」客家料理，這也是它們結合地方產業的首作。

桐花村距離西湖渡假村不遠，車程短且停車容易，現代化的整體設計，卻也不失濃厚的客家風情，內部空間堪稱寬敞，走道之間規劃專區介紹客家文化，商店販售客家花布、服飾及伴手禮，是一間結合餐飲與購物的複合式店家。

桐花村推出數種合菜，以及單點任意配，雖然是客家料理，但跳脫了傳統客家菜帶給人們的既定印象，炒出了清甜口味不過重的口感，讓大家在喜歡客家料理之餘，也能吃得健康無負擔。客家土雞肉質地嫩，小孩能自行咀嚼；客家小炒裡的肉絲肥瘦適中，含油量不高，帶點微微的辣很下飯；客家悶筍及鹹豬肉等也都是客家菜裡的代表，餐後再來顆客家麻糬解解膩，一頓飯吃下來，大人小孩都很滿意。桐花村客家料理不油不膩，份量適中，推薦給喜歡客家菜餚又注重健康飲食的朋友。

037・879・908
苗栗縣三義鄉水美 114 號
每日 1000-2000
www.hakkals.com.tw

1 吃客家菜不一定是在傳統圓桌上，桐花村的餐桌配置更適合小家庭　2 代表客家美食的客家小炒是店裡的人氣餐點　3 桐花村結合餐飲與購物，享受美味餐點之餘還能替自己跟家人物色有需要的商品

ⓒ 集元裕糕餅童玩村

集元裕是一座傳統文化藝術園區，也被稱作「集元裕糕餅童玩村」，園區設計以「孔明糕餅主題館、糕餅及童玩DIY」為二大主題，以傳統糕餅產業為主，並結合古早生活、原住民部落文物等文化特色，配合教育主題的展品文物，重現早年生活實景，期望藉由各項趣味童玩及糕餅DIY，讓大家了解糕餅的演變以及相關文化背景。館主多年來經營糕餅事業，擁有許多私人收藏，館主將它們整齊的擺放展示著，我們提醒明太子用眼睛欣賞別動手，因為這些都是館主的寶貝啊。

孔明糕餅主題館有許多年代久遠的舊文物，讓明太子問了好多為什麼，老實說，有很多我們沒見過的舊文物，説不上它的名稱及功能，好在集元裕提供導覽服務，有興趣來參觀的朋友可提前預約。館內共十二個場景，有饅頭店、豆餡廠、麻糬粿店、製餅舖等，還有一處角落規劃的像一座柑仔店，就像小時候在住家巷口看到的那種小小的雜貨店，有彈珠汽水、牛奶糖、白菸糖、口哨糖、味精、香菸…等，兒時的記憶再度湧現，這種對過去的懷念，大概不是明太子這世代的孩子所能體會的，不過我們還是對他説了一連串的故事，他倒也聽的津津有味。

既然以糕餅為主題，那麼不玩DIY就太可惜，但是集元裕提供的DIY項目可

1 像小時候在住家巷口看到的那種小小的雜貨店，有彈珠汽水、牛奶糖、白菸糖、口哨糖、味精、香菸…等，兒時的記憶再度湧現 2 客家擂茶看似簡單，其實很費力 3 集元裕以傳統糕餅產業為主題，是一座傳統文化藝術園區 4 孔明糕餅主題館有許多年代久遠的舊文物 5 香氛圍是集元裕天然的後花園

不僅限於糕餅，另外尚有代表客家文化的擂茶製作、童玩、創意彩繪以及農家樂體驗營等，唯少數體驗項目以團體為主，當天來訪遇平日，人潮少，即便只有我們一組人，館方仍貼心的安排人員帶我們玩 DIY，明太子一口氣體驗了三個項目，完成之後讓他頗有成就感，現場製作的糕餅在出爐時香氣逼人，酥脆不甜，很快被我們當做甜心吃進肚子裡。

館內長知識，館外動一動，戶外的小天地適合熱情奔放的孩子，夏日可戲水，玩玩溜滑梯，還能來一場植物生態教學，是一處天然的教育場所。

走一趟集元裕讓我們學到許多，動手動腦的 DIY 增添趣味，不僅孩子喜歡，對老一輩的人來說更是許多回憶點滴在心頭。在館方人員親切的引導下，我們在歡笑聲中一起度過了美好的午后。

037・878・991
苗栗縣三義鄉西湖村伯公坑 178 號
每日 0900-1800
FB ｜集元裕糕餅童玩村

苗栗站
ROUTE
2

有感幸福，聰明玩

自然風情 × VilaVilla 魔法莊園 × 花露香草能量花園

ⓐ 自然風情

來到卓蘭的自然風情，它既是餐廳也是民宿，眼前一片綠油油的草地正是我們所追求的美麗景緻，在陽光的照耀下，草地顯得更加油亮。我們迫不及待往這片綠地走去，不到三秒鐘時間，明太子已經掙開我們的手向前直奔而去，見一旁的狗兒與主人的互動，時而翻滾時而追逐，讓他看的出神，沒多久也跟著狗兒的腳步開心玩了起來。

寬敞舒適的青青草原能三百六十度欣賞四周山景，園區內設有景觀水池、香草植物、愛之鐘、自然生態池、夫妻樹等，不僅提供玩耍辦活動的場地，還滿足攝影愛好者走到哪拍到哪的樂趣，四周盡是無敵美景，哪怕只是發呆放空都能讓人擁有幸福感，加上偶像劇加持，讓這兒很快地成為眾所皆知的熱門景點，而新設置的許願樹及情人廟則是新人及情侶們必留下足跡的小角落，在許願卡上寫下願望，讓月下老人替你傳達愛的訊息給對方吧！

在草地上活動挺消耗體力，這天運

1

1 360 度的山景及大草原，讓人很想逗留不願離開　2 自然風情既是餐廳也是民宿，假日經常一位難求　3 餐點美味可口，廚師的料理功夫堪稱一流　4 園區造景美崙美奐，每個角落都適合拍照

氣好遇上了太陽公公露臉，每幾分鐘就得停下來休息補充水份，玩到累了渴了，走幾步路就到風箏餐廳，省去帶孩子上下車的時間，馬上就能入座用餐。建築設計如同風箏造型，伴隨微風吹來，彷彿一放手便能任天翱翔。餐廳內部陳設流露出一股典雅時尚的氣息，料理表現可圈可點，各類西式套餐任君選擇，尤其以烤半雞及德國豬腳最為受歡迎，無需加入太多佐料便能品嚐新鮮的美味，同時提供素食餐及兒童餐以及下午茶點心等，想要嚐試特別一點或是少油的健康料理，推薦大家試試來自於北非摩洛哥的塔吉鍋，藉由鍋蓋加熱產生蒸氣循環，吃出食材的天然原味也吃出健康。

若是想帶孩子體驗自己做料理的樂趣，這裡也有窯烤披薩 DIY，無論成品如何，自己親手完成的料理總是成就感十足，而邊玩邊吃更讓孩子們享受不受規矩限制的用餐樂趣。

自然風情是一處很接近大自然的地方，即使在人潮擁擠的週末假日仍然可以悠閒自在地待上半天時間，躺躺草皮，曬曬太陽，享受蔚藍天空底下的休閒時光。

04・2589・6666
苗栗縣卓蘭鎮西坪里西坪 134-7 號
每日 1000-1900
naturalview.tw

ⓑ VilaVilla 魔法莊園

走進莊園的第一個感覺，除了用美麗來形容它之外，更讓人感受到一股浪漫的北歐風情，還有一種紐西蘭純淨自然的原始風貌。園區裡的花草樹木維護得很好，環境乾淨舒適，漫步在石頭砌成的小逕上，二旁高大筆直的樹木彷彿在列隊歡迎大家的到來。曾經有多部偶像劇在此地進行拍攝，知名度大增，也湧進了更多遊客。

園區就像是一個放大版的私人花園，只要沿著指示牌一步步前進，便不會錯過任一處美麗風景。每逢春天，園區裡的櫻花林熱鬧非凡，隨著不同季節有不同的風景及花卉植栽，也難怪遊客絡繹不絕。沿路上大家一派輕鬆，慢慢走慢慢逛，大人悠閒地賞景拍照，孩子則是各自找到了樂趣，多種形狀的實心木頭在他們手中變成了放大的積木，堆疊遊戲是愈玩愈起勁，而一旁的沙坑也同樣受到歡迎。

莊園附設景觀用餐區，慵懶的南洋風搭配眼前的山巒美景，有陽光有微風，此時用餐無非是一大享受。菜單偶爾會調整，目前以烤雞、牛小排等西式套餐為主，同時供應兒童餐及下午茶，若是不趕時間也沒有其它行程，倒是可以在園區裡待上一段時間。魔法莊園也有民宿，精緻有質感，是純白乾淨的北歐風設計，讓人還沒離去，便已經開始計劃下一回的旅行。

04・2589・8866
苗栗縣卓蘭鎮西坪里 3 鄰西坪 33-1 號
平日 1000-1900（每週二休園）／假日 0900-1900
www.vilavilla.com.tw

1 莊園的秋天就像是精靈的家，美的無可言喻 2 莊園樹屋好似童話裡的場景，小孩都想進去躲起來呢 3 馬術騎乘體驗難得一見，有膽量的朋友不妨試試

ⓒ 花露香草能量花園

1 既是休閒園區也是民宿　2 在水池邊坐著放空也很享受　3 大面積的花海讓園區顯的更有詩意　4 為孩子準備的遊樂設施不只一項，讓家長更輕鬆的陪伴孩子

花露香草能量花園是一座以休閒、精油提煉、花園景觀為主的休閒農場，園區內種植了大量的天然香草植物及花卉，還有一座會噴霧的水池，很吸引大家的停留。園區規劃了薰衣草花田、雨林部落等，其中最吸引大家的是紫色夢幻香草區，而且聽說雨林區可以看到植物的二大之最：世界最高的「魔芋」以及世界最大的「霸王花」，可惜我們沒能找到它們的蹤跡，有興趣的朋友不妨來找一找，相信會是個大驚喜！

有小花小草的地方往往讓人有好心情，尤其對喜歡植物的明太子來說更是如此，走道兩側不時噴灑出淡淡的精油香，除了走走看看欣賞各類植物，園區也規劃出多項適合孩子們的遊樂設施，在綠油油的大草皮上看著大人陪伴孩子追逐嬉戲，是最享受的親子時光。

04・2589・1589
苗栗縣卓蘭鎮西坪里西坪 43-3 號
每日 0830-1800
www.flowerhome.com.tw

苗栗站
ROUTE
3

漫步中的發現之旅

鴨箱寶 × 青松自在親子景觀餐廳 × 漫時光咖啡 × 勝興車站

ⓐ 鴨箱寶

鴨箱寶在早期是一間雕刻行，主要以販售木刻佛像及屏風，後來雕刻行擴大規模，才成立雙峰企業有限公司，搬到現在鴨箱寶的地址。接了第一張三千隻的木鴨訂單順利交貨之後，從此奠定了製作木鴨的基礎，這也是為什麼大家一走進鴨箱寶，放眼望去所看到的盡是木鴨的原因。雙峰的木鴨曾外銷歐美日等國很長一段時間，後因近年來環境變遷，愈來愈多家長願意帶孩子出門找樂子玩體驗，讓許多傳統工廠不得不逐漸轉而開拓親子市場，鴨箱寶正是其中一個成功的例子。

沒有華麗的修飾，但是門口的綠色植栽與招牌上的活潑字體，為門面加了不少分，一眼就覺得是孩子會喜歡的地方。室內空間寬敞，尚未被彩繪上色的白身素胚鴨子與其它造型的素材，將木架佔得滿滿，孩子們開心地東挑西選，有人想挑簡單的做，有人想挑造型獨特的，有人則是像明太子選擇自己喜歡的樣式進行彩繪。DIY 沒有捷徑，需要的是時間、耐心及專心，還可以訓練出靈巧的雙手。鴨箱寶的彩繪在最後階段必須噴上面漆，再經過機器烘乾程序才算完成，如此一來讓成品不易脫色，也更加美觀。玩彩繪多次，第一次在 DIY 教室裡看到烘乾機現場運作，明太子盯著它的作品從機器入口慢慢送到出口，一步也沒有離開，又是一次有趣的體驗。

戶外天氣很好，結束了 DIY，走到戶外的草皮散散步，看噴水池裡的鴨子在

1 鴨箱寶在早期是一間雕刻行，主要以販售木刻佛像及屏風，後來雕刻行擴大規模，才逐漸轉而開拓親子市場
2 許多造型都可選做 DIY，以小朋友喜歡的動物及卡通主題居多 **3** 咖啡廳供應輕食點心及飲品，待著休息一會兒感覺很放鬆

戲水，一旁的咖啡廳供應輕食點心及飲品，待著休息一會兒感覺很放鬆。整體來說，鴨箱寶的環境不錯，無論是室內戶外皆適合親子休閒活動，這趟真是來對了！

037・872・076
苗栗縣三義鄉重河路 176 號
平日 0900-1700 ／假日 0900-1800
www.dp-duckdiy.com.tw

ⓑ 青松自在親子景觀餐廳

1

　　青松自在位於著名景點龍騰斷橋旁，是一間有草地庭院的親子景觀餐廳，才剛抵達門口就聽見孩子們在草地玩耍的笑聲，醒目的大看板上張貼著幾家媒體的採訪以及部落客的推薦，看來我們這回是選對了地方。一腳踏進青松自在，確實讓人感受到一股輕鬆愉悅的氛圍，客人們悠閒用餐，不時跟店家聊了起來，

彷彿是家人般的互動，親切而自然。而一旁的寵物休息區，對那些視寵物為一家人的主人來說更是設想周到。

室內空間不大，但溫馨，靠窗邊的座位最為寬敞，約可容納六至七人，脫了鞋坐在透明地板上，下方便是純淨青綠的草皮，玻璃窗外是大人小孩奔跑追逐的畫面，好比在自家庭院般的輕鬆。店家供應咖哩飯、肉醬麵等各式中西料理，份量剛好，造型特殊的器皿更顯巧思，大餐之後再來杯清爽甘甜的茶飲，有去油解膩的效果，可減少胃的負擔。

戶外的草地是這兒的重頭戲，讓孩子們在餐後迫不及待推開門往外衝。一顆大球讓大夥兒搶著玩，也可以自備吹泡泡機、玩竹蜻蜓，就算什麼都沒有，光是這片綠油油的草地就足讓他們追逐好幾圈，真是適合孩子的好地方啊！青松自在雖不全然是親子餐廳，但他們歡迎家庭一同前往，更親切接受毛小孩同行，是一間對客人非常友善的餐廳。

037‧881‧666
苗栗縣三義鄉龍騰村外庄 20-1 號
平日 1100-1730（每週二、三店休）／假日 1100-1800
www.relax-time.com.tw

1 青松自在一間有草地庭院的親子景觀餐廳，輕鬆愉悦的氣氛讓人一眼就愛上這裡 2 有球有鞦韆，草地是孩子的遊樂場 3 餐點多樣性，口味適合親子家庭 4 餐廳裡唯一有景觀窗的座位區，可以很愜意的窩著看孩子追逐嬉戲

ⓒ 漫時光咖啡

1 佈置在各個角落的裝置品活潑了整棟白色小屋　2 餐點品質在水準之上，讓人很滿意　3 溫馨挑高的用餐空間顯的格外舒適

　　歐式鄉村風的「漫時光咖啡」，外觀有如童話村裡的純白小屋，明亮寬敞的木作空間，活潑的色彩讓人一眼就喜歡上這裡。旁邊有兩家評價不錯的民宿，因曾經入住其中一家，才讓我們留意到這間小房子的存在，說巧不巧，它就是其中一家民宿「向陽田園」所開設的咖啡屋，二者比鄰而居，風格一致，出了大門走幾步路便是舊山線的軌道，從這兒可以一路散步到勝興車站，吸引不少遊客放慢腳步欣賞沿途風光美景。

　　漫時光平日供應輕食小點，僅在假日才有套餐服務，餐點表現不錯，營養美味又健康，甜點也好吃，陽光從方格子木窗外灑進，在這裡用餐是件享受的事。

　　戶外庭園裡的花草樹木帶來一股清新自然的韻味，伴隨微風徐徐，很舒服呢。

037．878．600
苗栗縣三義鄉龍騰村 9-5 號
平日 1330-1700（每週三、四店休）／假日 1130-1730
FB ｜漫時光咖啡

ⓓ 勝興車站

有人說,沒來過勝興車站,別說你來過苗栗。雖然明知每逢週末假期車站附近人潮車潮擁擠得不像話,但勝興車站卻是必訪的知名景點之一,更何況家裡又有一個愛車成痴的小小明太子,難得來一趟又不帶他進車站湊熱鬧,似乎說不過去。

早期的勝興車站只不過是個小小的十六份信號場,不對外營運,僅有轉運功能。火車改行駛新山線,不再走舊山線之後,昔日的三等站現在搖身一變成為苗栗必訪的懷舊景點之一,它也是台鐵的最高點,古樸的木造建築,與附近後期興起的店家形成一種特殊且不協調的景象。由於火車已不在此段行駛,軌道上盡是拍照的人潮,更有火車迷帶著專業的單眼相機,特別前來取景,一個小車站竟能吸引這麼多遊客,可見它的魅力不同於一般。

來到勝興不能錯過的是搭小火車的

1 昔日的三等站現在搖身一變成為苗栗必訪的懷舊景點之一　2 一個小車站竟能吸引這麼多遊客，足以可見它的魅力不同於一般　3 小火車每趟五分鐘，大人小孩皆可搭乘　4 週末人潮湧現，街頭藝人也賣力演出

體驗，每趟五分鐘，收費一般，大人小孩皆可搭乘，這下樂到明太子，又能坐上他最愛的小火車了。隨著周遭觀光產業的興起，店家進駐也愈來愈密集，有吃的、有玩的，更有特色紀念品讓火車迷大肆採購，並隨處可見街頭藝人的表演，一路上好幾間以客家菜為首的小吃及餐廳門外，全是排隊候位的人潮。

　　看似不大的車站，卻也讓我們待了兩個多小時，在時間及體力允許的情況下，推薦大家走走隧道，帶孩子體驗「過ㄅㄥ ㄎㄤ」的樂趣，裡頭涼涼的，走起來很舒服，明太子說，拿著手電筒在隧道裡走，就像在探險，非常有趣喔！

037．870．435
苗栗縣三義鄉勝興村 14 鄰勝興 89 號
全年開放

MIDDLE

中台灣
自在小日子

TAIWAN

台中站
ROUTE
1

品味日常的細微美好

阿聰師芋頭文化館 × 薩克斯風主題餐廳 × 台灣氣球博物館

ⓐ 阿聰師芋頭文化館

美好的週末假期，工廠很早開門營業，館內陳列早期的大型製餅機器、製餅程序以及說明收涎、抓周等傳統習俗的由來，還有一種起源於廈門，稱做「中秋博餅」的民俗活動介紹，需以六顆骰子進行比賽，要明白這遊戲規則不是那麼簡單，不過倒是有趣的比賽，讓明太子第一次玩了這麼久的骰子。

大甲芋頭聞名全台，我們家拔拔是標準的芋頭控，我也喜歡芋頭那綿密又不會太甜的口感，有機會自己做芋頭酥，當然要熱情參與。DIY 教室空間寬敞，環

境乾淨，台上細細解說，不時出題做有獎徵答，還得四處去尋找答案，讓台下小朋友更專心融入課程，也讓 DIY 變得活潑有趣。

門市裡販售與芋頭相關的伴手禮，首次品嚐芋頭口味的牛軋糖，讓人有些小驚喜，芋泥起司蛋糕口感獨特，也是一般市售商品裡不常見的人氣 No.1，一旁設有迷你兒童遊戲區，適合三歲以下孩童使用，給家長一個小小的放鬆空間，若覺得室內不夠玩，到戶外跑跑也不錯。

很多人吃芋頭料理，只知道好吃，卻說不出所以然，在芋頭文化館裡的兩個小時，讓我們不僅進一步了解芋頭生態與糕餅文化，還從趣味的遊戲中獲得許多平常鮮少接觸的小知識，熱呼呼剛出爐的芋頭酥成品，讓我們體驗了親手做糕餅的樂趣，想不到人人都可以是糕餅師傅，結果真是令人滿意。兩小時的活動內容非常豐富，一家人帶著親手製作的芋頭酥，心滿意足地離開！

04・2671・3077
台中市大安區福興里興安路 168 號
每日 0800-1700
www.o-nongs.com.tw/museum

1 滿四歲就能體驗自己動手的樂趣　2 大空間適合親子同遊　3 好吃好玩的糕點 DIY 課程結束後還會拿到証書呢
4 以芋頭酥為造型的屋頂

ⓑ 薩克斯風主題餐廳

一次偶然的機會裡，看到薩克斯風主題餐廳的介紹，由於主題非常特別，便立即收進旅遊冊子裡，趁著這回來到台中，趕緊來朝聖。造訪之前拜讀了官網資訊，得知台中后里每年出口薩克斯風的產量佔全球 1/3，是當地最具代表性的傳統產業，對我來說真是新鮮事，想不到即將走進一間極具特色、融合當地文化產業的主題餐廳。

以地理位置來說，餐廳不在鬧區裡，若不是瞧見門口那座放大版的薩克斯風模型，真的很容易錯過。一樓是玩家館，挑高建築，運用大量的玻璃帷幕，隱約能看見館內排列整齊頗具質感的薩克斯風，百坪空間展示近百支手工打造的薩克斯風，我們並非玩家，但頭一回見識如此壯觀的樂器陳列，也算是開了眼界。

結合觀光與美食的主題餐廳一向很受歡迎，我們感受到薩克斯風的優雅與感性瀰漫在空氣中，散發出一股緩慢放鬆的氛圍，整個人也變得氣質起來。早午餐、義式料理、輕食、火鍋及各式飲品，餐點選擇多樣性，剛好迎合我們的喜好，套餐裡的沙拉份量多，吃得飽也吃得健康。此外，餐廳提供十五人包廂，無論家庭聚餐或是朋友聚會都非常適合，而每週日的現場演奏，即便不是音樂玩家也陶醉其中。不容易有機會同時見識不同長相的薩克斯風，歡迎大家跟著我們的腳步慢慢欣賞與品味餐廳所呈現的獨特魅力。

04・2557・1919
台中市后里區大圳路 473-2 號
平日 0830-1730 ／假日 0830-2030

1 各式各樣的薩克斯風令人大開眼界　2 餐廳環境清爽乾淨，沙發椅的設計更顯的慵懶自在　3 營養健康的輕食套餐帶給大家另一種選擇　4 義大利麵表現的可圈可點，口感各方面讓人很滿意

ⓒ 台灣氣球博物館

二〇〇六年台灣碩果僅存的橡膠氣球工廠「大倫氣球」參加經濟部觀光工廠產業提升計劃，重塑並建立企業新品牌，設計了一系列的氣球課程與活動，成為全台唯一以氣球為主題的觀光工廠。

博物館建造在一棟具有五十多年歷史的木造老建築裡，設有數個主題專區，親切活潑的導覽姐姐，生動的表情、豐富的肢體語言，早已成為孩子們的焦點，一會兒拿起氣球做解說示範，一下子讓孩子們自個兒摸摸，親自體驗什麼是氣球，怎麼做出來的，能帶來什麼樣的樂趣。孩子追著哨子氣球跑，家長忙著拍下精采的片刻，看大家臉上堆起的笑容，便知道此行是值得的。

氣球 DIY 的步驟說難不難，卻也沒那麼簡單，不過四歲以上的孩子幾乎可以獨立操作，大人在一旁負責引導及注意安全即可。凝視著成品，明太子露出滿意的表情，直說：「好好玩，想再做一次。」讓他好有成就感啊。

小小的商店裡販售各式氣球，有強調功能性的，也有增加趣味性的，由於半數以上的商品在市面上少見，為了明太子，我們一口氣搬了好幾袋氣球準備回家玩個痛快，甚至平常還做為裝飾之用，讓房間瞬間變成童話小屋。氣球對孩子來說有股莫名的吸引力，它陪伴孩子度過歡樂童年，更別說在派對裡佔有一席之地，是很受歡迎的熱門好物！如果還沒來過，趕緊牽著孩子的手，加快腳步安排一趟氣球之旅吧！

04・2528・4525
台中市神崗區大豐路五段 505 號
平日 0900-1200、1300-1700 ／假日 0900-1700
www.prolloon.com.tw

1 原來氣球是這麼做出來的　2 詳盡且活潑生動的導覽令人印象深刻　3 廠區整齊劃一，動線流暢　4 我可以吹出這麼大的氣球耶

親子嬉遊記事

台鐵新烏日站／紙箱王火車餐廳 × 彩虹眷村 × 富林園洋菓子 × 圳前仁愛公園

ⓐ 台鐵新烏日站／紙箱王火車餐廳

台鐵的新烏日站合併高鐵及台鐵做整體規劃，空間寬敞舒適且明亮，新潮入流的設計，打破一般人對台鐵的刻板舊印象。不過最先吸引我們的不是商店，而是一座縮小版的鐵道，上頭竟然有小火車正在運轉，一旁還有月台呢！它可不是參觀用的設施，是真真實實可以搭乘的喔，只要在紀念品店消費就會送試乘券，每小時一班，全天候營運，每位坐上火車的人都好開心，明太子更是從頭至尾嘴上始終掛著微笑，看得出他很享受。

結束小火車體驗，剛好趕上午餐時間，為了方便就選在一旁的紙箱王餐廳用餐，這是我們首次走進紙箱王的世界，把紙箱作品給瞧個仔細。紙箱王的特色是利用紙製造出有創意且具功能性的實用好物，然而比起紙桌椅、紙列車、紙玩偶、紙帽子、紙背包等常見物品，更酷的是餐廳所使用的杯架、餐具及三層西式午茶架，連包廂裡外也全都用厚重的紙搭建而成，裁切精緻也顧及細節，讓我們直呼神奇。

更特別的是，緊靠窗邊的座位底下竟然是鐵軌，透過玻璃窗便能清楚欣賞火車奔馳而過的畫面。最後我們選擇其中一截紙車箱坐下，各點了不同的套餐交換著品嚐，包括主菜及白飯、小菜、湯、甜點、飲料，餐點份量不多，胃口較好的朋友建議點紙火鍋套餐，或是為孩子另點一份兒童餐。

餐後將商店全逛了一遍，限量的列車模型一向是必買的收藏品，另有積木商店，現場還可報名馬賽克拼貼的 DIY 體驗，有吃又有得玩，不受天氣影響，交通便利的新烏日站，儼然成為親子旅行的新地標，也是另類的熱門打卡點！

台鐵新烏日站
04・2337・6883
台中市烏日區高鐵東一路 26 號 2 樓

紙箱王火車餐廳
台中市烏日區高鐵東一路 26 號 2 樓
每日 1000-2100
www.cartonking.com.tw

1 明亮舒適的空間　2 小朋友最喜歡的小火車　3 火車快飛，發動時大家都好開心啊　4 以紙製成的主題商品兼具實用與創意　5 以紙盛裝餐點，強調紙的主題　6 紙箱王餐廳一隅

ⓑ 彩虹眷村

全台有不少眷村,部份尚有人居住,也有愈來愈多像彩虹眷村一樣,經過一場改變之後,讓原本不被注意的小角落頓時成為受歡迎的旅遊景點。二〇〇八年一位年近八旬的黃爺爺為了排遣無聊而開始畫畫,亮麗的色彩、可愛的塗鴉陸續出現在平凡無奇的房屋外牆上,令附近居民嘖嘖稱奇,稱讚黃爺爺的畫工真是了得,大家都很欣賞他活潑生動的畫作,從此黃爺爺愈畫愈起勁,最後基於鄰里情誼,鄰居們將自己的房屋外牆、窗子、門等都讓給黃爺爺,做為他的專屬畫布,天馬行空的繪畫風格讓彩虹眷村一夕爆紅,就連平日也有許多人潮湧入。

五十公尺的彩繪圖騰顏色大膽活潑,以粉紅、粉藍二色為主,彷彿走進童話世界般,黃爺爺說他想到什麼就畫什麼,所以彩虹眷村裡並沒有特定的主題,連貓熊團團跟圓圓也成了他繪畫的題材。黃爺爺的畫讓這座眷村充滿生命力,鮮艷的色調,激起大人的童心,空地上的溜滑梯是孩子的遊樂場,看見他們天真燦爛的笑容,正如同黃爺爺畫筆下的彩虹眷村,綻放著炫麗的色彩。

0920‧162‧888
台中市南屯區春安路 56 巷
全年開放
www.1949rainbow.com.tw

1 色彩鮮艷活潑的彩虹眷村 2 廣場上的兒童遊樂設施帶給孩子更多歡樂 3 牆上彩繪出自老爺爺之手,也帶動了周邊觀光

ⓒ 富林園洋菓子

外觀像座城堡，彷彿置身南法小鎮，這就是富林園。城堡挑高華麗的裝潢令人驚艷，櫥櫃裡的展示品不是精品珠寶或鑽石，而是亮眼繽紛的蛋糕甜點，每一款樣式都非常吸引人，結合日本講究的製菓技術與法式極致的烘焙技藝，從成品看得出在細節上的用心。人果然是視覺系動物，明太子看見一排排精緻的

手工蛋糕，驚呼著每種口味都想來一個，很難做選擇呢。我個人特別喜歡帶著焦糖香氣的甜心泡芙，而明太子則是喜歡口感綿密的布丁，我們邊享受甜滋滋的點心，一邊愉快談論著眼前的點心有多美味，也難得在旅行時有空檔時間翻翻雜誌，跟孩子一起閱讀。戶外草皮在陽光照射下顯的閃耀動人，牽著孩子的手在草地上散步的畫面，訴説著一種簡單的幸福。甜食讓人有好心情，也為旅行帶來美妙的插曲，在輕鬆悠閒享受慢活的午茶時光之後，又有能量繼續下一站的旅程。

04・2569・2798
台中市大雅區中清路四段 340 號
每天 1000-1900
www.pfcookie.com.tw

1 外觀像城堡的富林洋菓子，彷彿來到歐洲國家　2 城堡裡富麗堂皇，有如宮殿般的瑰麗　3 有如鑽石珠寶般造型的精緻點心

ⓓ 圳前仁愛公園

　　二〇一四年底完工的圳前仁愛公園，一旁是清泉崗空軍基地，公園用地由軍方無償提供，入口處可見 IDF 戰機的模樣，所有公園裡的遊樂設施展現出空軍意象的圖騰設計。有趣的是才抵達公園大門前廣場，明太子立刻被好幾輛正在移動的兒童電動車給吸引過去，幾分鐘的體驗過足了癮，接著便直奔小孩最愛的遊戲區。

　　這兒的遊戲區之所以受歡迎，是因為有一座空間挺大的機堡造型沙坑，大面積的白色沙子算是乾淨，沙子很滿，完全不用跟其它小朋友搶著玩，隨便一處小角落就能玩上一段時間；圍繞在沙坑周圍的還有攀岩區、溜滑梯以及基礎體能設施，難得不用待在家被大人限制玩法，有人在溜滑梯那裡追求往下衝刺的速度感，有的則是像敏捷的小猴子，拉著繩索爬上爬下，才剛學會走路的寶寶便由家長陪著玩堆沙，不用幾分鐘，

明太子很快就跟其它小朋友玩在一起，我們只需坐在一旁稍微留意他的安全，偶爾呼喚他休息喝點水，不用跟著他一塊消耗體力，很輕鬆。

公園裡除了沙坑還有一條繞著草皮的環狀水溝，小小一圈還挺長的，溝槽寬，水冰涼也淺，每到夏天總是有許多小朋友在這裡玩水，不過因為是新圳的灌溉用水，水質沒那麼好，不太建議讓孩子當戲水池玩，走走看看當做欣賞風景倒還不錯。「我可以一直跑一直跳

耶！」明太子一句話道盡了我們住集合式住宅的缺點，有時走路大聲點還會被鄰居抗議，在這裡怎麼跑、怎麼玩都行，可以說是孩子的歡樂天堂，用心維護設備，二十四小時全年無休的圳前仁愛公園，值得帶孩子前來體驗。

台中市神崗區中山路 1668-5 號
全年開放

1 練習攀爬技巧　2 步道平整規劃完善　3 長又寬的溜滑梯令人興奮不已　4 環境舒適的公園綠地　5 孩子的樂園

城市悠閒之樂

秋紅谷生態公園 × 嘎嗶惦 × 一起一起繪本廚房 × 鞋寶觀光工廠

ⓐ 秋紅谷生態公園

秋紅谷生態公園一開始被報導時，讓人很感與趣，考量新景點剛開放時人潮較多，決定過些日子再去湊熱鬧。北部的十一月陰雨綿綿，似乎是時候該往南行去找太陽公公，特別安排了假期一早趕車前往秋紅谷。

大都會區裡高樓大廈林立，難得台中市中心出現一座大型生態公園，秋紅谷彷彿城市裡的綠洲，與四周圍的水泥磚瓦形成強烈的對比。據說它原本是一處荒廢的窪地，如今搖身一變成了觀光新景點，還被遊客戲稱為「水窪變仙境」的代表。

佔地三公頃大，擁有湖泊、綠地、景觀橋及紅樹，是台中地區特有的凹型綠地，相當適合約會、散步、運動。湖水清澈，時而可見魚兒悠遊水中，湖邊種植大量垂柳樹，更增添幾分詩意；湖面上搭建舒適平坦的步道，除供遊客賞景之用，也更便捷易行。

白天有舒服綠意，入夜後景色迷人，位居都市中央卻感受不到一絲吵雜聲，是一處寧靜的休閒聖地，都市裡的一塊淨土，連呼吸都覺得空氣是乾淨的。秋紅谷是造訪台中的必遊之地，旅行難得如此從容，吹風賞景很是愜意，不妨牽著孩子的手來散散步，一同沈浸在簡單又幸福的親子時光裡。

台中市西屯區市政北七路、河南路口
全年開放

 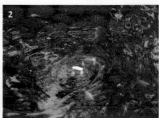 

1 有如小西湖般的悠然自得　2 良好的生態環境　3 硬體設施建構完善的秋紅谷非常適合帶孩子散步

ⓑ 嘎嗶恬

位在安和重劃區裡的「嘎嗶恬」，大三面採光，幾乎沒有隔間牆，全開放式空間寬敞明亮，在視覺上是舒服的。運用大量木質色系，營造出溫馨且自然的居家氛圍。細看嘎嗶恬與多數親子餐廳略有不同之處，就是那一排排又寬又長的桌子，除了有足夠空間擺放餐點，還是辦派對的好地方。

多數親子餐廳所附設的遊樂設施都在室內，經常是整間鬧哄哄的，但在嘎嗶恬得走到戶外才有得玩，取而代之的是緊貼著牆的書櫃，散發出的書香味卻也成了它獨有的特色。少了玩具的誘惑，孩子似乎更能專心好好吃完一頓飯，再離開位子去玩耍。替明太子點了最愛的蒜香蛤蜊麵，比起一般義大利麵，他更愛細扁狀麵條，盤底有少量湯汁，用料豐富實在，蒜頭清爽不嗆辣，不一會兒功夫全都進了他小小的肚子裡；而牛肉磨菇潛艇堡也很美味，烤過的牛肉加上冷醃的磨菇在嘴裡沒有負擔，淋上甜椒醬的微微濕潤口感讓人一口接著一口停不下來。無論是早午餐系列、午餐、輕食或飲品皆採全天候供應，餐點選擇多，時間彈性，不用擔心被限制點餐，餐後來一球知名品牌的冰淇淋，可謂一大享受！

沙坑設置在戶外雖然熱了些，卻也貼心架設大型遮陽傘，這裡是粗顆粒的砂子，不太會沾黏衣物，但店家仍提供兩種不同高度的洗手檯與洗腳檯，清理過後會更為舒適。隔壁幼兒園裡的草地以及溜滑梯等遊樂設施，特別在週末假日開放予用餐的小客人使用，若是沙坑玩一玩還不滿足，離開前再帶孩子去玩溜滑梯吧。

04・2359・3903
台中市西屯區協和里福玄路 189 號
平日 1100-2000（每週一店休）／假日 0900-2000
FB ｜嘎嗶恬

1 諾大的白色建築是嘎嗶恬的特色　2 餐點口味令人滿意　3 室內空間簡潔明亮，讓人用餐時有好心情

ⓒ 一起一起繪本廚房

相較於一般有遊樂設施的親子餐廳，一起一起繪本廚房就顯得與眾不同。在台灣以純繪本為主題的親子餐廳幾乎寥寥無幾，對於喜歡待在繪本世界裡的那些較安靜的孩子來說有些可惜，而一起一起繪本廚房便是老闆娘為了自己喜歡繪本的女兒而開的一間親子餐廳，環境靜謐舒適，柔和的燈光以及木頭色系的餐桌椅，甚至在餐具上的選擇，完全反應出店家當初在規劃時的用心。走進這座迷你圖書館，書香味特別濃厚，處處是驚喜，當孩子沉浸在繪本世界裡，時間彷彿都靜止了。

一起一起的餐點注入了創意的元素，由星級大廚掌廚，無論是食材品質或內容，都非常協調美味，兒童餐裡沒有炸物，取而代之的是兼具健康美味及營養的蔬菜，一致獲得顧客極高的評價。

一起一起打破傳統，不只提供硬體，在加入老師們生動活潑的課程內容後，讓閱讀繪本這件事變得更有趣，而戶外的塗鴉牆設計頗具創意，筆尖沾水就能在牆上作畫，不用擔心弄髒衣褲，家長們便無需付出額外時間替孩子們清洗，可以安靜優雅吃頓飯，是不是很貼心呢？推薦大家帶孩子來感受繪本世界有趣迷人的魅力，來一起一起找樂子吧！

04・2231・1717
台中市太原路三段 269 巷 42 號
平日 1100-2100 ／假日 1000-2100
FB ｜一起一起繪本廚房

1 精心規劃每一場互動課程　2 不同於一般親子餐廳的美味料理　3 巧而溫馨的用餐空間

ⓓ 鞋寶觀光工廠

　　鞋寶位於工業區裡，如同一般工廠外觀，沒有醒目招牌，來回經過門口二趟才找到它，等到實際走進去才真正發現那片小天地，門口的吉祥物正向我們招手。鞋寶是一間以製鞋為主題的觀光工廠，雖然稱不上大規模，實際走過一趟倒也覺得趣味十足，動線規劃得宜，時間安排上對小小孩來說剛剛好。

　　一樓以休息區及咖啡販售為主，配色活潑，無論桌子還是椅子，隨處可見鞋子的造型及塗鴉，帶出了強烈的主題感，得由工作人員帶領才能入內參觀，並且必須配合導覽時段。鞋寶大致分為幾個區域，除了工廠，還有大草原、咖啡茶以及銀鶴生活館。雖然是製鞋工廠，但鞋寶並無大量生產的產線，皆以客訂為主，也有接受特殊鞋款的訂單（如：矯正鞋）。細看眼前的手作鞋成品，無論材質、外觀或造型都不輸一般市售鞋款。明太子認真地緊盯螢幕，畫面中的老師傅正埋頭認真製作手工鞋，對他來說是難得一見，畢竟這世代的孩子連機器製鞋都沒看過，更何況是手工鞋？跟著導覽走一遍，我們知道製鞋流程，清楚了東西方人腳型的差異，更懂得如何選一款適合自己的鞋，原來這是一門很深的學問，想要製造一雙好鞋真是不容易啊！

　　DIY教室空間寬敞，從沒實際接觸過蝶谷巴特，感覺很興奮，能夠設計自己想要的圖樣，又是新鮮的體驗，利用二個半小時做出三雙鞋，打算送給明太子的好朋友，絕對是獨一無二且跟得上流行的款式，讓我們超有成就感！待室內走透透，趁著太陽公公還沒回家，去大草原踢踢球、跑一跑吧。戶外備有休憩區，大人坐著歇一會兒，看孩子在草地上曬太陽玩遊戲，為此行畫下完美的句點。

04・2350・5773
台中市西屯區工業區八路 11 號
每日 0930-1700（每月最末週二休館）
shoeswonderland.bestmotion.com

1 一間有趣又具知識性的鞋子工廠　2 工廠裡的巨無霸高跟鞋　3 色彩繽紛的 DIY 教室

彰化站
ROUTE
1

另一種觀看世界的方式

魔菇部落休閒農場 × 車酷汽車主題餐廳 × 魚你在一起親子屋 × 巫家捏麵館暨捏塑工藝文化園區

ⓐ 魔菇部落休閒農場

　　距離上一次到彰化已經是三年前的事了，趕緊再把口袋名單翻出來研究研究，這回想帶明太子一遊埔心及溪湖，因為那兒有他感興趣的事物。來到魔菇部落休閒農場，大家應該很快的聯想到主題「菇」。這兒其實是蕈種培養的農場，因創辦人自己愛吃菇而全心投入蕈菇農業，只是傳統的栽種方法必須大量投藥以防止果蠅及其它雜菌侵擾，為了改變此弊習，特地走訪各國觀摩，後來

以全程無塵的科技農法，讓蕈菇在廠內生長，無塵加上溫濕度的管控，這些菇菇們可都是在六星級科技廠房裡長大的喔。為推廣科技展現成果以及親子市場的需求下，創立了魔菇部落，結合生態旅遊、美食及休閒，讓孩子們盡情探索菇的世界，並體驗科技種菇採收的樂趣。

　　週末假日好多人排隊等著進去六星級的菇菇家，也是我們一家三口最期待的體驗。這裡跟台中的採菇很不一樣，

因為是在 2℃無塵室裡生長，所以必須洗淨雙手、戴帽子並穿上鞋套後全副武裝上陣，才能進去看看那些嬌貴的菇菇們。無塵室裡有東西看，可用手觸摸用鼻子聞的真實體驗，讓大家好驚喜，透過互動及解說了解菇的生長環境、生命歷程以及種類，終於知道那些曾經在餐廳料理出現的菇菇名，真是一趟有趣又能長知識的新奇體驗。

　　園區後方的大草原很美，吸引親子家庭停留玩耍，也是目前為止我們所接觸過唯一要脫鞋才能踩上去的草原，赤腳走在上頭並無不適感，反而非常舒服

喔！草原旁的軌道小火車更是讓小男生們開心極了，我們家這位車控當然是不會輕易放過這項遊樂設施，玩了二次才願意收手。而在草原上玩滾大球同樣很有趣，我也下場玩了一會兒過過癮，午餐直接待在園區裡用餐，品嚐菇料理，然而最興奮的還是明太子，離開前先預約了以後還要再來。

04 · 852 · 1898
彰化縣埔心鄉埤腳村柳橋東路 829 號
平日 1000-1700（每週一休園）／假日 1000-1800
www.mmts.com.tw

1 第一次光著腳丫在草地上玩耍感覺真有趣　2 首次見識六星級的菇菇家　3 小孩最愛的小火車　4 營養美味的菇菇火鍋

ⓑ 車酷汽車主題餐廳

哪裡有車就往哪裡走，帶明太子這位小車控出遊，經常會在第一時間尋找跟車有關的主題景點或餐廳。來到「車酷汽車主題餐廳」的門口，眼前這半輛小汽車可不只是放著好看的裝飾品，車門可以打開，人可以坐進去，就差沒動力而已。明太子興奮地上車緊握方向盤，一邊配音，假裝自己是厲害的駕駛，準備載我出去玩。店家走的是美式風格，但其實是不折不扣的親子餐廳，用餐的椅子加高有如賽車椅造型，壁面上有汽車油畫，還有許多主題照片及車牌都是店長一路收集而來的，可以說非常用心。

車酷的餐點以美式漢堡及義大利麵為主，明太子一向對麵食很感興趣，但這天他卻要求來一份汽車兒童餐。以往在餐廳吃到的兒童餐都不是那麼合他的口味，難得聽他對奶油燉飯這道主餐誇獎個不停，好奇嚐了一口，味道真棒，

難怪讓他讚不絕口。而我們夫妻倆點的宮保雞丁燉飯，以及蒜片辣椒義大利麵也非常美味，夠份量，三道主餐讓我們一家三口邊吃邊點頭，直誇太好吃了！

店內二樓是遊戲室，寬敞明亮的空間與一樓的風格截然不同，一座溜滑梯讓明太子笑聲不斷，最後還跟其它的弟弟妹妹打成一片。由於一樓座位數不多，店家開放準備候位的家長先帶孩子上二樓玩，餐後也沒有限制遊戲室的使用時間，讓人覺得很貼心。車酷的空間雖然不大，不過氣氛好環境佳，有美味的餐點並帶給孩子歡樂，很適合親子家庭前往享用美食的好地方。

04・836・6829
彰化縣員林鎮靜修路 49-2 號
每日 1100-2100
FB｜車酷汽車主題餐廳

1 只有一半的小汽車可不只是放著好看的裝飾品，車門可以打開，人可以坐進去，就差沒動力而已　2 汽車兒童餐讓人直呼真好吃　3 壁面上有汽車油畫，還有許多主題照片及車牌都是店長一路收集而來的，營造出濃濃的汽車主題

ⓒ 魚你在一起親子屋

「魚你在一起親子屋」是員林鎮上的首間親子主題餐廳，三樓層高，分別為不同年齡的小朋友所打造，一樓遊戲區有迷你溜滑梯、跳跳馬、音樂推車、扮家家酒、小電子琴等，二樓有球池、較大的溜滑梯、大型扮家家酒、塗鴉牆、閱讀區等，還能玩小汽車駕駛，如果想要擁有私人空間的家長也可以選擇預約包廂，而三樓則是手作教室和舞蹈教室。

餐廳提供的餐點口味屬於清淡健康，醬料也是手工親手調製而成，那碗超大份量的雞絲湯麵，料多味美很實在，點心也好吃，店家不定期會更換菜單，並提供寶寶粥給較小的孩子，真是設想周到呢！友善親子設施讓家長們覺得很貼心，無論是環境還是餐點，甚至是遊樂設施，皆有一定的水準。此外，今年還在一樓增加了沙坑設施，長的像米飯的白色沙粒完全不沾黏皮膚，可是目前人氣最旺的新寵兒，去過的朋友都說讚，有興趣的朋友趕快來吧！

04・833・2632
彰化縣員林鎮大勇街 5 號
每日 1100-2100（每週一店休）
FB ｜魚你在一起親子屋

1 一樓的寶寶區明亮寬敞，加高的地板及舒適的環境令人滿意　2 二樓適合學齡前孩子互動　3 以木製玩具為多數，使用上更為安全　4 餐點美味可口，清爽的調味適合孩童食用

ⓓ 巫家捏麵館暨捏塑工藝文化園區

　　新世代的孩子不懂什麼是捏麵,但如果把它換成黏土,他們就懂了!不過捏麵藝術使用的是麵土,現在則使用陶土、紙黏土、塑膠土等作為捏塑的材料。巫家捏麵館是全台唯一的捏麵文化館,館內展覽品種類不勝枚舉,許多孩子參賽得獎的捏麵作品放在館內供大家欣賞,讓人不禁讚嘆這些孩子同時擁有靈活的巧手與創意的頭腦。在三合院展區裡則以傳統廟會、布袋戲及建醮為主題,不僅把人物做得傳神,表情動作維妙維肖,連三牲四果也彷彿真品一般。

　　看過介紹才知道黏土種類有很多,從沒見過水晶泥土跟麵包土,雖然都稱做黏土,但性質不同重量也不一樣,還有多達四、五十種捏麵工具的介紹,想

不到做捏麵人沒有小時候想得那樣簡單，跟時下流行的翻糖有異曲同工之妙，部份手法是類似的，只不過使用原料不一樣。

　　來到全台唯一的捏麵館，一定要玩DIY，或許是五顏六色吸引了我，也認真捏了幾樣作品，明太子更是想挑戰難度高一點的技巧，看來這幾年的DIY體驗讓他的手指愈來愈靈巧了。館內外皆有遊樂設施，室內適合0至2歲，戶外的鐵道小火車也讓孩子眼睛發亮，在大片綠地上奔跑，在蜿蜒的小河道裡尋找蝌蚪的蹤跡，多元化的親子互動，帶孩子遠離3C產品，也填滿了親子家庭的週末時光。

04・861・0865
彰化縣溪湖鎮東寮里彰水路四段439巷151號
平日0930-1730／假日0930-1800
FB｜巫家捏麵館暨捏塑工藝文化園區

5

1 巫家捏麵館於1995年開館，是全台唯一的捏麵文化館　2 流行一陣子的歪頭郵筒，在巫家也看得到　3 原來不同的黏土有不同的用途及特性，好大的學問啊　4 捏麵人有許多兒童回憶在裡頭　5 園區有投幣式小火車，離開之前送給孩子一個小確幸吧

小鎮裡的生活新意

扇形車庫 × 探索迷宮歐式莊園餐廳 × 鹿港老街

ⓐ 扇形車庫

　　扇形車庫全台有名，無論是不是鐵道迷都想來參觀，一睹風采。它是一個半圓弧狀的車庫，十二個股道，中間是轉車台，周圍是放射狀的鐵道，早期用來停放蒸汽機關車，所以車庫的屋頂有煙囪，做為排放黑煙之用。轉車台是聰明的設計，當車子駛進車庫，轉車台會轉到車庫的股道，讓車子開上轉車台，再由人工控制前進的方向，車子便能順利開進車庫。而且早期的蒸汽機關車只有一邊有駕駛室，開到終點就得掉頭，這時只需將車子開上轉車台，轉一百八十度之後就能調頭了。

　　明太子看見這座特別形狀的車庫，直呼：「很像湯瑪士小火車裡面的車房，好酷喔！」當下向他說明了如何運作以

及調度車輛的方法，他吸收得很快，馬上就記起來，還想知道車庫裡每輛車的名字，而且得跟它們一一合照才行。

這裡同時被稱為「火車頭旅館」，每輛車都有專屬客房，偶爾還能見到機務人員忙著替這些火車頭進行保養及維修呢！沿著階梯往上走到至高點，平台上看得更遠、更清楚。由於扇形車庫的位置緊鄰彰化火車站，每幾分鐘便能見到行駛中的火車來回奔馳的畫面，讓所有的孩子都興奮極了，看他們開心地伸出手指，嘴裡邊呼喊著：「火車來了！火車來了！」那畫面深深印在我們腦海中，此刻，彷彿大人讓孩子們的夢想成真了，心也跟著雀躍起來。

此外，車庫的角落還有兩、三具以柴電機車引擎總合而成的機器人供大家欣賞及拍照，別忘了帶孩子將所有機器人都看過一遍，尤其小男生肯定超喜歡！

04・762・4438
彰化市彰美路一段 1 號
平日 1300-1600（每週一休館）／假日 1000-1600

1 轉車台供車輛調頭之用，在孩子的眼中是非常特殊且少見的設備　2 修車場禁止進入，但孩子卻從外側窗櫺探頭好奇的看著技師進行維修　3 不少孩子會將眼前畫面聯想至卡通湯瑪士小火車的家，乍看之下還真像呢

ⓑ 探索迷宮歐式莊園餐廳

探索迷宮外觀看似豪華的私人住宅，佔地遼闊且美麗動人，彷彿帶我們一秒走進南法國度，享受片刻的寧靜時光。莊園裡的四大主題除了婚禮區、餐廳區、迷宮區之外，還特別為親子家庭打造了親子互動區，讓孩子吃飽飽也能開心玩。

莊園餐點選擇不少，有各式丼飯、火鍋及兒童餐，十一點前供應輕食早餐，也有下午茶點心飲品等，最特別的是這樣的歐式餐廳裡竟有燒烤及啤酒，適合人數較多的家族旅行或是三五好友一同出遊的時候，想必會很熱鬧。雖然是炎熱的夏天，我依然點了最愛的麻油雞火鍋，父子倆則想吃鹽烤鯖魚丼飯，麻油比例下得剛好，不會太油太鹹，烤鯖魚的火候拿捏也恰到好處，有魚有肉的一餐讓人很滿足。

戶外綠地面積頗大，可向櫃台租借足球動一動活絡筋骨，有球門的草皮可是一點也不馬虎，正適合好動的孩子消耗體力；戲水池、沙坑及溜滑梯都是小小孩的最愛，光是這些就能讓他們玩上很長一段時間；想走出大迷宮難度不高，但卻得多些耐心才能走到終點。除了硬體設施，莊園的每一處角落都很好拍，張張精采張張漂亮，難怪開幕沒多久很快成為婚紗外拍及舉行婚宴的最美場所之一，即便只是散步走一圈也會愛上。這裡不僅是悠閒放鬆兼用餐的好地方，也適合小孩玩耍，厭倦了親子餐廳一塵不變的環境嗎？美麗的莊園等著你帶孩子來探索。

04‧735‧4126
彰化縣和美鎮東谷路 47-75 號
每日 1000-2100（每週一休園）
FB｜探索迷宮歐式莊園

1 修剪整齊的迷宮想要走出去得多點耐心哦　2 沙坑裡是細緻的白沙，在優雅的環境下玩沙可真是頭一回　3 美麗如織的景色讓人不自覺的放慢腳步仔細欣賞

ⓒ 鹿港老街

1 仍有少數當地居民保留下古厝，有些則沒有搬離，逛街的時候盡量別大聲喧嘩影響他們哦　2 保留下來的舊城區以及古老特色建築成了鹿港旅遊的最大特色　3 重新把玩這些早期的特色童玩，會發現先人的智慧在裡面

　　早期的「一府二鹿三艋舺」，「二鹿」指的就是台灣第二大城的鹿港，它曾經有過繁榮的景象，現雖已不復見，但保留下來的舊城區以及古老特色建築成了鹿港旅遊的最大特色。腳底踩著紅磚道，二側重新整修過的舊式店屋，無論是內部格局或是老舊外觀，都很耐人尋味，比起過去，我更喜歡現在老屋古街的味道。

　　街上商家林立，部份仍保留最原始的面貌，既不拆屋也不改建或重新補漆、裝潢，想回歸老鹿港原有的風采。逛老街其中一個樂趣就是尋找當地的特色童玩，帶明太子穿梭在各個舖子裡找樂子，確實發現好多有趣的小玩意兒，有的甚至在北部看不到也買不到，被我們視為寶物般的珍貴。

　　或許是有得看又有得吃，總覺得明太子從小對老街就很感興趣，對他來說每次造訪都是新鮮的體驗；而對我來說，陪著孩子一塊兒走，較以往看的角度不同了，似乎更為有趣。走過摸乳巷、桂花巷、天后宮，看過半邊井、曬烏魚子，玩過古早童玩，喝過冰梅汁、烏梅湯，烙印在心裡的鹿港老街愈發濃厚，期待不久的將來，繼續牽明太子的手再回到鹿港，感受那古樸的小鎮氣息。

彰化縣鹿港鎮瑤林街、埔頭街一帶
全年開放

緩慢生活的姿態

敲敲木工房 × 牛相觸花園餐坊 × 紙教堂 × 桃米親水公園

ⓐ 敲敲木工房

1 DIY 區裡的敲打聲此起彼落，滿足在場的小朋友喜歡使用工具小樂趣　2 貼心規劃遊戲室，孩子的歡笑聲不絕於耳　3 敲敲木工房帶大家走進胡桃鉗的世界

多數人都知道埔里有名的是茭白筍及礦泉水，卻沒聽過埔里有一座四十前誕生的聖誕城。走進胡桃鉗的世界，我們來到敲敲木工房。工廠初期是以代工為主，主要生產酒架用的車枳木螺絲以及門簾串珠，由於木器品質優良，於是引進德國胡桃鉗訂單到埔里，從此開始大量生產。一路從聖誕塔、娃娃到水球音樂盒，最後到工房的誕生，希望讓全世界知道那些精美的商品都曾經在埔里這片土地上生產。

敲敲木工房有一間約可容納百人的DIY 教室，不時有家長在孩子身邊陪伴完成木工作品，有人喜歡車子，有人選了具代表性的胡桃鉗木偶。仔細看木頭質感確實很好，不只木頭成份，還有大小不等金屬材質的螺絲帽，要敲要轉的接縫處是最困難的部份，孩子想自行完成組合並不容易，但或許讓他們感到了興趣，想挑戰這艱難的任務，尤其是男孩特別喜歡玩敲敲打打，組合可以訓練邏輯思考，也靈活手指。

多數孩子陪大人買東西往往不是那麼有耐心，工房販賣部裡的遊戲小天地有小火車軌道組、變裝拼木，以及益智類的木頭玩具，對於還不會動手玩 DIY 的小小孩來說，超有吸引力，讓家長可以專心挑選商品。工房還特別在另一側規

劃開放式的遊戲室，有溜滑梯、扮家家酒等，而尿布台就在旁邊，替孩子跟家長設想周到。

敲敲木工房仍以生產為主，為了讓大家進一步了解並推廣埔里的木工藝，才開放給民眾參觀，強調透過 DIY 實做的方式，可以讓更多人體驗敲敲打打的樂趣。在持續的敲打聲中我們離開了工廠，明太子也帶回 DIY 成品以及幾款較為特殊的商品，準備繼續動手動腦玩組裝。比起玩過就壞、壞了就丟的塑膠玩具，工房裡的商品兼具實用及趣味性，讓孩子在操作中建立自信與得到滿足，快來挑戰誰的作品最厲害吧！

049‧291‧7803
南投縣埔里鎮大同街 37 號
平日 0930-1200、1330-1630（每週二、三休館）
／假日 0930-1630
www.kokomu.com

ⓑ 牛相觸花園餐坊

餐廳座落的位置，老地名就叫牛相觸，也是餐廳名字的由來。別看它外觀不怎麼起眼，在當地卻是老字號的餐廳，不少藝人及名人都曾是座上賓，可見魅力不同於一般。紅瓦磚牆，庭園散發出濃濃的鄉土氣息，種植大量花卉，以小橋流水為造景，並設有涼亭供休憩之用，孩子蹲在一旁欣賞魚兒戲水，見池中央的水車轉啊轉的，倒也覺得小有趣味。

室內為中式唐風設計，有團體用膳，

1 古色古香的建築在當地小有特色　2 料理入味的東坡肉是店裡的熱門佳餚　3 園區種植大面積的花卉，以小橋流水為造景，孩子們喜歡在池子邊欣賞魚兒悠游自在的樣子

也有獨立包廂區，但總是座無虛席，老闆夫妻非常喜歡收集壁掛及飾品等古董，讓餐廳增色不少，更有味道。無論是東坡肉、土雞、炒米粉，甚至是埔里名產茭白筍，都是我們經常指定上桌的美味佳餚，雖說是中式料理，但不感到油膩，還很下飯，一道道媽媽味的家鄉菜，讓大家吃得很飽足，也感受到平價美味。

牛相觸環境優美、餐點可口，鄰近埔里酒廠、日月潭、桃米生態村等知名景點，享受美食之餘，不妨到花園走走，跟家人朋友聊聊天，讓孩子在戶外放鬆玩樂，慵懶休息一陣子再出發。

049‧291‧2775
南投縣埔里鎮南村里桃南路 31 號
平日 1000-1400、1630-2100 ／假日 1000-1430、1630-2100
www.nsc-rose.com.tw

ⓒ 紙教堂

來到紙教堂，漫步在幽靜的小徑上，夏日的午後極為涼爽舒適。不一會兒遠遠便聽見蛙鳴聲，走得愈近聲音愈響亮，原來是生態池裡活潑可愛的青蛙在唱歌，都市孩子難得見到青蛙，一開始讓明太子退了幾步，看久了愈覺得有趣，反而不想離開池子邊，還想追著青蛙跑。

埔里是台灣造紙產業的重鎮，而紙教堂則是台灣首座紙管建築，九二一地震造成埔里六千多棟房屋全毀，轟隆隆的拆屋聲不絕於耳，為了撫慰居民受創的心，將日本阪神大地震後象徵重新再起、社區整合的鷹取 Paper Dome 紙教堂運回台灣，代表埔里桃米社區「重新再起」，同時為了發揮社區再生功能，在紙教堂旁興建新故鄉社區見學園區，搭配農場、食堂、交易市集，讓這裡蛻變成為美麗的園區。而園區裡的紙鋪是文化產品的展售處，有紙做的電腦包、衣帽、窗簾及傢俱等，造型別緻且所使用的紙材通過歐盟各項嚴格環保規範，顛覆大眾對於紙的想像。

1 教堂裡用色亮麗色彩鮮明，屋頂棚幕透射自然的光線，有種莊嚴神聖的氛圍 2 環境整頓有佳，結合自然空間帶給大家全新感受 3 這裡不只是一座紙教堂，而是美麗的園區

教堂裡用色亮麗、色彩鮮明，屋頂棚幕透射自然的光線，有種莊嚴神聖的氛圍，在當地每個週日提供給教會作為彌撒場地之用。廣場上的草皮是孩子嬉戲的最佳場所，輕食區則提供在地特色餐飲，包括新鮮果汁、蛋糕、鬆餅，以及無毒蔬果做成的披薩，帶給大家自然與健康的飲食。當黑夜降臨，紙教堂彷

彿一座大燈籠般的耀眼，既浪漫又漂亮。這片土地存在著愛與溫暖，象徵愛與互助的紙教堂，帶給我們無數次感動！

049‧291‧4922
南投縣埔里鎮桃米里桃米巷 52-12 號
平日 0930-180（每月首週三休館）／假日 0900-2000
paperdome.homeland.org.tw

ⓓ 桃米親水公園

1 山泉水冰涼清澈，是夏日消暑的好去處　2 設有溜滑梯滑道，戲水時又多了一個小樂趣

桃米親水公園是兼具創意與環保的公園，當初改造桃米溪的同時，也建造了這座公園與觀景台，讓遊客可以更親近大自然的溪流。公園裡有親水設施，由於池水不深且是山泉水，冰涼清澈，每到夏日這裡便成了小孩的戲水天堂，把玩水工具帶著就能盡情與水共舞，還能從溜滑梯上滑進水裡。親水公園距離紙教堂位置不遠，不少家長都是趁著到

紙教堂參觀之後便順路帶孩子來戲水，如此好康的無料戲水池跟大家分享，但也請各位家長帶著孩子一起維護環境清潔，畢竟是免費的地方，無專人照護，唯有大家憑藉著共同的理念才能讓孩子有更多更好的遊樂空間。

049‧291‧8030
南投縣埔里鎮桃米里桃米巷 29 號
全年開放

慢城的美好境界

日月潭纜車／向山遊客中心 × 和菓森林阿薩姆紅茶莊園

ⓐ 日月潭纜車／向山遊客中心

　　日月潭百年來享有台灣八景的美譽，也是台灣最負盛名的水力發電重地，每年吸引百萬中外遊客造訪，身為台灣人怎能不來？從陸地、空中、潭面上皆可欣賞日月潭之美，陸海空玩法一次滿足，環潭公路被美國有線電視新聞網評選為全球十大最美自行車道，圍繞潭區的

十四條步道更擁有絕佳的賞景點，整體來說，日月潭就是一個「美」字形容。

　　日月潭範圍之廣，遷就孩子年齡與體力，我們選擇先進行搭纜車的空中體驗，也相信這會讓明太子非常開心。纜車全長 1.87 公里，行駛九族文化村及伊達邵之間，看似距離長，但全程僅約七

分鐘即可抵達另一端，第一次從空中的角度欣賞，蔚藍色的湖水上倒映著山巒的影子，帶給人一種屏息之美。體驗了去程回程，再轉而前往欣賞由國際知名日本建築師設計的向山遊客中心，結合了半地景半建築的設計，一邊是湖光山色，一邊品嚐道地台灣咖啡，微風迎面吹來，可謂人生一大享受。往自行車道方向前去，有另一處賞景點，好幾對新人正在取景拍婚紗，白紗禮服在耀眼的陽光下閃爍著，將周圍景緻襯托得更為浪漫。

　　遊客中心供應餐飲及飲品，方便遊客覓食，不必進進出出費時再找停車位。餐點都是簡單的料理，也有輕食甜品供選擇。這裡的空間自然開闊，四周景色怡人，頗為舒適，哪怕只是發呆坐著也能讓人自在悠閒地度過，同時讓孩子知道台灣有如此美麗的地方稱做日月潭。

日月潭纜車
049・285・0666
南投縣魚池鄉日月村中正路 102 號
平日 1030-1600 ／假日 1000-1630
www.ropeway.com.tw

向山遊客中心
049・285・5668
南投縣魚池鄉中山路 599 號
每日 0900-1700

1 日月潭風光明媚，季節交替之際形成一幅幅美麗動人的畫作　2 以簡單的料理為主，選擇不多卻仍受遊客喜愛　3 出自國際知名日本建築師設計之手，以半地景半建築的設計，在建築史上創下紀錄　4 搭纜車以最美的角度欣賞日月潭

ⓑ 和菓森林阿薩姆紅茶莊園

來到魚池鄉，很多人會想到紅茶，旅遊一定要了解當地文化及特產，和菓森林就是一處可以了解紅茶製程，以及參與親手揉茶兼品茶的最佳學習場所。承襲父親用心做好茶的精神，肩負傳承及發揚紅茶文化的使命，藉由每年的體驗營讓遊客進一步了解紅茶文化、認識茶樹，並親自作茶學會泡壺好茶。這裡的茶樹平均年齡是八十至一百歲，已稱為老欉紅茶了，而目前栽種的紅茶品種有印度阿薩姆、台茶 18 號及野生山茶三種。

多數孩子喜歡牛奶，但明太子從小受拔拔影響，特別喜歡茶香味，我們同意他適量小酌不狂飲，長期下來接觸了不少茶葉，不過卻是頭一回體驗用自己的雙手揉茶，他倒是挺興奮的。要親手揉出香氣夠且質感一致的茶葉並不容易，首先得觀察茶葉品質，讓同一批的茶葉有相同一致的好品質，再來就是有足夠的力氣搓揉茶葉，接下來送進機器裡進行乾燥程序，最後才是包裝，包裝這一關也是由自己彩繪外包裝罐，從頭至尾約一個半小時，完成後若被師傅評比為

優等，還可以當成伴手禮，致贈親朋好友。

　　堅持傳統手工採茶，如同老茶師對紅茶的堅持，和菓森林指導的製茶體驗非常有趣，是一場難得的深度之旅，冬天還有手泡茶活動，教大家如何泡出好喝的檸檬紅茶，邀親朋好友一起來玩茶喝茶吧！

049・289・7238
南投縣魚池鄉新城村香茶巷 5 號
每日 0900-1730
www.assam.com.tw

1 堅持傳統手工採茶，和菓森林指導的製茶體驗非常有趣， 2 想喝好茶，手揉茶葉的過程很重要 3 專業精辟的導覽解說帶大家了解紅茶的生長環境 4 手作過程中發現製茶並不輕鬆，卻也演化出另一種樂趣

南投站
ROUTE
3

安靜的小城故事

車埕／木茶房 × 水里蛇窯陶藝文化園區

ⓐ 車埕／木茶房

　　早期的車埕是南投木材的重要集散地，人車絡繹不絕很熱鬧，隨時代變遷，現已恢復平靜，並積極發展觀光，將許多已成為廢墟的木工廠，改造為旅遊景點，結合鐵道文化與木材工業，開發出多樣化的木製用品，成為遊客佇足賞景的風景區。

　　車埕火車站建造於日據時代，曾因木業沒落人口外移，導致車站無人管理，經歷九二一地震嚴重毀損，由日月潭國

1 南台灣的冬天溫度適中氣候宜人，非常適合帶孩子旅行　2 迷人的車埕林班道　3 舊火車站依然保留住軌道，供民眾拍照　4 懷舊風的木桶飯，一定要試試看

家風景區以原木搭建，重現濃濃的鐵道風情。而舊火車站依然保留軌道，幾輛火車頭供民眾拍照，明太子邊跑邊摸邊要求照相，每一張都是自然的笑容，十足的小鐵道迷模樣。

走進木業展示館，有許多木頭相關知識，還能體驗當個小小木匠，打造專屬的木工作品。林班道貯木池在台灣林業全盛時期是珍貴的原木保存地，現成為美麗的生態池，不時見魚兒水裡游，還有綠頭鴨優雅移動著身軀，成排的冬楓讓人有一秒飛日本的感覺，自在開心地迎風吹拂，舒適的溫度，美麗的景色，果然秋冬季節來訪最適合我們。

園區裡的特色餐廳「木茶房」一向受到遊客們的喜愛，之所以特別在於那木桶飯，雞腿滷得軟爛，配菜有香腸、酸菜及豆干筍絲，好個懷舊風，吃完還能把木桶帶走，難得到此一遊，不來一份是可惜了。午餐吃飽飽再回到舊車站廣場繞一繞，幾條軌道就能讓明太子不厭其煩來回數趟，沒聽他喊一聲累。悠閒的散步著，聽聽街頭藝人的演奏，此時無聲勝有聲，慶幸自己來對了地方，我們還有幾個角落沒走完，有機會一定再回來這個美麗的小鎮。

車埕／木茶房
049・287・1791
南投縣水里鄉車埕村民權巷 110-2 號
平日 0930-1700 ／假日 0930-1730
FB │ 木茶房

ⓑ 水里蛇窯陶藝文化園區

關於蛇窯，有些故事在坊間流傳著，以前生活不好過，父母沒錢，孩子就沒玩具，很多人會到蛇窯挖土堆找樂子，用陶土捏塑成各種想像出來的玩具，所以蛇窯成了孩子的遊戲間，這樣的生活讓他們從小就很會做工藝，每個人都是小小工藝家，想不到現在的孩子卻是為了體驗，才走進陶藝教室學習技藝，前後時代差異也太大了吧！不過體驗是為了接觸更多從未做過的事，從中獲得寶貴經驗，這也是現在的孩子所缺乏的，

盡情體驗、努力發問是很重要的喔。

嚐過時下最夯的窯烤披薩及窯烤麵包嗎？窯烤過後所散發出的龍眼木香氣，強調素材本身的原味，這也是水里蛇窯近年來想重新找回的味覺記憶，如果有機會遇上麵包出爐，別忘了買一個來嚐嚐。

聽完了簡報，跟著導覽員的腳步前進，我們看到又長又真實的蛇窯窯體，大家無不好奇走近觀看，明太子的好奇心不比大人少，他喜歡用手體驗那觸感，打開他的大聲公提問題，要不是導覽員

在場，我們可能會被考倒。若時間允許
建議大家一定要來一場 DIY 體驗，不懂捏
陶的朋友可以選擇彩繪 DIY，也是另一種
樂趣。

　　蛇窯培養孩子的美學，藉由觀察及
體驗，激發出孩子的創意與審美觀，並
從一連串的導覽介紹認識更多大人口中
的蛇窯文化，是一處寓教於樂的教育場
所，值得一遊。

049・277・0967
南投縣水里鄉頂崁村水信路一段 512 巷 21 號
每日 0800-1730（每週三休園）
www.snakekiln.com.tw

1 精辟的導覽解說讓大家認識更多蛇窯的過去與現在　2 蛇窯裡別有洞天，來一場探險吧　3 手捏陶體驗讓孩子躍躍欲試

南投站
ROUTE
4

尋找微熱的感動

微熱山丘 × 妖怪創界糖狗村 × 台灣工藝文化園區

ⓐ 微熱山丘

遠遠看到冗長的排隊隊伍，別懷疑，那裡就是微熱山丘的三合院！這兒的鳳梨酥每一顆都是沉甸甸的，連包裝也有學問在裡頭，現代人講究飲食健康，五十年糕點經驗的老師傅，以樸實的台灣鳳梨做出無任何添加的鳳梨酥，微酸的內餡逐漸取代早期甜膩膩的口感，一推出市場即廣受好評，讓微熱山丘因此聲名大噪。

微熱山丘全省好幾間門市，其中以南投的三合院建築最受囑目，因此成為當地的觀光熱點，只要到南投市旅行幾乎都會順遊這裡的三合院，即便需要排隊等候，仍然讓大家願意為好吃的鳳梨酥花上一點時間。

一杯熱茶、一個鳳梨酥，是微熱山丘的熱情，也是招呼大家的方式，免費且吃得開心，夏天的鳳梨冰沙是熱銷商品，週末還有農產品市集及音樂表演，讓大家有得吃又有得看，一點也不無聊，在歡樂、悠閒的環境底下，一邊聽著音樂，一邊享受美味的小點心，還有空間跑跑跳跳，孩子們都很開心呢！

049・229・2767
南投縣南投市鳳山里八卦路 1100 巷 2 號
每日 1000-1800
www.sunnyhills.com.tw

1 能看到三合院的機會愈來愈少了，好適合帶孩子來散心的地方　2 假日市集熱鬧非凡，可以順道來欣賞音樂演出，買買伴手禮

ⓑ 妖怪創界糖狗村

近幾年南投不只是溪頭妖怪村、桃太郎村，還多了一間有可愛妖怪的地方「糖狗村」，既是新興旅遊景點，也是一家餐廳，無論用餐或純參觀，皆需購票入場。園區是紀念園主的狗兒而創建，隨處可見狗兒的文創設計與周邊商品，還有許多不同表情動作的狗狗散佈四周，

形成的畫面倒也很有趣，讓整座園區活潑了起來。

園區停車場位置有限，建議提前抵達四處走走看看，無論是造型或是用色，都非常吸引我們的目光，連一個小小的垃圾桶也讓明太子興奮地衝去合照。糖狗村裡創意無限，處處是驚喜，廁所裡

有妖怪馬桶，洗手檯則是小狗撒尿，老闆是個語錄控，利用詼諧的詞句寫下對人生的看法，句句值得省思。

　　園區附設的餐廳略顯質感，以玻璃屋概念搭建而成，採光好氣氛佳，桌與桌之間保持一定距離，空間寬敞舒適，動線流暢，餐桌玻璃底下的狗狗表情逗趣，讓人在用餐時感到愉悅，餐點選擇不多，但內容豐富且份量十足，創意吃法讓人豎起大姆指稱讚，待在戶外沙發椅上享受著陽光灑落，一切是如此自然美好。

049・223・0930
南投市東山路 2-6 號
平日 1000-1700 ／假日 1000-1900
FB ｜妖怪創界糖狗村

1 秘密計劃裡的機器人展覽叫好又叫座，一定要帶孩子來看　2 文創商品區滿足大家購物的慾望　3 為了紀念園主的狗兒而創建了糖狗村，活潑朝氣的氣息在園區裡渲染開來　4 創意吃法讓人豎起大姆指稱讚

ⓒ 台灣工藝文化園區

1 生活工藝館四樓有傳統童玩及手工藝 DIY，讓小朋友動手又動腦　2 以清水在磚片上練習寫字，讓孩子體驗原來寫字也能這麼有趣　3 各館呈現出不同風格及主題

　　台灣工藝文化園區佔地約有十公頃大，草木扶疏的綠地讓人有好心情，園區分做五個展覽館，可純粹參觀也有免費及付費的 DIY 體驗，費用不一，視孩子興趣喜好及需求來做選擇。

　　生活工藝館的二、三樓是創作體驗坊，可看到陶藝、藍染等工藝家的創作，以及付費的漆藝 DIY、捏陶 DIY 體驗，四到五樓則是屬於小朋友的歡樂天堂，不僅能在童玩工坊下棋、做紙飛機、玩彈珠檯，五樓的親子互動園區內容更豐富多元，有紙藝、習字、故事時間及小小的體能區，完全免費，讓孩子透過五感學習獲得大大的樂趣。此外，工藝資訊館的 3D 電影院也非常受歡迎，廳裡播放的是短篇卡通版電影，有些大人比孩子更入戲，笑得超開心！

　　一般以工藝為主題的園區鮮少有孩子的專屬空間，但台灣工藝文化園區寬廣舒適，綠地維護有佳，館場內容豐富有趣，讓「工藝文化」不再如此生硬，實際體驗後覺得非常值得再訪，且免門票參觀，戶外還有一個超大沙坑，就連傍晚的夕陽及夜景都美極了，帶著孩子來玩，肯定收獲滿滿。

049・233・4141
南投縣草屯鎮中正路 573 號
每日 0900-1700（每週一休園）
www.ntcri.gov.tw

南投站
ROUTE
5

不急不徐的休日時光

元首館 × 米田貢觀光園區 × 圓頂屋 × 廣興紙寮

ⓐ 元首館

早已經造訪數回的元首館為何還要再來？因為它又變得不一樣啦！

進入元首館之前，我們試著讓明太子理解「元首」二字的意涵，有概念之後再參觀會更具意義。以元首為主題的創意園區，在增加了愛情教堂之後，成功吸引更多遊客回訪；戶外包括 3D 棋盤峽谷、時代巨輪以及摩天轉轉，皆以立體造型呈現，很適合拍照，館內以商品販售為主，並附設主題餐廳提供給前來的遊客填飽肚子歇歇腳，一樓現烤烘焙區則不定時推出幾款較為特別的元首餅以及多種口味的麵包，熱呼呼剛出爐的新鮮麵包香氣四溢，立刻成為大家手中的小點心。

元首館是一棟山裡的城堡，外觀亮眼，佔地寬廣，後方全新完工的愛情教堂讓人沈浸在浪漫的氛圍中，教堂前方的大草皮柔軟細緻，一不小心就成了孩子的遊樂場。別以為來這裡只是拍照買東西，每一處場景都經過精心設計，也都有各自的背後故事，假日廣場上還有演出，讓明太子總是聽得入神，不願馬上離開，而我們也正好喜歡這樣不急不徐的假日時光，你們呢？

049．291．8668
南投縣埔里鎮中山路四段 219 號
平日 0900-1700 ／假日 0900-1730
www.9420.com.tw/kinggarden

1 山中的城堡 2 全新打造的愛情教堂成功吸引遊客爭相目睹風采

ⓑ 米田貢觀光園區

米田貢是埔里近期的新景點，因名稱有趣讓人印象深刻。發現它是偶然，米田貢三個字就在大馬路邊，開車經過很難不留意到它的存在，好奇心驅使下，決定進去探索，想不到意外發現一處小有樂趣的地方。

米田貢佔地近萬坪，是農糧署委託埔里花卉經營的一座以米為主題商品的園區，不僅免費入園，還大方提供產品試吃。園區七丁多株的生態花園，完全不噴灑農藥及除草劑，不時能見到蝴蝶及小蟲子穿梭花草間，空氣乾淨清新，讓我們的過敏症狀在一瞬間緩解許多。

園區保有原本的綠建築設計，並打造遊園小火車帶大家繞一圈參觀園區環境，這可讓所有的小朋友都瘋狂啊，即使排再久都願意。而室內搭建三個滑道的溜滑梯，也是讓孩子們玩到超開心，

坊間以木頭材質打造的遊樂設施並不多見，工法細緻、角度也丈量得恰到好處，讓家長很放心，二樓的小沙坑更是讓小孩不捨離去。

「米」是台灣具代表的農產品之一，米田貢二大系列商品「水果酥、米卡龍」，餅皮皆使用以米研磨過的米穀粉，並向有機無毒的小農採購，製作成十餘種水果內餡，而米卡龍的彩衣也是百分百天然水果的顏色或是以食用花卉進行上色，不只在視覺上效果十足，味覺也不落人後，令人滿意。想知道米田貢三個字代表的意義及由來嗎？親自來找答案吧。

0800 · 020 · 096
南投縣埔里鎮中正路 1004 號
每日 1000-1730（每週二、三休園）
FB ｜米田貢

1 舒適的環境與美好的光線，讓遊客得到放鬆　2 溜滑梯永遠有特殊的魔力，讓孩子玩再久也不嫌累

ⓒ 圓頂屋

1 藍白色建築在當地特別醒目　2 大火快炒的功夫讓餐點更美味　3 融入在地食材的特色料理獲一致好評

　　埔里一帶餐廳很多,在沒有事先安排的情況下,我們走進一間有著藍白相間外觀、以挑高鐵皮屋搭建的建築物裡。往年來到埔里多次經過,對圓頂屋小有印象,既然營業多年,想必在當地已經建立起口碑,對它有一定的信心。

　　翻開菜單,種類是琳瑯滿目,融入在地食材,推出中西式特色風味餐,也就是所謂的創意料理,以提供顧客更多的選擇,而且份量不僅「十足」,還「超量超值」,高 CP 值的餐點令人滿意!

　　圓頂屋室內空間大,規劃了包廂、雅座及合菜大圓桌,以中西式佳餚呈現出多樣化料理,是一座複合式美食休閒館,當下即刻決定下次不會再路過,而絕對是專程來用餐!

049・291・8997
南投縣埔里鎮中山路三段 563 號
平日 1000-1430、1700-2100 ／假日 1000-2100
FB ｜圓頂屋

ⓓ 廣興紙寮

有一陣子明太子很喜歡從外頭撿樹葉回家，問他什麼用途，他說學校帶他們去看樹的成長環境，還學會了如何做紙，讓我回想起兩、三年前一直想去的廣興紙寮，不正好是可以讓他學以致用，加深印象的好地方嗎？

古時候的造紙技術很早就傳遍世界各地，可是在此之前呢？沒有紙的時候，字要寫在哪兒？小時候的教科書裡也教過大家，關於紙的由來及演變的過程，但卻不曾有過實作經驗，廣興以複合經營方式，除了保留古厝的人文空間，另闢有現代化的研發室、手工紙文化館、生態區及造紙職人區等，來到台灣第一家造紙產業觀光工廠廣興紙寮，帶大家從頭至尾走過一遍，並透過實際的操作讓孩子獲得更多關於紙的知識。

從紙的來源到最後的 DIY，廣興的導覽內容豐富有深度，想知道紙為什麼也能吃嗎？廣興帶大家體驗紙的魅力，保證收獲滿溢！

049 · 291 · 3037
南投縣埔里鎮鐵山路 310 號
每日 0900-1700
www.taiwanpaper.com.tw

1 光線明亮的 DIY 教室，半開放空間讓人感覺很舒服 2 現場直擊師傅造紙的過程，讓孩子更貼近紙的生活 3 造紙不易，高溫底下的作業令人印象深刻，應該要好好珍惜紙資源 4 可以吃的紙，你吃過嗎？

南台灣
悠遊時光

雲林站
ROUTE
1

樂遊事件簿

奶奶的熊毛巾故事館 × 薇若拉親子音樂餐廳 × 虎尾糖廠 × 同心公園 × 虎尾驛 × 布袋戲館

1 手作總是多了一個溫度，也是一項新的體驗與挑戰　2 虎尾目前己有三座毛巾主題觀光工廠，「奶奶的熊」名字特別又逗趣　3 園區設有二座大小不等的沙坑，免費提供給孩子玩耍

ⓐ 奶奶的熊毛巾故事館

　　雲林虎尾是甘蔗、花生、蒜頭的主要產地，但包括我在內，鮮少人知道七十年代的虎尾毛巾產業曾風光一時，其中因名字特別又逗趣的「奶奶的熊」，原址為雙星毛巾的產銷店，後擴大營運改名為奶奶的熊毛巾故事館，增設企業介紹、互動式 DIY、兒童遊樂設施等，並將園區改造成童趣十足的風格，成功拓展親子市場。

　　鵝黃色鄉村風建築裡是商店，眾多

商品裡還看到了家裡使用的毛巾，原來是出自於雙星，無論材質及車工都很細緻，應用範圍廣，舉凡寶寶披風、洗臉巾、擦手巾、寶寶包巾、睡衣、襪子等，甚至明太子目前使用的棉被，都是以舒適的無捻紗製作，輕柔蓬鬆的觸感是一般棉紗所不及的，吸水性強、快乾透氣，可愛的圖案讓孩子更樂於使用。奶奶的熊推出現今流行的毛巾 DIY，雖然不容易，明太子還是喜歡動手嘗試，畢竟多了手作的溫度，也是一項新的體驗與挑戰。

館外一人一小沙坑讓孩子玩到不願起身離開，草皮上的溜滑梯大量消耗孩子的體力，洗手間有色彩豐富的主題彩繪，每一處角落都吸引孩子停留，小小的咖啡販賣部是休息吃東西的好地方。「一條毛巾就是人生，無論迎接生命或送走生命，人的一生都離不開毛巾。」毛巾帶給我們生活上的便利，成了日常生活中不可或缺的用品，有機會來虎尾旅行，別忘了走一趟奶奶的熊，替寶貝選購幾條好用又舒適的毛巾吧。

05・622・1111
雲林縣虎尾鎮埒內里 84 號
每日 0900-1800
FB ｜奶奶的熊毛巾故事館

ⓑ 薇若拉親子音樂餐廳

1 薇若拉的遊樂設備堪稱齊全，非常適合帶小孩來用餐兼玩樂　2 薇若拉的前身是虎尾糖廠的餐廳部，後來才改建為現在的親子餐廳　3 兒童餐份量充足，學齡前的孩子都吃的飽

薇若拉的前身是虎尾糖廠餐廳部，後來改建為現在的親子餐廳。一樓有裝設遮陽傘的大沙坑，另一側是草皮；室內一樓是用餐區，環境乾淨舒適，還有一台小汽車造型的 DIY 優格機，二樓主要是遊樂區，有大溜滑梯、彈跳床、球池以及搖搖電動火車廂，後期會增設大型積木給孩子多一種樂趣。這層也有座位，若不想爬上爬下照顧自己的寶貝，預約二樓的位子，會便利許多。由於進入遊戲區要額外付費，所以店家也將服務品質提升了，會協助家長幫忙看著孩子，防止發生危險。

餐點選擇多樣化，有中式套餐、義式料理、火鍋類、兒童餐、輕食點心及飲品，品項愈多愈讓人猶豫該點哪道餐，最後決定來一份火鍋當主食，替明太子點兒童餐，另外加點蘿蔔糕、薯條等點心解解饞。難得虎尾有這麼一家讓孩子玩得開心，大人放鬆用餐的親子餐廳，有吃有玩就是幸福，只是一座溜滑梯就讓明太子嗨翻天，還跟幾個孩子當了朋友，真是快樂天堂啊！

05．632．2620
雲林縣虎尾鎮民主三路 2-1 號
每日 1100-2100（每週一店休／每週二 0900-1700）
FB｜薇若拉親子音樂餐廳

ⓒ 虎尾糖廠

1 虎尾糖廠與彰化、屏東並列為台灣三大糖廠，目前虎尾糖廠還保留住日式風格　2 堅持傳統製法，讓遊客有機會再次品嚐到那懷念的好味道　3 糖廠冰品約 20 餘種，價格公道實在，傳統的紅豆及芋頭一直以來都是最暢銷的的口味，紅豆加牛奶則最受小孩歡迎

虎尾糖廠，與彰化、屏東並列為台灣三大糖廠，目前還保留住日式風格，而糖廠的冰品堅持傳統製法，與當今國外流行至台灣的冰品，無論在作法及口味上都有很大的不同。糖廠以純糖及開水製作的冰棒除了品質有保證，也吃得安心，老一輩還是喜歡這種純樸簡單的懷舊味。

在口味上也不斷地研發改進，目前生產的冰品約二十餘種，傳統的紅豆及芋頭一直是暢銷口味，紅豆加牛奶則最受小孩歡迎。夏季吃冰是一種享受，只要不過量就好，吃過的人都對糖廠冰棒讚不絕口，孩子臉上堆起的笑容是一種簡單的幸福，令人會心一笑。

05・632・1540
雲林縣虎尾鎮中山路 2 號
每日 0800-1800
www.taisugar.com.tw

ⓓ 同心公園

糖廠冰店旁邊緊鄰的是同心公園，是日治時期糖廠的宿舍，也是台糖公司虎尾廠附屬的公園，現已開放一般民眾做為平日休閒場所。園內有多種南洋熱帶植物，還有超過十公尺高的老茄苳樹，是見證虎尾糖業發展的百年老樹。一輛11 號蒸汽機車停放在公園裡展示，被眼尖的明太子看到，既使飄雨也嚷著要找火車頭合照，昔日「他里霧線」營業線鐵道穿過枝葉茂密的老樹下，連接至百年歷史的虎尾鐵橋，常吸引新人拍攝婚紗照。同心公園在老樹群們的包圍下顯得古意盎然，環境維護得非常好，夏天涼爽空氣清新，給孩子投一包魚飼料就能享受餵魚樂趣，是最佳的天然遊樂場所。

雲林縣虎尾鎮中山路底
全年開放

1 同心公園是日治時期糖廠的宿舍，也是台糖公司虎尾廠附屬的公園，現己開放一般民眾做為平日的休閒場所　2 有歷史的 11 號蒸汽機車　3 投幣式遊樂設施成為雨天的備案

ⓔ 虎尾驛

虎尾驛早期是台糖鐵路運輸的小火車站，古樸素雅的日式建築在車水馬龍邊顯得特別醒目。以前除了載運甘蔗原料，也承載客人，在民國七十五年正式走入歷史，現在則是遊客服務中心兼販售文創商品的店。店員親切地跟我們聊著關於虎尾驛的故事，屋舍後方正是糖廠，軌道上停放幾輛列車，已經停駛的火車頭被放在角落，大部份列車都還有運作。

房子裡不時散發出烤點心的香氣，幾張桌椅讓遊客可以舒適地享用點心並作歇息，欣賞列車來回的作業，挺悠閒的一個地方。遊客中心提供多項服務，店員推薦我們辦一張免費的雲遊卡，可享當地百店優惠，適合經常到雲林旅行的朋友，同時有腳踏車租借、代寄明信片、輪椅借用、智慧裝置充電等服務，很貼心呢！

05・633・5893
雲林縣虎尾鎮中山路 10 號
每日 0900-1800

1 虎尾驛早期是台糖鐵路運輸的小火車站，現改為遊客服務中心　**2** 台糖最快二年將復駛觀光列車　**3** 以前除了載運甘蔗原料，也承載客人

⨍ 布袋戲館

而雲林布袋戲館也是名聲響叮噹的景點，想起小時候總愛跟朋友窩著一起看戲，每天放學第一件事就是坐在電視機前等布袋戲上演，幾乎是非常沉迷，尤其喜歡模仿轟動武林驚動萬教的藏鏡人，現在回想起來還真是有趣。只是這個年代孩子的玩具很多，不是車子就是機器人，尤其台語講的少也懂的少，相較之下布袋戲對現在的孩子來說就顯的沒那麼具吸引力。

布袋戲又名掌中戲，三根手指頭就能操作戲偶，以前最常拿手帕或是毛巾綁上橡皮筋後，畫上臉跟手腳，就這麼跟朋友玩起來了。為了順應時代需求，戲偶一步步的被改造，不僅是人物、服裝及特效都愈來愈華麗，還製作成電影版躍上大螢幕，就連少數西方人也愛上布袋戲，甚至比我們還懂的玩呢。

現在戲偶愈做愈大，在操作上不比從前輕鬆，反而更費力，我親自體驗將它拿在手中擺動，像演戲一般自己設計台詞，終於讓明太子覺得有趣了，只是那重量真的得靠有經驗的師傅才得以操控自如。

布袋戲在台灣是一種文化的傳承，對我們來說是兒時回憶的重現，對明太子則是全新的體驗，至少現在他知道大人口中的布袋戲是什麼，長什麼樣子，也算是小有概念，最後還選了小隻的戲偶跟朋友玩了起來。如果你是布袋戲迷，那更要來，全台可是只有雲林才有機會一次看到這麼多戲偶哦。

05・631・3080
雲林縣虎尾鎮林森路一段 498 號
每日 1000-1800（每週一休館）
tour.yunlin.gov.tw/huwei

1 布袋戲在台灣是一種文化的傳承，對我們來說是兒時回憶的重現，對這一代的孩子來說則是全新的體驗　2 布袋戲迷必訪的景點，帶小孩來也很有趣　3 離開身邊的玩具一陣子，讓孩子找到不一樣的樂趣，玩幾次之後他們會說布袋戲真有趣

雲林站
ROUTE
2

舒壓小旅行

九九文化創意休閒莊園 × 摩爾莊園 × 雅聞峇里海岸觀光工廠

1

ⓐ 九九文化創意休閒莊園

　　這幾年斗六好幾個新景點如雨後春筍般冒出來，造訪九九莊園，是看中那片廣大的林地，在都市待久了，如果能有像這樣的地方，不限制孩子的音量，不擔心跑步聲影響別人，更不用過度思

考安全問題，那麼這地方肯定會讓我們喜歡上它。

　　原本的九九莊園舊名為十三番農場，主要經營溫室農作，後來擴大增加主題區，並打造另一片浪漫的歐式花園，提

供給準備結婚的新人舉行婚宴。由於園區範圍太廣，我們選擇先搭乘遊園火車抵達園區另一端，再慢慢往回走，沿途經過的稻田在陽光的照射下，幻化成美麗的金色，隨處可見蝴蝶圍繞身邊，偶爾會在草地上看見蟋蟀從腳邊跳過去，還有大型充氣遊樂設施，讓孩子們爬上爬下笑聲不斷，超大生態池裡有豐富生態，可愛動物區裡的小動物雖然僅供觀賞無法餵食，但也很受孩子歡迎。

園區建造許多地景裝置藝術，另販售滷肉飯這一類古早味小吃，以填飽遊客們的胃。九九莊園有自產自銷的農產品，試吃的小番茄甜又多汁，遊客幾乎人手好幾盒，適逢每年草莓季節還有草莓可以採喔！若是像我們一樣想避開人群，悠閒的度假，大口大口吸收芬多精，九九莊園肯定是斗六地區的不二首選。

05・551・4888
雲林縣斗六市十三南路 55-2 號
每日 0900-1730
www.1399farm.com

1 園區建造許多地景裝置藝術，拍起照來很漂亮，撓富創意　2 九九莊園打造出浪漫的歐式花園提供給準備結婚的新人舉行婚宴　3 園區極具創意與巧思，可留下不少值得回憶的照片　4 須付費的充氣海盜船設施在空曠的大皮草中顯的搶眼，玩半個小時就消耗不少體力，不過小孩還是很喜歡

ⓑ 摩爾花園

午餐哪裡吃？當然是斗六地區最有特色的西班牙式建築，摩爾莊園。自開幕以來就因亮麗的建築外觀，引發話題不斷，這類建築在南台灣非常少見，吸引大批媒體關注，也因此曝光率大增。摩爾花園結合西班牙摩爾式建築及建築大師高第的風格，從裡到外都令人驚艷，據說與新社古堡出自於同一位設計師，但這裡少了古堡的莊嚴，多了活潑的色彩以及童話般的想像力。

餐點為套餐與西式 buffet，菜色豐富，多樣化的甜點水果，整體來說讓人滿意，我們小鳥胃家族破天荒努力把食物塞進胃裡，一點也不想浪費，盡量把每一樣都試過。戶外美輪美奐的花園造景彷彿童話世界裡那淘氣公主的城堡，繽紛且耀眼，完全不想停下快門，絢麗的圓頂塔尖，高挑的熱帶棕櫚，每個角落都是拍照好點，室內也很漂亮，連樑柱都吸引人多看一眼。雖然捨不得離開如此美麗的莊園，但下一個地方正等著我們去探索，日後肯定還有機會再來的，下次見。

05・537・8718
雲林縣斗六市引善路 123 號
每日 1130-1400、1730-2100（每週三店休）
FB ｜摩爾花園

1 在台灣非常少見這類建築，因此引發話題不斷　2 莊園食材新鮮多樣，大人小孩都吃得很過癮　3 摩爾莊園是斗六地區最具特色的西班牙式建築

ⓒ 雅聞峇里海岸觀光工廠

雅聞峇里海岸觀光工廠是斗六另一個新興景點，擁有峇里島的南洋風情，超大人造沙灘，以及最受女性朋友歡迎的化妝品，正是雅聞的三大賣點。或許是廣大的社群影響力，讓這裡知名度大增，最近還成為偶像劇拍攝地。

這裡是一個以女性為號召力的觀光工廠，不過真正吸引我想帶明太子來的主因，是因為雲林竟有如此大又舒適的

地方讓孩子玩沙，並以石雕、茅屋、水池打造出有南洋味的異國風情，左看右看都有度假村的味道，更為了喜愛高爾夫球的朋友特別規劃了果嶺，可以盡情揮桿，很是痛快！

隔著大片玻璃，几淨明亮的空間，廠內的生產流程一覽無遺，這裡是全台最大的香皂製造地，也是雅聞生產香皂的基地。雅聞有國內最大的南洋景觀以及大型人工海岸沙灘，兼具舒壓、藝術與購物，體驗做手工皂的樂趣，一次滿足所有家庭成員，是親子同遊的好去處。

05・551・1585
雲林縣斗六市榴北里中興路 333 號
平日 0830-1700 ／假日 0830-1730
FB ｜雅聞峇里海岸觀光工廠

1 以石雕、茅屋、水池打造出有南洋味的異國風情，在視覺上很享受　2 一個以女性為號召力的觀光工廠，品項齊全好逛又好買，特別深受女性朋友喜愛　3 大面積的人造沙灘是雅聞最大的賣點

雲林站
ROUTE
3

和小鎮窩在一起

朝露魚舖觀光工廠 × 菓風巧克力工房 × 大同醬油黑金釀造館 × 籽公園

ⓐ 朝露魚舖觀光工廠

朝露魚舖是一家生鮮公司創立的零售品牌，初期以簡易加工為主，後來則由機器取代，二〇〇七年斗六廠完工，二〇一〇年轉型為觀光工廠，也是台灣第一間水產觀光工廠。

不同於老舊工業區廠房，工廠外觀乾淨新穎，藍色系馬賽克磚代表大海的顏色，廠區裡規劃了品牌館、山本文物館、製程區。既然是做生鮮產品，除了安全，衛生更是重要，廠內設有更衣室，作業人員必須換上作業專用衣褲，戴上頭帽及清洗雙手後，才能進入生鮮室接觸食材，而朝露 DIY 目前有二種：彩繪鯉魚旗與奶油鮭魚堡，必須事先預約。

最後一站到「敲定夢想」，這是什麼？有什麼樣的魔力呢？其實它是木魚求籤，先在心裡默許一個願望或問一件想知道的事，敲一下，拿一張勉語卡，答案就在卡上，像去廟裡拜拜抽籤詩，心誠則靈，試試看！來朝露認識好多未曾相識的魚，還有免費試吃、聽小故事、玩玩 DIY，餓了還有食堂，很有趣又很親切的一間工廠。

05・557・5989
雲林縣斗六市斗工六路 6 號
每日 0900-1600
www.chaolou.com.tw

1 朝露魚舖是一家生鮮公司創立的零售品牌，2010 年轉型為朝露魚舖觀光工廠，也是台灣第一間水產觀光工廠
2 廠區裡規劃了品牌館、山本文物館及製程區等，瞬間認識了好多魚兒的種類與棲息地

ⓑ 菓風巧克力工房

菓風小舖是台灣第一家專業糖果專賣店，而巧克力工房融合了巧克力工藝，加入台灣嚴選食材，以及法式的浪漫包裝，大膽玩創意。門前聚集了許多孩子，因為這裡有沙坑，還有一些家庭選擇在草地上追逐玩球，寬敞空間讓大家感到自在。

建築後方是水月湖畔，天氣晴朗時，很多人選擇戶外座位，在平台上喝午茶，也可以像我們一樣用餐，感受四周美好的氛圍。餐點有義大利麵、咖哩飯及鍋物，另有美式兒童餐及炸物小點心，口味清爽，而甜點區五顏六色的馬卡龍是熱銷品，獨鍾法式甜點的人可以購入品嚐。巧克力工房提供舒適寬敞的環境，創意商品討人喜歡，即使是假日也沒有過於擁擠的人潮，適合帶孩子來走走，玩玩巧克力 DIY。

05 · 770 · 9959
雲林縣斗六市文化路 646 巷 137 號
平日 1100-1800 ／假日 1000-1900
www.sophisca.com.tw

1 菓風有沙坑，並設有沖洗檯，非常貼心 2 餐廳可容納人數不算多，假日建議先預約 3 菓風小舖是台灣第一家專業糖果專賣店，Swiiity 是菓風的新品牌，是菓風小舖中唯一的巧克力專賣店

ⓒ 大同醬油黑金釀造館

大同醬油是一間百年歷史工廠，創辦人賣肉圓起家，不過生意不如預期，客人喜歡買的反而是肉圓的醬料，因此促成了這間百年企業。工廠在九二一大地震時幾乎全毀，得不到外界支持只好在臨時搭建的棚子裡，繼續生產醬酒。

大同醬油的發源地在西螺，西螺醬油聞名全台，全因水質好氣候佳，非常適合釀造醬油，斗六觀光工廠主要負責包裝及出貨，釀造作業還是在原產地西螺。隨著導覽員實際走到生產線參觀，自動化作業流程跟飲料工廠的步驟雷同，醬油在密合的管線內流動，不會產生污染問題。來到成品販售區很像走進試吃會場，口味較清淡的醬油可以直接飲用，味道較重的陳年醬油或油膏得用蝦片沾著吃，還有醬油高湯可以試喝。商品種類齊全，幾樣特殊商品僅在工廠內販售，譬如古坑盛產柳丁，大同就開發了柳丁醬油，限量生產；此外，醬油豆渣也沒浪費，另開發出獨特保養品。

醬油工廠不全然走老派作風，大同創造出三位吉祥物，以可愛親切的面貌出現在工廠各角落，看看醬油是怎麼做出來的，又有哪些是利用醬油原物料延伸出來的新商品，結合休閒與文化，是值得一看的觀光工廠。

05・557・3636
雲林縣斗六市工業區斗工二路 39 號
每日 0830-1730
www.tatungcan.com.tw

1 大同醬油的發源地在西螺，是一間百年老字號的工廠 2 在老甕裡的醬油半成品 3 試喝後巔覆以往對醬油的刻版印象，有明顯的甘甜味，好喝又順口

ⓓ 籽公園

　　太陽公公下山前，我們誤打誤撞來到籽公園，覺得名字很不一樣，下了車走進去探險。邊散步邊欣賞建築，這座公園被一群像是眷村裡的矮屋舍圍繞著，沒有圍牆也沒有出入口，完全開放式設計，狀似圓形，很像大樓社區裡的中庭，挺妙。建築主體也頗具創意與想法，是一顆種子的概念，外圍是生態池，內部又是圓又是一圈圈，然後有個沙坑在其中！

　　真心覺得這是一座很特別的公園，附近很寧靜，幾乎沒有車子往來，算是很安全的休閒場所，官邸兒童館、二手玩具屋以及繪本館都在這一帶，走路就會到，有機會到斗六，不妨順道來籽公園玩沙，也把其它鄰近景點都走一遍，充實孩子與你的親子假期。

雲林縣斗六市府前街 149 號
全年開放

1 建築主體是一顆種子的概念，想法非常另類　2 附近鮮少車子經過，以環境來說這裡很安全，而遊樂設施也維護的相當不錯　3 籽公園四周被眷村包圍著，沒有人群吵雜聲，讓人很享受在這寧靜的氛圍裡

嘉義站
ROUTE
1

共享光陰的味道

金桔觀光工廠 × 阿吉麵攤 × 頂菜園鄉土館

ⓐ 金桔觀光工廠

　　民雄金桔觀光工廠位於嘉義中正大學旁的金桔農莊裡，創立於民國四十九年，佔地約三公頃，園區裡可烤肉露營，還有金桔時光隧道，以及難得一見的古早味童玩、果醬 DIY 等，是一處結合產業文化及休閒娛樂的觀光工廠。為何以金桔為主題？為什麼選在嘉義民雄落地生根？酸酸甜甜的金桔雖然小小一顆，營養價值卻很高，還有豐富的維他命 C，民雄的氣候好、土質好、空氣也好，很適合栽種金桔。

　　金桔農莊提供烤肉露營、腳踏車租借及團膳等多樣服務，最棒的是免費入園，頗受親子家庭歡迎。明太子喝過金

1 金桔可烤肉露營，還有讓大家一探究竟的金桔時光隧道，以及難得一見的古早味童玩、果醬 DIY 等是一處結合產業文化及休閒娛樂的觀光工廠　2 露營區空間大且舒適，不少親子家庭皆曾體驗過　3 園區保留農莊裡古色古香的風貌，通過觀光工廠評鑑，成為富有教育意義的金桔產業文化館　4 金桔果醬製程繁複，國小以下孩童建議大人一同參與

桔汁，但從沒看過金桔的模樣，園區裡種植不少金桔盆栽及金桔樹，我讓他自己去探險找一找，加深對金桔的印象。廣場是孩子的樂園，東奔西跑沒停下來過，比大人還忙，三兩下就能打成一片，玩在一起，小孩就是有伴就好，連一根小草也可以拿起來比劃。

以紅磚頭砌成的時光隧道訴說著金桔的故事，金桔產業邁入四十個年頭，現在由第三代接棒，後來為了因應觀光趨勢，特地保留農莊裡古色古香的風貌，通過觀光工廠評鑑，成為富有教育意義的金桔產業文化館。每逢假日總有家長帶著孩子來跑跑跳跳，好天氣時，露營區熱鬧的程度不亞於參觀的遊客，大家追逐嘻笑著，孩子輪流盪鞦韆，悠閒地躺在搖床上，這是屬於他們的假期，孩子們一定可以開心滿足！

05・272・0351
嘉義縣民雄鄉三興村陳厝寮 7 鄰 38 號
每日 0900-1700
www.kingezi.com.tw

ⓑ 阿吉麵攤

1 吃美食跟著在地人走就對了　2 手工麵條久煮不爛，Q 彈好吃　3 市場裡永遠有美食

終於到了明太子盼望的午餐時間，常吃西餐覺得有點膩了，突然想來點特別的小吃，只是對當地不熟，一時不知要往哪裡找。車子剛好經過市場，有間店門外好多人在排隊，還不到十二點，就有這麼多人在等，直覺告訴我，一定是當地人推薦的小吃，說不定會讓我們滿意。

十多分鐘後終於有位子，簡單點了青菜及乾麵，才發現價格也太親民，一碟菜或一碗麵通通一個五十元硬幣有找。乾烏龍麵滑又 Q，明明是乾麵，卻很濕潤，滷汁不鹹，味道剛好，店家招牌魚焿麵，魚肉紮實份量大，和著焿湯一起吃更加滑口。青菜也是超大份量，雖然都是平民小吃，但讓人覺得滿足。

從沒有店面的路邊攤做起，一擺就是十一年，靠著好手藝及親民的價格口耳相傳，撐起這家店，現在第二代兒女也在店裡幫忙，用餐人潮沒有停過，慶幸我們誤打誤撞找到阿吉，讓外地遊客也能嚐到在地人推薦的美食，可以說是旅行途中的小確幸。

05．226．7996
嘉義縣民雄鄉昇平路 20 號
每日 1100-2000

ⓒ 頂菜園鄉土館

　　頂菜園入口處並不在車水馬龍的主幹道上，所以門口那輛老爺爺級的嘉義客運顯得非常醒目，看到它就能找到參觀入口。懷舊的售票亭讓我很有感覺，小時候家裡沒有車，媽媽帶我們姐弟出門都是搭公車，長大後回雲林探望外婆，也常經過這樣的公車站牌。對明太子來說，一切都是新鮮有趣的，帶著一顆探險的心，一入園小小的眼珠子就轉個不停，許多陳列的物品都不屬於我們的年代，更正確來說，頂菜園有拍片現場的味道。

　　園區裡最受親子家庭喜愛的非大草原莫屬，大人們圍繞在石桌旁聊天，孩子們在草地上奔跑玩遊戲，這是我腦海裡常浮現出的畫面。看過穀倉嗎？除了在動物園及農場，見過沒有被柵欄圈住的牛羊嗎？牠們就在一旁，只用繩子定點綁住，隨時可以靠近它們合照。入園費還可以換地瓜來吃，坐在木桌椅上吃著熱呼呼又綿又甜的烤地瓜，湧上一股懷念的滋味，好享受此時此刻愜意的分分秒秒。沒有圍牆的頂菜園保留了最原始的農村樣貌，讓上一代、上上一代長輩重溫過去，輕鬆自在的氛圍感染了孩子，他們恣意地嘻笑、奔跑、唱歌、玩遊戲，在父母身後像小跟班似的聽我們說著從前從前的故事。

05・781・0313
嘉義縣新港鄉共和村頂菜園 12 號
每日 0800-1800
FB ｜頂菜園鄉土館

1 租借腳踏車便能悠遊園區外圍，順道欣賞 田園景色 2 這裡的牛羊沒有圍欄，難得可以跟它們如此靠近，讓孩子體驗鄉下最純僕的環境 3 門票可抵換地瓜，當下午茶點心剛剛好

親子旅行樂點子

牛埔仔草原 × 觸口遊客暨行政中心 × 逐鹿社區 × 獨角仙休閒農場

ⓐ 牛埔仔草原

牛埔仔草原位於阿里山公路 32K 處，二〇一四年阿里山管理處在觸口設立了大型的愛情裝置藝術，浪漫的氛圍讓 18 號公路多了「愛情絲路」之稱。一望無際、綿延數公頃的綠地，令人心情開闊，清新空氣中夾帶著微微的泥土味，人潮再多也不擁擠，適合野餐、追逐、放風箏及悠閒的散步。

以愛情為主題的裝置藝術吸引即將步入禮堂的新人前來拍攝婚紗照，在綠地的襯托下，一張張青春洋溢且自然唯美的照片就此產生，成了永恆的紀念。草原上的草不長，因為空曠加上陽光的照射，不見蚊蟲在四周盤旋，適合帶寶寶來親近大自然，同時鋪設平坦的水泥道路，方便使用嬰兒推車，還可以把家中的毛小孩帶來一起同樂，動一動很舒服呢。

由於草原上的遮蔽物不多，建議秋冬季來較合適（春夏季節最好避開中午時段），一邊散步一邊陪孩子玩遊戲，是挺棒的地方，而小孩最愛就是邊玩邊吃零嘴，野餐往往讓他們有所期待，對家長來說，更是不用耗費太多體力便能跟孩子增加互動時間。當然，人愈多愈有趣，多找幾個親朋好友一起來，一起度過開心美好的假期吧！只是別忘了把垃圾帶走，還給大自然一個美麗的面貌！

嘉義縣番路鄉觸口村車埕 12 號
全年開放

1 一望無際、綿延數公頃的綠地令人心情開闊，清新的空氣中夾帶著微微的泥土味，人潮再多也不擁擠，適合野餐、追逐、放風箏及悠閒的散步 **2** 牛埔仔草原位於阿里山公路 32K 處，2014 年阿里山管理處在觸口設立了幾個大型的愛情裝置藝術，浪漫的氛圍讓 18 號公路多了「愛情絲路」之稱

ⓑ 觸口遊客暨行政中心

1 遊客中心

　　在牛埔仔草原上走了一大圈拍照，讓明太子奔跑一陣子後，隨即帶他到遊客中心替他找心愛的火車頭。遊客中心的功能不外乎提供當地旅遊資訊，以及重要的歷史背景說明，為了帶動地方觀光，應因國內旅遊廣大市場的需要，因此建造這棟外觀特殊的地景建築。管理中心與後山之間以神木、涼亭、櫻花及小火車等元素，設計出一座屬於遊客的小花園，並以 8 字型鐵軌作為主要的遊客動線，以環繞方式登上土丘，帶給遊客有如登上阿里山的樂趣。遊客中心綠意圍繞，四周栽種多樣植物，營造出自然的生態環境。

05・259・3900
嘉義縣番路鄉觸口村車埕 51 號
每日 0830-1700

1 永久屋採用綠建築規格，屋頂有集水器收集雨水，儲存的雨水作為種菜澆花等用途，相當環保。 2 假日市集除了美食，並推出半日遊，帶大家深入鄒族文化 3 圓盤架上的烤肉烤香腸滋滋作響，碳烤香氣撲鼻而來，好誘人啊

ⓒ 逐鹿社區

走進逐鹿社區之前，在入口處看了相關介紹，原來這裡是當年莫拉克風災後重建永久屋的地方，也是鄒族原住民的新聚落。除了市集，還有凝聚鄒族文化向心力的木屋涼亭、一天兩場鄒族傳統歌舞劇表演，以及鄒族原汁原味風味餐、木雕山豬彩繪 DIY 等，為了讓遊客深入鄒族文化，逐鹿社區推出半日套裝行程，包含專人社區導覽、鄒族傳統文化介紹、DIY、歌舞表演、風味餐，並且帶大家品嚐阿里山的高山茶，把鄒族的民俗風情帶到阿里山下重現，迎接遠道而來的貴賓。

我們在市集裡品嚐原住民道地的風味餐，看著圓盤架上的烤肉烤香腸滋滋作響，碳烤香氣撲鼻而來，好誘人啊！炒高麗菜、竹筍湯及蔥油麵線等也都非常美味可口，諸多食材皆來自於阿里山上，以清甜甘味的水源栽種，讓高麗菜及筍子是又脆又甜。雖然是一個簡單的市集，卻也滿足了多數遊客，若時間允許安排半日套裝行程，肯定又是一場滿載而歸的旅行。

05・259・2174
嘉義縣番路鄉觸口村梅花一路 1 號
每週三至日 0900-1700

ⓓ 獨角仙休閒農場

　　孩子喜歡的幾乎脫離不了農牧場、動物園、公園這幾大類型的休閒景點，往南旅行無非就是想多接觸綠油油的草地、新鮮的空氣以及大自然美景。橫跨一個鄉鎮，我們找到了獨角仙休閒農場，園區佔地寬廣，除了欣賞牧場風光，見到乳牛、馬、兔子、駝鳥等可愛的動物們，還能跟羊駝靠得很近，體驗餵食的樂趣，有些孩子是驚喜連連，有的則是剛開始顯得畏縮，最後反而不想離開。這項體驗讓人既興奮又刺激，每個孩子都是帶著開心的笑容走出來，還會依依不捨跟羊駝道別。

　　除了常見的小動物，牧場陸續引進國內外四十多種獨角仙及鍬形蟲、豪豬、迷你袋鼠等，打造出多元豐富的自然生態環境，讓人與動物之間零距離，成為孩子們最棒的自然教室。昆蟲館裡展示各種標本，其中以獨角仙與鍬形蟲種類最多，並有溜滑梯、小火車及沙坑等各項遊樂設施。趁著休息空檔到販賣部選購點心，售服人員主動推薦我們品嚐牧場鮮奶，才發現這裡早期以鮮奶起家，目前園區飼養的泌乳牛數量達一百九十頭，它們的鮮奶確實濃香又醇厚，就連牛奶冰淇淋也是販賣部的熱銷商品，嘴裡的牛奶味久久不散，值得一試。

　　深深感嘆這世代的孩子對自然環境的陌生，但不難發現的是，每經過一次大自然的洗禮，孩子總會露出與往常不一樣的笑容，我想大自然的體驗在他們的生命中是不可欠缺也無可取代的，放假別窩在家，走一趟牧場帶孩子探索大自然的美好吧！

05・203・0666
嘉義縣中埔鄉石硦村 15 鄰 45 號
平日 0830-1700 ／假日 0800-1730
www.dgc.com.tw

1 小火車沿著草地邊緣走，小孩覺得繞一圈還不太夠呢　2 昆蟲館裡展示各種標本，其中以獨角仙及鍬形蟲種類最多，孩子果然是好奇，直問這是真的嗎？怎麼長的不一樣呢？　3 有遮陽擋雨的沙池讓家長放心給寶貝在裡頭玩耍

嘉義站
ROUTE
3

森林系笑顏

阿里山鐵道車庫園區 × 左阜右邑複合式餐飲 × 森林之歌

ⓐ 阿里山鐵道車庫園區

自從二〇〇九年嘉義開往阿里山的主線停駛之後,想搭森林鐵路必須由公路上阿里山,但這段路並不好走,尤其暈車的人往往選擇放棄,然而位於嘉義市區裡有這麼一處車庫園區,這幾年才對外開放參觀,收藏了各式車頭及廠房設備,堪稱為阿里山小火車的大本營,除了「黑頭仔」的蒸汽老火車頭以外,還有早期的檜木車廂、柴油車頭以及餐車等,可說是一座火車博物館,讓鐵道迷看得很過癮,瞬間燃起他們的攝影魂。

這裡的蒸汽火車頭都有編號,1 開頭的屬於 18 噸級,過去服務於嘉義到竹崎路段,2 開頭則代表 28 噸級,牽引力較大,以山區林場線為主。明太子開心地問過每一輛火車的名字(編號),即使

記不清楚依舊熱情地東看西瞧,因為能直接觸摸到車廂,並走在鐵軌上,讓他一路興奮地直呼好酷!此園區與修理工廠相連結,逛著逛著還可能幸運遇到火車從眼前行駛而過,讓許多人激動不已,孩子個個睜大眼緊盯著,深怕錯過任何一個寶貴的畫面。這裡是鐵道迷必訪之地,如果家中也有小小鐵道迷,一定要帶他來這座車庫園區看看各式火車,順便了解阿里山鐵道的運作,是非常值得一遊的景點。

---

05 · 278 · 8095
嘉義市東區林森西路 2 號
每日 0900-1700
culturalpark.forest.gov.tw

1 園區收藏了各式車頭及廠房設備,堪稱為阿里山小火車的大本營 2 轉車台供列車調頭之用,是非常難得一見的設備

ⓑ 左阜右邑複合式餐飲

1 具時尚感的空間讓人享受用餐時光　2 單人份的麻油雞火鍋是店裡的熱門餐點，即使在炎炎夏日也頗受歡迎
3 餐點選擇多，起司飯滿足了我家的小小起司控

乍見特別的店名，就對它產生興趣，不僅好奇名字的由來，也想知道裡頭賣的是什麼樣的餐點。在古文中，阜表示山的意思，邑則是人群聚集地，希望能左右逢源有個好兆頭，故以此命名。左阜右邑屬於複合式餐飲，室內空間寬敞，裝潢內含流行時尚的元素，看店內人潮想必頗受當地人歡迎，慶幸自己不是走進地雷店，不免鬆了口氣。

店家菜色多樣化，有鍋物、輕食、中西式簡餐、點心飲品，也有兒童餐，讓人難以做出選擇，最後由麻油雞鍋與明太子最愛的起司飯勝出，隨手點了一杯又 Q 又彈牙的珍珠奶茶，陪伴我們度過輕鬆悠閒的用餐時刻。店家自行研發並依時節變化菜色，目前在嘉義地區開拓三大據點提供服務，已有固定消費客群，也成功擄獲外地遊客的味蕾，餐點有這麼多的選擇，讓我們下次到嘉義旅行時還想再來。

05・233・1668
嘉義市東區興達路 396 號（興達店）
※1000-2300
www.right-and-left.com.tw

ⓒ 森林之歌

　　森林之歌與蘭潭的月影潭心出自同一位藝術家之手，運用漂流木、廢棄鐵軌、黃藤以及石頭等在地材料，歷時一年打造出外表如蛋的大型藝術品，起初的發想來自阿里山上高聳的神木以及鐵道的歷史，將樹木捆綁環繞疊成高塔，

而進入本體之前的廊道則以黃藤編織而成。

　　這座蛋塔外觀造型獨特，塔高約十四公尺，在嘉義市文化中心的後方，是火車進入嘉義市區的必經之路，成為遊客及攝影好手爭相拍照留影的景點。

南台灣的日照有時令人吃不消，尤其盛夏季節，不過一走進蛋塔本體，竟感受微微涼意，彷彿在森林裡那般舒適；到了夜晚，七彩燈光讓森林之歌變得夢幻浪漫，像是一顆耀眼的巨蛋佇立於都市中央！

　　森林之歌建造於一片綠地之上，佔地寬闊且四周設有公園椅及平坦的木棧道供民眾休閒之用，偶爾會見到列車從旁快速奔馳而過，讓大家驚喜萬分。個人覺得這裡是一處適合親子日的休閒好去處，帶顆球或是吹泡泡機就能在草地上一邊玩遊戲一邊欣賞火車通過，森林之歌的美就等著大家自行前往探索囉。

05・226・7996
嘉義縣民雄鄉昇平路 20 號
每日 1030-2330

1 森林之歌與蘭潭的月影潭心出自同一個藝術家之手，運用料漂流木、廢棄鐵軌、黃藤以及石頭等在地材料，歷時一年打造出外表如蛋的大型藝術品　2 在草皮上玩耍不時能見火車奔馳經過，讓孩子們覺得非常有趣　3 待在蛋塔裡很涼爽，想必是木頭起了作用　4 公園提供休息區，以躲避高溫帶來的不適感

台南站
ROUTE
1

南台灣的晴朗生活

北門婚紗美地 × 驛棧香草園休閒農場 × 台灣鹽博物館 × 七股鹽山

ⓐ 北門婚紗美地

由雲管處規劃的北門文創園區，佔地約七公頃，從遊客中心開始，串連起周邊的老街、錢來也雜貨舖、鹽田、鯨魚池及水晶教堂等。這裡是全台第一個公辦民營，以婚紗攝影為主題的文創園區，規劃出許多適合拍婚紗的場景，帶有濃濃的異國風情建築，吸引眾多遊客爭相前來拍照。

從停車場一路走進園區，先是由美麗的南瓜馬車在入口處迎接大家，接著遊客中心的彩繪牆也非常吸引目光，連拍照都得小小排個隊，色彩繽紛的房子分佈四周，如同縮小版的電影拍攝地，

每個角落都有人停下腳步等著取景，大面積的草地則屬於好動的孩子，佔地之廣，怎麼跑都行，草地外圍是平坦的路面，方便嬰兒推車及輪椅的使用。這裡不僅可以拍出漂亮的照片，還有冰店、飲料店及小吃攤位等美食供應站，讓大家在休息片刻之餘也能補充體力，好應付未走完的路程。

06・786・1017
台南市北門區北門里 200 號
每日 0900-1730

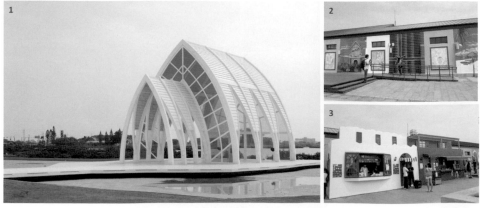

1 以婚姻及愛情搭建出的浪漫場景，感受來自異國的浪漫　2 用色大膽活潑的塗鴉牆受到遊客的喜愛，紛紛拿起相機捕捉美麗的畫面　3 異國風情的咖啡店

ⓑ 驛棧香草園休閒農場

看過日本動畫大師宮崎駿的龍貓電影嗎？這次要去吃午餐的地方就會遇到龍貓嘍，明太子為此有點小興奮，很希望龍貓已經在飯桌旁等他了。驛棧香草園休閒農場就在馬路邊，鐵製的龍貓就在招牌下迎接我們，讓明太子迅速飛奔過去找它拍照，開心地說：「真的有龍貓耶！」其實連我見到它都有好心情，更別說是孩子，那也表示，農場裡頭有更多未知的在等著我們？

驛棧的主人利用七台十七米的火車車廂做為展覽的空間，以節能減廢為目標，運用漂流木及各種回收再生資源，打造出一座美麗的香草農場。園區隨處可見各類植物，不時飄散出芬芳的香氣，一節節的火車車廂各擁不同功能，可以在車廂裡用餐、欣賞展覽，更是拍照的最佳背景。彈珠台、搖搖馬這些懷舊的古早味童玩，讓孩子們笑開懷。火車車廂外的彩繪五彩繽紛，任何材質的回收物經過驛棧巧妙改造後，自然就變成無價的藝術品，而戶外的草地則留給大家做團體互動遊戲之用，整體規劃相當不錯。

餐點部份有飯、麵及火鍋，較特別的是農夫割稻飯，配菜部份不同於傳統，口味清爽。從節能到綠化，驛棧鼓勵大家多接近大自然，也要珍惜大自然留給我們的天然資源。這裡就像一處小小的藝術天地，具創意又童趣味十足，可以看看農村使用的小工具，體驗早期的童玩，屬於五、六年級的回憶，不僅受大人歡迎，連孩子們都非常喜歡這裡的環境！

06・726・4625
台南市佳里區子龍里 21 鄰子良廟 226-8 號
假日 1000-1800
FB ｜驛棧香草園休閒農場

1 加添一些小元素，營造出浪漫氛圍，來這裡也可以很有氣氛的用餐　2 餐點表現的可圈可點，令人滿意

ⓒ 台灣鹽博物館

1 博物館建築既像金字塔又像鹽田，令人印象深刻　**2** 戶外玩沙區，其實是鹽巴哦　**3** 以鹽為主題的展覽融入卡通人物場景，讓孩子更能融入展覽內容

　　來到全台首座以鹽為主題的博物館，仿食鹽結晶的造型及雪白亮麗的外觀，在耀眼的太陽底下就像一座小鹽山，正好與七股的大鹽山相呼應，儼然成為七股地區的新地標。博物館有四層樓高，資料豐富，清楚呈現台灣鹽業的發展，也保存了數百年的文化資產。建物一樓是特展與視聽室，劇場依不同時間播放台鹽小火車以及鹽田的故事等；二樓則是鹽的科學與文化，另外的樓層甚至可以看到世界各地的鹽，以及鹽的相關展覽等。

　　許多博物館會設立請勿觸摸的警告標示，來到這裡看到的標示反而是「摸摸看」，對於需要動手觸摸才能有真實體驗的孩子來說，這裡簡直是他們的天堂。透過生動活潑的問與答看板，讓大人小孩在短短數分鐘內長了知識，了解原來鹽的應用範圍之廣，足以可見鹽的重要性。台灣鹽博物館是一處適合全家一同探索鹽知識的好地方，周圍設計人工湖及觀景步道，黃昏時段在餘暉照耀下讓鹽田變得浪漫，悠閒的散步吹風非常愜意，前廣場並規劃鹽坑，讓孩子將鹽當做沙子在玩，很有趣呢。

06・780・0990
台南縣七股鄉鹽埕村 69 號
平日 0900-1700（每月最末週一休館）／假日 0900-1730
www.toongmao.com.tw/twsalt

ⓓ 七股鹽山

　　七股鹽山是來台南必訪的特殊景點，爬上高大聳立的小山丘，腳底下踩的竟然不是土壤，而是鹽。美麗的鹽田曾是台灣人的共同回憶，但因生產成本高，無法與進口鹽競爭，台鹽不得不關閉曬鹽場，而曬鹽產業也因此走入歷史。台鹽為保存三百多年的鹽業史料，在七股鹽山周遭土地規劃了這座休憩園區，不僅有一座令人驚嘆的超大鹽山，還推出一系列 DIY 課程，以及腳踏船、沙攤車、水上高爾夫等遊樂設施，最讓孩子期待的遊園小火車也會帶大家繞鹽山一周，載大家來一場鹽田生態小旅行。

　　登上六層樓高的鹽山，從山頂向下俯瞰可飽覽整座園區，眼前盡是壯觀美景，踩著雪白發亮的結晶鹽，彷彿置身於雪國，令人興奮不已。鹽山與博物館之間設有接駁列車，方便遊客免受奔波之苦，沿途還能邊欣賞鹽田兩側的田野風貌，對孩子來說是難得的體驗，而眼前這座又高又大的白色鹽山，將永遠收藏在他的回憶之中。

06・780・0511
台南市七股區鹽埕里 66 號
每日 0900-1800（夏季三至十月）／每日 0830-1730（冬季十一至二月）
cigu.tybio.com.tw

1 白皚皚的鹽山彷彿像被白雪覆蓋，在陽光的照射下顯的格外耀眼 2 登高望遠欣賞最美麗的鹽田風光 3 結合歷史產業與文化藝術的生態遊憩區

老地方，微旅行

安平樹屋／德記洋行／朱玖瑩故居 × 迪利樂廚 × 台江生態文化園區

ⓐ 安平樹屋／德記洋行／朱玖瑩故居

安平樹屋原是洋行倉庫，戰後改為台鹽倉庫，荒廢了半世紀而形成特有的「樹以牆為幹、屋以葉為瓦」的屋樹共生奇景。一間古屋被榕樹攀附生根，形成樹與屋共生關係，陽光穿透屋頂灑落地面，讓每一處的角落都美得很自然；一群孩子開心來回穿梭其中，一會兒要探險，一下子說要玩躲貓貓，時而隨手拾起地上的小石子玩起疊疊樂，或是利用樹枝在泥地上作畫，院子裡盡是他們的歡笑聲。

沿著榕樹間的鋼製空橋前進，又是一幅幅古木參天的景象，令人不禁讚嘆這大自然的奧妙，連孩子們都讚嘆不已。樹屋裡設有平坦易行的木棧道，以及寬闊的大草皮，甚至開放民眾陪同孩子一起體驗踩踏水車的樂趣，還能買飼料餵魚，現在更增建樹屋咖啡在炎炎夏日販售冰品、參觀文創商品，是一處不可多得的戶外休閒場所。

與樹屋相連的德記洋行，堪稱是一棟特別的建築，迴廊出奇的通風涼爽，白色圍牆還會反光。早期主要經營茶葉出口，後來改為台南鹽場辦公室及宿舍，最後設立台灣開拓史料蠟像館，展示先住民平埔族狩獵織布、先民渡海來台、

早期製鹽與製糖、與荷蘭人談判等，蠟像栩栩如生，宛如歷史重演一般。

　　至於附近的朱玖瑩故居更是令人感興趣。朱玖瑩先生是當代顏體書法名家，這所故居原本是台鹽宿舍，透明圍牆讓人一眼就瞧見這處藝術空間，濃濃的日式建築風格，吸引不少國內外遊客佇足留影，展示館裡除了欣賞以楷書、行書及草書等不同字體寫在牆上的心經，最有趣的莫過於在石墨板上用毛筆沾清水書寫及作畫，無論大人還是小孩都爭相卡位體驗，尚未習字的明太子更是要求我們教他如何書寫自己的名字，一會兒還寫出興趣來了。由於只是清水而非墨水，並不會影響環境，也讓孩子可以盡情發揮自個兒的想像力。

　　朱玖瑩故居不僅是愛墨寶者的朝聖地，史是鄰近國小戶外教學的最佳場所之一，讓我們一起帶孩子來感受這項傳統藝術之美。以上三處均屬台鹽所有，內容多樣豐富，也讓外地遊客有機會了解更多台南過去的史事，寓教於樂，適合帶孩子來走走逛逛。

安平樹屋／德記洋行／朱玖瑩故居
06．299．1111
台南市安平區古堡街 108 號
每日 0830-1730

1 建築物與榕樹共生的奇景令人讚嘆大自然的奧妙　2 來一杯紅茶冰淇淋消暑吧　3 與小時候印象中的樹屋很不一樣，環境整頓的更好，色彩也更豐富了　4 三級古蹟的德記洋行已失去商業的功能，目前規劃為台灣開拓史料蠟像館以蠟像展出台灣早期生活樣貌　5 二層樓的德記洋行鮮豔的顏色不同於安平傳統的建築　6 故居與樹屋相連，環境雅緻靜謐　7 利用清水在石頭上寫字作畫，體驗何謂書法二字

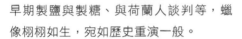

ⓑ 迪利樂廚

1 小朋友最愛的溜滑梯　2 室內彩色塗鴉牆令人大發童心，心情跟著孩子活潑了起來　3 適合學齡前幼童的飛機兒童餐

　　迪利樂廚是家庭式餐廳，三層樓整體空間大，遊樂設施多樣化，一樓餐廳，二、三樓是遊戲區，有溜滑梯球池、爬上爬下的體健能區，三樓則是超迷你溜滑梯及大型推疊積木。店內推出的是無國界料理菜單，配菜健康，飲料甜點表現可圈可點，想不到有許多古蹟的安平區，也有這麼一間經營得有聲有色、讓家長願意排隊等候的親子餐廳，有機會來試試看囉！

06・358・9505
台南市安平區民權路四段 185 號
每日 1100-1700、1730-2100
FB｜迪利樂廚

ⓒ 台江生態文化園區

　　到台南旅遊，台江國家公園是必訪景點之一，有濕地、沙洲、紅樹林的台江，天然景觀自然不在話下，每年九月底黑面琵鷺會從北方來這兒過冬，隔年三月才飛離溪口，豐富的生態環境讓它成為當地熱門的親子點，不少家長帶著孩子參觀之餘，也利用手邊既有資源給他們上了一堂自然生態課。

　　台江腹地廣大，分好幾次才走得完，這次我們選擇搭船遊河，沿著河道欣賞濕地之美，也讓明太子從導覽過程中得到更多寶貴的生態訊息。若天候許可，觀光船會停靠岸邊，讓大家近距離看看招潮蟹生動可愛的模樣，運氣好還能見到彈塗魚在一旁扭動著。乘坐在船上吹著風，欣賞夕陽緩緩沒入水平線，感覺好愜意，一路上不時有黑面琵鷺飛過，游隼飛蛉自水面躍過，這些畫面對我們來說難得珍貴，也為此行劃下美麗的句點。

06‧284‧1610
台南市安南區大眾路 360 號

1 搭乘台江號遊河上生態課　2 台江生態豐富，有許多難得一見的植物　3 美麗的台江夕陽

拜訪生活的智慧

虹泰水凝膠觀光工廠 × 客廳 × 黑橋牌香腸博物館

ⓐ 虹泰水凝膠觀光工廠

　　虹泰水凝膠世界是近兩年才曝光的觀光工廠，產品主要應用在醫美、醫療及保健器材，園區規劃完善，以節能減碳與環保概念設計建造，利用負壓風扇循環館內外的新鮮空氣，確實讓人備感涼爽舒適；戶外有花園、水耕溫室、精油萃取室以及商店等，而室內的五大體驗區及 DIY 區更是有完整且活潑的導覽與互動，讓前來參觀的民眾個個目不轉睛。

　　什麼是水凝膠？孩子用聽的或許需要較長的時間來消化，不過若是透過雙手實作，則有立竿見影的效果，好比科學實驗一樣，在製作過程中觀察它的變化，馬上能得到結果，所以 DIY 體驗當然不能錯過囉！

06・272・4880
台南市仁德區中正路三段 523 巷 116 號
每日 0900-1200、1330-1700（每週一休館）
www.hometech.tw

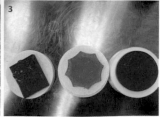

1 擁有六大體驗區的虹泰，內容充實有趣，目常適合帶孩子參觀 2 可容納約 60 人的 DIY 體驗館 3 自製的水凝膠芳香片可用於汽車、浴廁等室內空間，屬於環保的芳香劑材質

ⓑ 客廳

1 高級住宅區樓下開店，外觀氣質出眾　2 看似簡單卻有著不平凡的獨特口感

隱身在高級住宅區裡的「客廳 khen-thiann」，簡約舒適的外觀帶給人好印象，內部陳設更是充滿家的味道，恬淡、自在是我為客廳下的註解。客廳的餐飲很簡單，以三明治及義式餐點為主的溫感輕食，也有適合早午餐的組合，以及多樣手作點心供大家選擇。我們特別偏好客廳的理由是能帶給旅人舒適的空間，就像回到自己的家一樣，真實感受到店家帶來的溫暖與舒適。

06・331・2021
台南市東區裕平路 106 號
每日 1000-1800（每週一店休）
www.kheh-thiann.com

ⓒ 黑橋牌香腸博物館

　　黑橋牌是許多人記憶中的老字號，小時候總會在香噴噴的便當盒裡看到它，也代表著媽媽的愛心。這裡是台灣第一家自動化肉品加工廠，透過館內打造原景，重現過去熟悉的畫面，牆面上的文字述說著黑橋牌的故事與企業精神，讓人點滴在心頭。

　　館內設有販賣部供應簡單的點心，

其中當然以香腸最為熱賣，口味多樣任君選擇，歇歇腿的同時跟孩子一起品嚐這記憶中的味道，跟他們說說自己小時候的故事，感覺很棒呢。大致上來說，博物館分為四大區，文化體驗區裡不僅可以看、可以嗅，還可以摸；而1：1打造的背景，讓大人小孩拍照拍得過癮；另外還可以做做 DIY，吃點點心，孩子這

裡逛逛那裡走走，繞一圈也要三、四十分鐘，氣候溫暖的季節還能待在戶外曬太陽吹風，在攤子前玩點小遊戲，也能很輕鬆愜意地度過午後美好時光。

06・261・4186
台南市南區中華西路一段 103 號
每日 0900-1730（每週一休館）
www.blackbridge.com.tw/page/musuem

1 又大又乾淨的現代化工廠　2 童趣風十足的香腸博物館　3 色彩繽紛的 DIY 區　4 搭建場景讓人感受彷彿回到過去的年代，也是很有趣的拍照點

高雄站
ROUTE
1

夢想的私房地圖

國立科學工藝博物館 × 品福夢想世界 × 彪琥台灣鞋故事館

ⓐ 國立科學工藝博物館

　　國立科學工藝博物館是全台首座應用科學博物館，展館面積在全世界同類型的博物館中排行第二，亞洲則排名第一，主要範圍有動力機械、防疫、服裝與紡織、水資源利用及航太等。館方經常舉辦展覽，許多常設展內容都非常吸引小朋友近距離互動，我們一路衝向地下一樓，進入兒童科學園裡探險，見到明太子朝思暮想的海盜船，令他興奮不已。奇幻國適合十歲以下孩子體驗，可以在跳遠機器上比比看誰跳得遠，還可以在地板上划小船、玩拋體運動，讓你

1

1 於 2015 年年底開放體驗的立體螺旋溜滑梯為科工館帶來更多的人潮，是目前亞洲最高的溜滑梯，用一座溜滑梯教大家什麼是離心力、摩擦力及萬有引力的科學知識，順便體驗極致快感，非常有趣　2 看著球上下跑，你知道原理嗎？　3 科工館裡也能體驗火車快飛的樂趣哦　4 專為兒童設計的體驗館不只是遊戲的場所，更是學習科學原理的好地方

知道水珠如何變水滴等等，透過實作揭開科學原理，帶給大家充實的知識並滿足孩子的好奇心；而海盜船上有彈珠台、貨物箱迷宮，邊發射炮彈邊躲敵人，孩子們興奮地來回奔跑，連陪玩的家長也顧不得形象一起玩開來。

別以為講到科學實驗就一定枯燥乏味，館裡有許多有趣的科學遊戲，可以與水、聲光進行互動，還有航空飛行與模擬地震的設施的體驗，最後再搭乘氫燃料電池小火車，豐富多元的體驗項目讓大家滿載而歸。此外，館內的立體螺旋溜滑梯是目前亞洲最高的溜滑梯，約十八公尺高、五層樓高度，只要十二秒就能從四樓到地下一樓，用一座溜滑梯教大家什麼是離心力、摩擦力及萬有引力的科學知識，順便體驗極致快感，非常有趣，讓孩子們樂於學習並喜歡發問，問明太子的收穫，他說科學好好玩，一定要再來！

07・380・0089
高雄市三民區九如一路 720 號
每日 0900-1700（每週一休館）
www.nstm.gov.tw

ⓑ 品福夢想世界

1 餐點品項種類超過 20 種以上，在視覺與味覺上皆表現的可圈可點　**2** 品福提供的繪本數量遠比其它親子餐廳多了一倍，喜歡閱讀的孩子千萬別錯過　**3** 較為特別的是，品福另闢小寶寶專屬遊戲室，分齡設施玩得更安全

　　進入品福夢想世界親子餐廳，迎面而來的是寬敞舒適又明亮的空間，親切的櫃台服務，以及孩子們從各個角落傳來的嘻笑聲。明太子淡定的表情維持不到三十秒，還沒入座便等不及四處探索，每一次返回座位的第一句話就是回報哪些地方有什麼好玩的，並且認真替自己安排好餐後的遊戲順序。

　　品福規劃有動／靜態遊戲區，有滑梯球池、小車車、益智類玩具、辦家家酒及圖書繪本，隨時有店員巡視各遊戲間的狀況，也會主動上前關心並排解小糾紛。店內設有育嬰室及兒童專用洗手間，更貼心的是為媽媽們準備了腳底按摩機，不用花錢即可輕鬆享受。餐點部份有義大利麵、燉飯、燴飯、點心及飲品，還有專為較小嬰幼兒準備的寶寶粥，就連兒童餐也是選項多多，還可以指定口味！天然自製的餐點、歡樂的用餐環境，以及一日四次的消毒服務，成為當地家長替孩子辦派對的最佳選擇，連外地遊客都很喜歡，是我心目中優質的親子餐廳。

07・349・5788
高雄市三民區明吉路 9 號 B1
每日 1030-2100（每月首週一與最末週一店休）
www.pinfuworld.com.tw

ⓒ 彪琥台灣鞋故事館

位於科工館與品福之間的彪琥台灣鞋故事館，是一棟九層樓高的雄偉建築，這兒將是我們吸收新知並能實地參與作業流程的地方。人人都清楚足部是人類的第二顆心臟，鞋子的舒適度及合適度，大大影響我們的健康。一開始的導覽以既輕鬆又專業的互動方式，帶大家了解足部構造，清楚自己的足部類型，才能選雙好鞋。接下來參觀設計、打樣、縫製、成品及包裝等實際產線運作，以加深大家印象，鮮少有製鞋廠開放產線讓遊客參觀，這也是彪琥與其它鞋業最大的不同之處。

來到彪琥故事館，人人都可以體驗「一日鞋職人」，動動手穿針引線，縫製出屬於自己的迷你小鞋，或是製作皮革小動物，也可以玩楦頭彩繪，將獨一無二的作品帶回家做紀念。此外，彪琥在頂樓斥資打造空中戶外運動廣場，大家分成好幾組玩籃球比賽，第一次在傳統製鞋工廠體驗這樣的設備，讓人印象深刻，更增添幾許趣味性。結束一系列參觀項目，最後到足部健康管理中心，以專業掃描機，透過生物力學壓力分析，替自己客製化一雙足弓墊，讓腳回復到平衡的狀態。

彪琥鞋業有三十多年的製鞋經驗，以 100% 在地文化，堅持 MIT 精神，用心守護台灣曾經興盛一時的製鞋產業，讓這世代的孩子體驗如何製鞋，明白鞋子與自己的關聯性，該怎麼站怎麼走才不會影響骨骼發育，是一處長知識、玩體驗，兼具寓教於樂與實用性的親子休閒場所。

07・389・2246
高雄市三民區民族一路 335 巷 43-1 號
每日 0900-1200、1300-1800
www.puhu.com.tw/factorytours

1 彪琥鞋業有 30 多年的製鞋經驗，以 100% 在地文化，讓這世代的孩子體驗如何製鞋，是一處長知識、玩體驗，兼具寓教於樂與實用性的親子休閒場所　2 現場可實際看到運作中的製鞋作業，加深大家的印象　3 透過生物力學壓力分析，替自己客製化一雙足弓墊，讓腳回復到平衡的狀態

來一場港都冒險

旗津貝殼博物館 × 奇藝王國主題親子餐廳 × 紅毛港文化園區

ⓐ 旗津貝殼博物館

1 旗津貝殼館館內約有 2000 多種貝殼展出，是目前國內最大的貝殼館 **2** 海岸線旁的大貝殼成了近二年的打卡熱點，走到貝殼裡聽得見海浪聲，非常有特色 **3** 彩虹教堂在海岸公園裡，無商業行為的遊客皆可在此取景，但禁止戲水

我非常喜歡欣賞海景，在海邊散步能暫時拋開煩惱，讓腦袋放空一陣子，即使待在岸邊什麼都不做也覺得是一種享受。一直以來，旗津帶給我最深刻的印象就是海水與沙灘，總是期待能再一次走近海邊，感受大海帶來的海闊天空。旗津貝殼館位於海岸公園遊客中心的二樓，目前館內約有兩千多種貝殼展出，貝殼界中巨無霸之稱的二枚貝，現場就有一個，七十多公斤的重量看起來好壯觀。難以想像大海裡除了眼前這些展示品，還有多少尚未被發掘的貝殼種類，雖然這些收藏不能觸摸，卻也因此讓我們進一步了解海洋生態以及海底下的神秘世界。

往戶外走去，空氣中瀰漫一股鹽的味道，風吹來感覺涼爽，浪沙是如此靠近，我們就這樣悠悠哉哉地在踩風大道上散步，邊走邊哼唱，躲進巨大貝殼裡聽浪花拍打的聲音，再跟美麗且獨一無二的彩虹教堂合影，與家人共度輕鬆愜意的早晨！

07・571・8920
高雄市旗津區旗津三路 990 號 2 樓
每日 1000-1700（每週一休館）
FB ｜樂 - 旗津貝殼博物館

ⓑ 奇藝王國主題親子餐廳

才開幕約二年，奇藝很年輕，老闆娘是一位室內設計師，三層樓高的建築，讓各層各擁不同功能及主題，一樓是閱讀及桌遊，二樓是靜態遊戲區，三樓則是動態遊戲區。首次見識沒有卡通壁面、不花俏、也沒有五顏六色塗鴉的親子餐廳，第一眼讓人以為是給大人用餐的地方，在裡頭待著感覺時間流動特別慢，心也特別平靜。另外在一樓開設奇藝漁場，明太子好喜歡待在這裡玩釣魚，釣起來放回去地反覆數次也不覺得累。

奇藝的餐點偏中日式，咖哩嫩雞腿是店裡的招牌之一，肉質鮮嫩，日式咖哩也較清爽，二道都很美味。餐後是孩子的娛樂時間，一下子從溜滑梯滑到球池，一會兒發揮創意組一組積木，再不就跟其它孩子玩扮家家酒，好歡樂啊！奇藝是我看過擁有最多童書繪本的親子餐廳，除了偶爾增加不同類別的書籍，還會不定期汰換玩具，凡事都考慮到孩子，甚至依孩子的特質規劃出獨特空間，可見經營者非常用心，有機會到左營一帶旅行的朋友不妨將它列入參考，讓孩子開心用餐，放心玩樂！

07 · 343 · 0102
高雄市左營區民族一路 1007 號
平日 1100-1430（每週二店休）／假日 1100-2100
FB │奇藝王國主題親子餐廳

1 隔離了二樓的吵鬧聲，一樓顯的安靜，適合玩桌遊及閱讀 2 小小的釣魚池竟讓孩子們待上許久不肯離去，真有魅力啊 3 擺盤毫不遜色於一般餐廳，誰說親子餐廳不能有美美的視覺效果？

ⓒ 紅毛港文化園區

紅毛港園區位於高雄港第二港口，與原來的高字塔結合周邊環境整建，總面積達三公頃之多，園區陸續規劃室內外展示館、高字塔旋轉餐廳、天空步道、觀海平台，以及碼頭候船室等六大區。天空步道是園區裡最高的物體，幾乎可以俯視園區樣貌，同時欣賞壯闊海景。

古厝的大院子是孩子們遊戲的地方，由家長示範打陀螺、踩竹蹺等小時候的童玩，孩子們先是看得目瞪口呆，隨即學著大人拿起來把玩，對他們來說是新鮮有趣，我們則像是重返童年時光。記得小時候喜歡看大船入港，現在牽著孩子的手在觀海平台做著相同的事，笑著討

1 週休假日想遠離人潮，紅毛港文化園區是不二首選　2 小時候的童玩對孩子來說是新鮮有趣，也再次帶我們重返童年時光　3 古厝的大院子是孩子們遊戲的地方　4 在天空步道上欣賞周邊海港景色，時間彷彿就此停頓下來

論船的種類、船的功能，看著孩子臉上堆滿了興奮的表情，是一種平淡的幸福，也是最難得的親子時光。

以遺跡展示呈現紅毛港聚落當時的建築縮影，透過動態體驗結合聲光音效互動模擬，重現紅毛港人的生活，這些只有來到紅毛港文化園區才有的體驗，而紅毛港聚落雖然因遷村走入歷史，但當地居民的精神與生活卻是園區裡永恆

的記憶與傳承。週休假日想遠離人潮，紅毛港文化園區是首選，還能體驗遊艇環港的樂趣，不要錯過囉！

07・871・1815
高雄市小港區南星路 2808 號
平日 1500-2000（每週三休園）／假日 1000-2100
hongmaogang.khcc.gov.tw

高雄站
ROUTE
3

沿海風前行的赤子心

打狗鐵道故事館 × 駁二藝術特區 × 查理布朗咖啡館 × 波力親善餐廳 × 維格餅家黃金菠蘿城堡

ⓐ 打狗鐵道故事館

打狗鐵道故事館是台鐵高雄港站保留再利用的小型鐵道博物館，對於鐵道文化資產保存具有特別的意義。館內相當安靜，走進來參觀的遊客自然會放輕腳步，仔細欣賞這座古蹟裡的一景一物。展場裡的展物陳列非常整齊，分類清楚明瞭，就像回到老火車站的時代，透過導覽員的詳細介紹，尤其受到外籍旅客的好評。

此處古蹟保留了完整的號誌樓、鐵道、月台以及轉轍器，是全台唯一可以動態復駛的百年火車站。每個月會舉辦鐵道文化講堂，是鐵道迷的聚會場所之一，而吸引孩子的是戶外的鐵道、火車頭以及一大片綠地，好幾輛列車車廂停放草地上，看起來就像列車博物館那樣壯觀！而故事館目前持續進行鐵道文物及車輛的保存收集，期待未來能拓展成為大型的鐵道博物館，為更多遊客保留舊時代記憶。

07・531・6209
高雄市鼓山區鼓山一路 32 號
每日 1000-1800（每週一休館）
takao.railway.tw

1 長長的軌道，一列列的車廂，這裡不僅小朋友喜歡，也是鐵道迷必訪的景點 2 好幾輛列車車廂停放在草地上，看起來就像是列車博物館那樣壯觀 3 留下的舊月台在歷史上有一定的意義

ⓑ 駁二藝術特區

　　駁二藝術特區在高雄是眾所皆知的景點，連外地遊客也知道去高雄一定要到駁二，才算真正到此一遊。駁二剛開始是港邊的倉庫，後來漸漸不用而荒廢了，偶然機緣下發現這裡頗具發展潛力，讓許多藝術工作者投入，慢慢成為一處開放的藝術空間。改頭換面的駁二呈現後現代的藝術風格，為了讓藝術融入市民生活中，不定期舉辦藝文活動、展覽及表演，並開辦藝術市集，給民眾挖挖寶增添一點樂趣，而一旁的自行車道上豎立許多造型討喜色彩繽紛的巨型公仔，讓園區變得活潑亮眼。

　　駁二特區裡大大小小的裝置藝術數也數不清，每一件都是獨一無二的藝術作品，透過藝術家們的巧思及創意，讓

園區變得多元，不僅愈來愈熱鬧，也展現出舊倉庫可再利用的價值。園區提供船舶及腳踏車二種交通工具，沿途可看見壯觀的 85 大樓、欣賞真愛碼頭的晨昏以及愛河浪漫的夜景，帶大家用較輕鬆且快速的方式飽覽高雄之美。在這極具特色的藝文空間，難免吸引較多的人潮，不過由於腹地廣大並沒有造成太大影響，是好拍又好逛的地方，踩著自行車遨遊港岸風光，再搭配不定期的展演及市集活動，成為當地民眾週休二日必訪的休閒場所。

07・521・4899
高雄市鹽埕區大勇路 1 號
平日 1000-1800 ／假日 1000-2000
pier-2.khcc.gov.tw

1 駁二的舊倉庫重新披上彩衣，為園區注入活力 2 來駁二必拍的變形金鋼，大人小孩皆瘋狂 3 園區的特色商店專賣文創小物，吸引年輕朋友參觀 4 在港口看大船作業，孩子也樂的開心

ⓒ 查理布朗咖啡館

1 從天花板、牆壁到餐桌，都是查理布朗跟好友們的插畫，感覺就像參加一場熱鬧的派對　2 準備上校車去上學囉
3 整體來說餐點表現不錯，各方面都有到位，唯份量較為精緻

　　台灣第一家查理布朗史努比咖啡館選擇落腳高雄，其魅力從門口的排隊人潮便知有多受歡迎，簡約的白色外牆，搭配深色咖啡磚，醒目的建築座落在車來人往的十字路口，黃色校車的立體壁貼是最熱門的拍照位置。餐廳主題風格強烈，從天花板、牆壁到餐桌，都是查理布朗跟好友們的插畫，感覺像參加一場熱鬧的派對，重現了史努比受歡迎的全盛時期。

　　在色彩繽紛的空間裡用餐，心情特別好，主餐以三明治、披薩、熱狗及義大利麵為主要供應，附餐是沙拉、湯、薯條及史努比造型果凍，餐點整體表現不錯。明太子也終於跟查理布朗及史努比認識，並好奇為什麼這隻狗一直躺在狗屋屋頂上？在過去那個電視不發達的年代，史努比曾陪伴我走過歡樂的童年，只要看它逗趣耍萌的模樣，心裡便產生愉悅感，而查理布朗是一個勇於冒險又溫暖的九歲男孩，他們的故事鼓舞人心卻不幼稚，保留著孩子的赤子之心。有機會帶孩子來朝聖，陪他們聊關於查理布朗與史努比的一切，不僅能營造出共同話題還能增進親子互動，是一處讓人放鬆、嘴角不自覺上揚的用餐地點。

07・350・1850
高雄市左營區博愛三路 35 號
每日 1000-2200（每月次週二店休）
charliebrowncoffee.com.tw

ⓓ 波力親善餐廳

同樣以卡通人物為主題的波力親善餐廳，對小車迷來說有十足的吸引力，即便最喜歡的玩具已經從車子變成機器人，但對車子的熱愛程度依舊不減。明太子三歲就瘋波力，還立志要當像波力這樣的好警察，看到眼前的大型波力公仔，迫不及待地想進去瞧瞧。

餐廳位在高雄文化中心裡，不僅一旁有百坪綠地，餐廳裡外皆有兒童遊樂設施，溜滑梯及球池讓孩子們玩到忘了好好用餐。從餐桌到餐椅到餐點，從玩具到周邊商品，強烈的主題延伸至各個角落，色彩繽紛的環境，不僅小孩喜歡，大人也開心用相機紀錄點滴。除了常見的義大利麵及燉飯，特別的是以主題餐盒盛裝的兒童餐，一端上桌就有小驚喜，份量足，還附上小孩最愛的甜點，可以說是一次滿足吃喝玩樂的地方！

07・223・8777
高雄市苓雅區五福一路 67 號 (文化中心)
平日 1100-2100 ／假日 1000-2100
FB ｜波力親善餐廳

1 以特製的兒童餐盒盛裝的兒童餐讓孩子更享受波力陪伴的時光 **2** 校車哥哥的身體裡有個小球池，充斥著孩子的歡笑聲 **3** 室內設計鮮艷活潑，所有週邊用品都有波力及好朋友的圖樣 **4** 餐廳規劃尿布檯及洗手檯，替媽咪及寶寶設想週到

ⓔ 維格餅家黃金菠蘿城堡

1 城堡頂樓建構幾處拍照場景，為大家留下美好回憶　**2** 外觀看似一座城堡建築，讓維格在這條馬路上顯的格外亮眼　**3** 維格有許多適合孩子體驗的互動區　**4** 餐廳也融入城堡建築裡

　　維格餅家黃金菠蘿城堡由於外型酷似一座城堡，儼然成為該區熱門打卡點之一。七層樓高的城堡建築，有觀光廊道、餐廳、文創商品以及很大的 DIY 教室，最棒的是維格提供詳細的導覽服務，從一樓的鳳梨造型手扶梯一路往上到電子互動區及頂樓的拍照點，每一層都很有看頭，令人印象深刻的是一樓的大鳳梨，不停變換的燈光彷彿走進奇幻世界般炫麗，效果十足，導覽最後還會發給每人一顆剛出爐且包裝完整的鳳梨酥做為點心。

　　既然來到糕餅工廠，肯定不容錯過有趣的 DIY 體驗教學，長相看似簡單的鳳梨酥要靠孩子的雙手獨立搓揉完成並非易事，每一個步驟都是在考驗孩子的專心、耐心與手感協調度，完成後的成品經過專業包裝之後很適合送禮呢！五樓結合了文創商品與免費體能遊戲區，除了選購商品之外，還提供一個遊樂場所讓孩子盡情地蹦蹦跳跳消磨時間，家長趁機休息放鬆心情，最後到頂樓與大型裝置品拍照，為此行留下美好的紀錄。

07・321・6666
高雄市三民區同協路 199 號
每日 0900-2100
FB ｜維格餅家黃金菠蘿城堡

一份無限幸福的感動

潘氏農場 × 海生館

ⓐ 潘氏農場

來到位於屏東車城，成立四十多年的潘氏農場，不起眼的外觀卻豐富有內涵。這兒的鴨子們很幸福，每天在群山環繞，環境優雅，水質乾淨的四重溪裡戲水，吃魚蝦水草那些浮游生物，以維持良好的鴨蛋品質，想吃到潘氏最受歡迎的溫泉鹹蛋，得先聽聽店家專業的導覽解說，透過眼睛及雙手去看去觸摸，回答問題，最後就能品嚐美味的溫泉鹹蛋了！

潘氏溫泉鹹蛋美味的關鍵就在紅泥土的比例，先將蛋放入加有溫泉及鹽

1 蛋清晶瑩剔透富彈性，戳不破的蛋黃，都是未施打抗生素的証明　2 用耐心細心做出來的鹹蛋最好吃　3 美味的關鍵在紅泥土的比比例，吃吃看就知道　4 農場大門外一處免費的溫泉泡腳池，腳丫子泡溫水很舒服

混合的紅泥土中，層層包裹再靜置十至二十天，蛋白才會綿密、蛋黃也才能飽滿且鹹味適中；DIY 程序不難，但需要心思細膩加上耐心，明太子説養鴨很辛苦，但也很好玩。目前四重溪範圍只有潘氏堅持依傳統口味生產鹹蛋、皮蛋及鴨蛋，蛋膽固醇含量比一般市售鴨蛋少了 1／4，打出來的蛋飽滿且三色分明，一般市售的鹹蛋每一口都得配上兩三口白飯，而潘氏鹹蛋不特別鹹，可單獨食用，店家開放試吃。農場有生態解説及 DIY 教學，過程中可以學習如何挑選蛋、醃製到封箱，無論孩子多大，都會覺得有趣，經身經歷親手製作讓他們更開心，對我們來說更是難得的體驗。

08・882・2437
屏東縣車城鄉溫泉村溫泉路 47 巷 5 號
每日 0900-2100
FB｜潘氏農場

ⓑ 海生館

　　每回造訪屏東，一定會帶明太子來到車城最大的景點「海生館」，因為它實在太大，範圍太廣，海洋生物太多，一次走不完啊！海生館如同海底世界的縮小版，匯集了各地的海底生物，平均每兩年推出不同特展，當然，最吸引孩子的還是餵食秀及餵食解說，至於那超大的水族箱及海底隧道，則是每次的必經之路、必停留的點。此外，台灣水域館的兒童陽台，是一座在戶外的探索區，所有的設施以海洋生物為造型，做成了卡通版的樣貌，提供兒童休息與遊戲的場所，帶孩子探索海洋世界的奧秘，值得前往。

　　館內設有中西式料理的美食區，也有部份商家供應小點心，無論小寶貝想吃什麼都可以在這裡解決，非常方便。海生館佔地大，內容豐富，比較適合慢走慢逛，參觀時間往往會被拉得很長，建議依孩子的年齡安排適合的參觀動線，方能達到親子休閒的目的。今年明太子比較大了，我們特地帶他往世界水域館探索極地，了解企鵝的居住環境、企鵝的長相，它以什麼為主食，以及極地究竟有多冷？明年呢，說不定我們會安排夜宿海生館哦！

07・350・1850
高雄市左營區博愛三路 35 號
每日 1000-2200（每月次週二店休）
charliebrowncoffee.com.tw

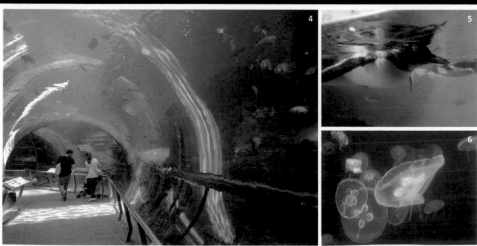

1 以等比例製作鯨魚模型的親水廣場，開放遊客在此消暑戲水　2 在觸摸體驗區裡有最真實的感受　3 大水族箱是孩子們最喜歡停留的地方　4 參觀海生館必走的海底隧道　5 僅隔著一片玻璃就能欣賞企鵝的模樣，好真實的體驗　6 近距離欣賞水母，好漂亮啊

屏東站
ROUTE
2

一起安靜地生活

竹田驛站 × 露琦和洋 × 六堆客家文化園區

ⓐ 竹田驛站

小車控明太子問：「台灣所有的車站他都去過了嗎？」當然沒有囉，從小就計劃帶著他造訪每一座車站，替他拍照留下紀錄，所以這次的屏東之旅，我們告訴他會帶他參觀一座非常特別的日式車站，讓他很開心。竹田驛（車）站在台鐵屏東線上，是頗具歷史價值的日式木造車站，純樸而復古，日據時代保留至今成為觀光景點。車站兩側仍有居民居住，幾張藤椅圍一圈便是村民們話家常的小天地，在樹蔭底下顯得格外悠閒。車站廣場四周散發出靜謐祥和的氛圍，深怕一個不小心變成了大聲公，嚇著了鄰居。門面重新粉刷過像新的一樣，

1 深具歷史價值的鐵路車站，也是竹田人的回憶　2 『池上一郎博士文庫紀念館』是一座全日本書藉的圖書館，讓竹田驛園更添書香氣息　3 以竹田驛園展現新風貌，並闢為觀光景點公園　4 車站有紀念品販售區，在這裡也能看到部份舊影像紀錄

裡頭除了販售相關商品，還有小孩最喜歡收集的紀念章。

　　原本這條鐵路還有「歸來」等其它車站，也都保留了日式木造房子，但這些車站因旅客數日漸減少，後來一個個改為招呼站，拆除木造房，只留下長長的月台。舊竹田車站原地保存，現稱為「竹田驛園」，可見古井水塔以及水車生態池等，並增設咖啡屋供休憩之用，實際有在運作的火車站，則在舊站北側月台。車站是竹田人共同的回憶，也是當地的重要地標，保留了台灣人對古老車站的懷念，每一年都吸引許多遊客前往朝聖，有機會來到竹田，別忘了牽著孩子的手欣賞火車奔馳的畫面，陪著他們一起唱火車快飛！

08・788・2739
屏東縣竹田鄉履豐村豐明路 27-1 號
每日 0900-1700（每週一休園）

ⓑ 露琦和洋

1 濃濃和風，彷彿來到日本　**2** 餐點以日式風格呈現　**3** 濃厚的老宅氛圍卻不失年輕氣息

這是一間由日本空軍官舍改建而成的餐廳，同一條巷子裡的老宅好幾棟，幾乎都經過改建，短短一條窄弄，成了餐廳及藝文作室的匯集地，同時也是眷村文化保留區。天哪！龍貓向我招手！從門口一路走進來有一系列卡通人物相伴，連廁所的洗手檯裡都能見到龍貓對你微笑，彷彿撞進了童話故事裡，好療癒啊。店家甚至將前後門互換，每個人必須穿過一條「風的通道」才能到達店裡，有種柳暗花明又一村的感覺。

這兒的餐點以日式風格呈現，不僅美味，價格親民，上菜速度也快，從主餐到甜點皆表現得可圈可點，讓我們豎起大姆指稱讚。特別推薦這兒的冰淇淋，難以形容的美味，在四季如夏的屏東，隨時都能享受這等沁涼的暢快感。濃厚的老宅氛圍卻保有年輕氣息，衝突又融合的東西方新美學，「當您感覺生活很糟、寂寞很吵、天氣很冷。請來露琦，讓我們用生活與您分享生命中的點點滴滴，找回遺忘的真我。」很喜歡店家這段話，這也是我們喜歡露琦和洋的原因。

07．732．6667
屏東市中山路勝義巷 6 號
每日 1130-2130
FB｜露琦和洋

ⓒ 六堆客家文化園區

雖然我不是客家人，但對客家文化卻頗感興趣，尤其特別鍾愛客家美食。來到屏東內埔必訪的就是六堆客家文化園區，它是為了保存十二個客庄行政區的客家風貌，並促進觀光行銷、推動在地客家文化所成立的國家級客家文化園區，以客家笠嫲為意象，傘架建築是園區一大特色，而傘下每日定時啟動噴水柱，加入各色燈光製造效果，打上來的水花炫爛奪目非常漂亮。園區重現客家先民的生活，以稻作及菸葉為主的文化體驗展館內容豐富多樣，並依不同季節配種不同植栽，隨著氣候變遷，中央生態池可見多種水生植物，輕鬆的走馬看花倒也挺愜意。

突破一般常設展的參觀型態，結合客庄特色及五感體驗，為孩子打造出一間兒童探索樂園，館內除了靜態的展示，還有互動的操作體驗，玩中學讓孩子們可以更深入了解客家文化與歷史發展，印象更深刻。無論戲水還是玩沙，都會讓孩子感到快樂，不僅在情緒上可以得到滿足，也能促進空間感的認知，另針對喜歡動動小手的孩子推出像擂茶及傳統手工藝這一類的 DIY 活動，假日往往報名非常踴躍，值得帶孩子來體驗。客家文化園區有完善的硬體設備，內容多元有看頭，建議在園區停留較長的時間，細細感受客家文化的熱情與過去的時空背景。

08・723・0100
屏東縣內埔鄉建興村信義路 588 號
每日 0900-1700（每週一休館）
FB ｜ 六堆客家文化園區

1 以客家笠嫲為意象，傘架建築是園區一大特色　2 傘下每日定時啟動噴水柱，加入各色燈光製造效果，打上來的水花炫爛奪目

東台灣
美好行旅

宜蘭站
ROUTE
1

懷舊風小鎮漫遊

虎牌米粉產業文化館 × 貓極簡咖啡館 × 國立傳統藝術中心

1 在懷舊小攤吃著熱呼呼的炒米粉，找尋兒時留下的記憶 2 老味道老字號，重建場景帶大家回到舊時光 3 自己炒米粉好有趣

ⓐ 虎牌米粉產業文化館

　　宜蘭像是台北人的後花園，近幾年來觀光發展的不錯，尤其是觀光工廠一間間的擴大版圖，讓一向喜歡走觀光工廠路線的我很興奮。明太子二歲以後，我便經常安排他參觀工廠，希望他從導覽活動中增長知識，從互動中開拓視野，

從 DIY 活動裡體驗手作的樂趣。

　　相信大家都聽過虎牌米粉，在食品界算是老字號了，以前經常吃媽媽的炒米粉，偶爾會在家裡的櫥櫃看見一包包的虎牌米粉疊了三四層，加入香菇、肉絲、紅蘿蔔絲，就是一道簡單又幸福的

媽媽味。現在的炒米粉在口味上幾乎都有調整過，要吃到古早味的炒米粉，機會還真是不多，讓我想在虎牌看看是不是能重拾過去的時光，找回屬於那個年代的美味。

虎牌創立於一九七〇年，比我多了好幾歲，由此印證，這是我從小到大念念不忘的好味道。工廠裡有製程展示、世界米粉的介紹，以及我們迫不急待的電鍋炒米粉體驗。老字號老味道，場景雖然是重新設計過，對孩子來說不過是一般拍照的地方，但對大人來說彷彿像是帶我們走進時光隧道。偉士牌摩托車、切仔麵攤、打水幫浦等，吸引大家排隊拍照留影。

顛覆以往使用鍋鏟炒米粉，教大家用電鍋做料理，按照投影機上的指示說明，四個步驟就能輕鬆完成一盤炒米粉，實際操作並不難，自己動手完成的料理更有獨特滋味，明太子可是一口接著一口，米粉的魅力還真是無法抵擋。這兒的 DIY 項目不只一項，除了熱門的炒米粉，還能製作專屬的米粉泡麵，能想像泡麵碗上出現自己的姓名嗎？獨一無二的體驗等大家親自來玩樂趣。

03・990・7716
宜蘭縣五結鄉利興三路 5 號
每日 0900-1700
FB｜虎牌米粉產業文化館

ⓑ 貓極簡咖啡館

早期的宜蘭以小吃聞名，像是蔥油餅、鮮肉包這一類的小吃都很有名且受歡迎。隨著雪隧開通，台北宜蘭交通往返變得更為便利，開始有台北餐廳業者選中這裡，打算擴大事業版圖。聽說五結鄉開了一家「貓極簡」，就是從台北師大那裡過來的，宜蘭簡餐店本來就不多，這回還有貓寵物餐廳，想必會為宜蘭帶來新話題。

孩子似乎都很喜歡貓狗之類的寵物，如同明太子自小就愛跟在它們後頭，就算是流浪貓狗他也會湊上前去盯著瞧。長大了跟我說他想養寵物而被我拒絕，因為都市裡的房子真的不太適合貓狗一家親，只好四處找這類型的餐廳或是牧場，讓他能跟小動物們親近互動。這次要來貓極簡，他可是期待了好幾天，一路追問著貓可不可愛？能一起玩嗎？能摸它們嗎？

貓極簡在五結國中入口處附近，距離羅東市區不遠，卻讓人感受到一股幽靜。店裡空間大，樸質簡約，桌椅擺放

整齊，井然有序，非假日的午後來客數不多，反而能享受片刻的寧靜，獨享與貓兒們共處的空間與時光。其實這兒是貓兒的中途流浪之家，店家餵養它們，照顧它們，建造了舒適的貓房給它們待下來，偶爾貓兒們會突然出現在客人面前，端詳一陣之後就會離開。愛貓人士也會帶著自己的貓寵物來這裡交朋友，孩子們看到貓兒也是異常的興奮想追著貓兒跑，模樣逗趣極了。

貓極簡提供輕食餐點及各式飲品，份量不大，點餐時需自行斟酌；還有，貓咪們在這裡是自由的，帶孩子前往時，得小心留意別讓它們彼此受到傷害，並且教導孩子以善良溫柔的心對待所有的貓兒哦。

03・960・5570
宜蘭縣五結鄉大吉五路 8 號
每日 1100-2100
FB ｜貓極簡咖啡館

1 離市區不遠，但四周卻很安靜　2 以供應輕食為主，份量不大，點餐時得自行斟酌

ⓒ 國立傳統藝術中心

傳統藝術意謂著歷史傳承以及人類對生活的感觸所加以創造並兼具美感的產物。從小在都市長大的我們，對於傳統歷史與藝術創作幾乎是陌生的。傳藝中心融合了傳統與現代的建築，佔地 24 公頃，園區裡有傳統藝術傳習區、建築體驗區、展演區、工藝推廣、生態探索

等，甚至有住宿中心，只要到宜蘭旅行，幾乎都會來這裡走走看看，而園區之大，讓我們經常發現新鮮事。

緊鄰冬山河及親水公園，早期的冬山河玩法都是沿著河邊散步，或是租腳踏車在周邊繞繞，現在傳藝中心有電動船了，從不同角度看冬山河及傳藝中心，

搭船遊河成了另類的體驗，明太子好愛搭船，沿著河岸看風景，總是能讓他又驚又喜。平靜的河面伴隨著微風，離開了人群及吵雜聲，河面上好安靜。偶爾看見鳥兒停在船邊，或是從眼前飛過，送給孩子的是一堂珍貴的自然生態課程，而對大人來說又是多麼的愜意！到了親水公園這一頭，明太子開心的在草地上奔跑，公園裡的恐龍裝置藝術是藝術家們的集體創作，適合當作拍照的背景。每隔二十五分鐘就有一艘船返程，買了票就能上船。

　　街道二側的小型商家林立，頗有老街的味道，而華麗的建築工藝令人讚嘆，

饒富趣味的童玩館裡有兒時常見的麥芽糖及果凍棒，好玩的抽抽樂遊戲對明太子來說是全新的體驗，欲罷不能啊！這裡有古早味美食，還有傳統小玩意兒，玩肥皂、吹泡泡、做手工藝或餅干 DIY，樂子很多，連表演都能看的目不轉睛，別說半天，待上一天也沒問題，是一處闔家歡樂的休閒好去處。

03・950・7711
宜蘭縣五結鄉五濱路二段 201 號
每日 0900-2000（旺季：春節、寒暑假）／每日
0900-1800（非旺季）
www.px-sunmake.org.tw

1 部份商店有 DIY 體驗，讓孩子感受更多樂趣　2 街頭表演炒熱了氣氛，也歡迎遊客共襄盛舉　3 傳藝集合許多特色店家進駐，讓園區更添熱鬧氣氛

甜甜滋味的旅程

莎貝莉娜精靈印畫學院 × 窯烤山寨村 × 幾米主題廣場／幸福轉運站／百果樹紅磚屋 × 亞典密碼蛋糕館

ⓐ 莎貝莉娜精靈印畫學院

「莎貝莉娜」這個美麗的名字，是美吉樂公司自創的品牌，長期以來替歐美知名手工藝品牌做代工，不僅名聲響亮，也累積多年來的研發能力。SABELINA 引自安徒生童話「姆指姑娘」的故事，象徵精巧細緻，又小又美。外觀看似一座精靈城堡，走進大門那一刻起便感受到親切的服務態度，室內空間寬敞明亮，唯美浪漫的風格讓遊客們很快地沉浸在這氛圍裡。館內可見各式手作商品及印章體驗（販售）區，可容納大團體的 DIY 區更是規劃完善，挺適合多人及學校機關團體包場。

以往手作材料裡，大概以布類為主要材質，再添加一些裝飾品如鈕扣或緞帶等，從沒想過印章也能做為材料之一。特別的是，還能被應用在各種材質上，以巧思加工後，讓身邊的小物變的繽紛又活潑。莎貝莉娜有二十多種的 DIY 課程體驗，像是卡片、吸水杯墊、服飾、提袋等。以印章變化出多種樣貌，在 DIY 後驚覺成品真是漂亮！印章讓許多物品大變身，舉凡提袋、相框、杯墊甚至是衣服，都能利用印章創作出屬於自己獨一無二的作品。

03・928・5583
宜蘭市梅洲一路 16-3 號
每日 0900-1700
www.sabelina.com.tw

1 寬敞明亮的空間，各式手作品不僅吸引小朋友，就連大朋友也流連忘返 2 印泥可應用的範圍之廣，還有多種好玩有趣的新鮮體驗

ⓑ 窯烤山寨村

山寨村這名字取得真是有創意，它是一棟日式味兒建築的麵包坊，附設餐廳，除了買麵包，還可以跟大巨人拍拍照，再找位子好好飽餐一頓。麵包種類不少，兼販售糕點跟乾糧。山寨村有部份熱銷麵包，店員會作說明，有興趣的人動作得快一點，否則一回頭馬上就搶購一空。

穿過大巨人的胯下便直達餐廳區，用餐區頗為寬敞，可以容納不少人。這兒的餐點亦中亦西，惡棍鴨、水果轟趴……名字皆取得特別，其中的亦魁櫻桃烤飯非常美味，又脆又嫩的起司排，外加櫻桃鴨的咬勁，一口飯放進嘴裡有多種不同層次的口感。聽說店裡還有一項特別服務，開放預訂十八吋的巨型漢堡，而且是用小神轎抬出來，噱頭十足，有機會肯定要來挑戰挑戰。店裡店外都很好拍，離開前別忘了去柑仔店挖挖寶，說不定會有意外的小驚喜喔！

03・928・9933
宜蘭市梅洲二路 140 號
每日 0900-1900
FB｜窯烤山寨村

1 既是麵包坊也是餐廳　2 餐點亦中亦西，長條狀的惡棍鴨有創意且兼具美味　3 有著鮮紅色身軀的大巨人讓山寨村變的話題性十足

ⓒ 幾米主題廣場／幸福轉運站／百果樹紅磚屋

二〇一三年六月，宜蘭啟用全台第一座幾米主題廣場，掀起一股熱潮，也帶動宜蘭及周邊觀光。這是一處免費的空間，讓粉絲們及前來拍照的遊客很開心。另外，斜對角的幸福轉運站也在二〇一六年開放參觀，除了戶外的大象溜滑梯、沙坑以及可登高望遠的長頸鹿之外，室內還有超大球池供孩子玩樂，非常適合親子家庭前來。

在廣場走走拍拍後，再繼續前往附近的百果樹紅磚屋小坐一會兒，給孩子們擦擦汗休息片刻。這間紅磚屋原是舊米穀檢查所宜蘭出張所，後來變成迎賓廳，提供遊客欣賞展演、休憩喝茶之用，現在則是資深作家黃春明的百果樹紅磚屋，白天提供咖啡點心，晚上則有藝文活動欣賞，假日還有親子故事劇場。屋子外觀皆以紅磚石塊砌成，在大馬路邊特別醒目。室內設計獨具心裁，藝術氣

息濃厚。

裡頭很安靜，人潮不是很多，偶爾能見到一二對父母帶著孩子坐在低矮的學生課桌椅上，邊吃著點心邊閱讀繪本，一副幸福的模樣。我們點了二杯熱飲及一份手工餅干，陪著明太子看書，享受放鬆的親子時光。這是一間宜蘭特有的咖啡館，有淡淡的咖啡香，歷史文學交錯，夾雜孩子的歡笑聲，還有很棒的空間設計，快帶孩子來培養藝術氣息吧！

1 曾經見過的主題場景皆在此——呈現 2 巨型球池讓家長甘願付費讓孩子們進去好好玩個夠 3 長鼻子大象溜滑梯造型繽紛亮眼，連大人也童心大發 4 原是舊米穀檢查所宜蘭出張所，後來提供遊客欣賞展演、休憩喝茶之用 5 白天提供咖啡點心，晚上則有藝文活動欣賞，假日還有親子故事劇場

幾米公園廣場
宜蘭火車站旁
全年開放

幸福轉運站
03・935・8550
宜蘭市宜興路一段 117 號
平日 1000-1800（每週一休館）／假日 0900-1900
FB｜幸福轉運站

百果樹紅磚屋
03・932・0840
宜蘭市光復路 13 號
平日 1000-2000（每週一休館）／假日 1000-2100
FB｜百果樹紅磚屋

ⓓ 亞典密碼蛋糕館

　　亞典是一間蛋糕製造工廠，透過玻璃窗能清楚看到正在運作的產線，一條條長長的年輪蛋糕在眼前轉動，嗅出幸福的味道。除了看現場製作蛋糕，工廠也規劃完善又舒適的休息區，提供免費試吃及咖啡無限暢飲等服務。而且它的咖啡是真正濃醇香，夏天還會推出清涼的冰品，記得有陣子很熱門的黃色小鴨嗎？冰品造型也搭上了主題，以銅鑼燒及馬卡龍做組合，讓黃色小鴨冰可是大受歡迎啊。亞典平日可接受報名手工餅干 DIY 的體驗，適合小學以上的孩子動手玩玩樂，亞典的蛋糕無論是口感或是價格皆令人滿意，明太子每次都說他是來喝下午茶的呢。

03・928・6777
宜蘭市梅洲二路 122 號
每日 0900-1800

1 亞典最受歡迎的年輪蛋糕

蘭陽盡情享樂之旅

勝洋水草休閒農場 × 兔子迷宮咖啡 × 菓風糖菓工房 × 聯全麻糬

ⓐ 勝洋水草休閒農場

我很喜歡家族旅行，因為有了孩子，旅行不再只是隨意走走看看，而要讓孩子覺得有趣才有意義。勝洋水草面積有五公頃之大，清水模建築展現出極簡風格，從停車場到園區會先經過一段幸福步道，從這裡就可以開始感受勝洋營造出的氛圍。步道不長，大面積的生態池裡可見蓮花及小魚蝦，蠻漂亮舒適的一個地方。園區裡的水草博物館是長知識的地方，看見水草的真實模樣，綠綠的，小小的，像極了卡通裡的模樣，好可愛啊！同時還提供拓印的趣味玩法，連大人都會不小心玩上癮。戶外有大規模的生態池，可以買飼料餵魚，或是讓小魚

親親自己的腳丫去角質，給孩子來一場生態教學。生態瓶 DIY 也是不能錯過的活動，因為這兒的 DIY 並非完成就好，而是帶回家後必須按時且有耐心地替它們換水，水草才會長得漂亮，可以此培養孩子的耐心及責任心。

而水草能欣賞、能長知識還能融入DIY 教學裡，但你知道水草也能入菜嗎？水草餐廳提供的無菜單料理，賣的是水草主題餐點。主廚以當季水草為創意主題來設計餐點，以水草入味的料理香氣清新，口感清爽，讓大家每次來都能帶著滿足回家。為了讓更多人了解水草，園方特別推出了半日遊與一日遊的套裝

1 來到勝洋水草一定要體驗的水草瓶 DIY，非常漂亮且實用 2 乾淨的環境才能蘊育出優質的水草 3 園區有小火車搭，好開心啊

行程，帶大家更親近水草，了解水草以及周邊生態。對了，這裡還能玩釣魚喔，來了幾次看孩子們釣的很開心，較小的孩子記得需父母陪伴，也可以是搭乘投幣式的小火車過過癮，帶給全家一個難忘的假期。

03・922・2487
宜蘭縣員山鄉尚德村八甲路 15-6 號
每日 0900-1700
www.sy-water.com.tw

ⓑ 兔子迷宮咖啡

近兩年，兔子迷宮很熱門，成了宜蘭輕旅行必訪的新景點之一。三十五年前是一所幼兒園，之所以迷人，其最大的賣點是能登高望遠，欣賞最美麗的蘭陽景色。門口鵝黃色招牌上的可愛兔子，像是躲起來偷看我們，表情超可愛。它外觀看起來像是一間私人招待所，往裡頭走可是大有文章。首先遇到的草坪迷宮讓明太子履試不爽，雖然四、五歲的

孩子可能還不懂什麼叫迷宮，簡單說明之後玩一、兩次就上癮了。而大人們則是迫不及待想看看鵝黃色的萌建築，在蘭陽平原旁特別醒目。

店家很用心在餐點上，每隔一段時間會更換菜色，另有小點心可填飽肚子，餐點份量十足。等待餐點上桌的同時，先帶孩子走進主題攝影區，換裝拍拍寫真集，玩角色扮演，來個大變身過過癮。

1 坐擁無敵美景的免子迷宮白天夜晚各擁不同風情　2 門口鵝黃色招牌上的可愛兔子，像是躲起來偷看我們，表情超可愛　3 無論幾歲的孩子都喜歡玩溜滑梯，是兔子迷宮裡最受歡迎的遊樂設施　4 夜晚了，兔子迷宮星光閃耀，好浪漫啊

坐擁無敵美景的免子迷宮有寬闊的空間及迷人的夜景，孩子在草皮上開心溜滑梯，看小兔子，此起彼落的嘻笑聲不斷，父母則在一旁享受難得的悠閒時光，聽著孩子將愉快的笑聲逐漸渲染開來⋯⋯

03・922・9575
宜蘭縣員山鄉枕山一村 8 鄰 15 號
平日 1100-2300 ／假日 1100-2400
FB｜兔子迷宮咖啡

ⓒ 菓風糖菓工房

　　無論是巧克力或是糖果，對許多人來說都是很療癒的。菓風戶外有漂亮的花草庭園，尤其是秋天，數種高大樹木的交錯陪襯下，彷彿走進歐洲國家的莊園。有著日式風格建築的專賣店，裡頭販售各式各樣的創意糖果巧克力，不僅內容獨特，

包裝上更是下了很大的功夫，全部都走主題設計，像是麻將系列、告白禮盒、還有 kuso 搞笑等，非常適合送禮。

　　糖菓工房的前院有歐式的味道，後院則是靠近自然田野，什麼都不用做，光是坐著發呆就很舒服。最重要的，別忘了替

孩子報名糖果 DIY 體驗，肯定讓孩子帶著微笑離開。菓風在宜蘭算是熱門的景點，小孩喜歡看糖果、玩糖果、做糖果，就連大人也為之瘋狂，能讓大家都買單，五彩繽紛的糖果魅力不容小覷。

03．923．3569
宜蘭縣員山鄉賢德路二段 188 號
平日 1000-1800 ／假日 0900-1800
www.sophisca.com.tw

1 日式風格建築的專賣店，裡頭販售各式各樣有創意的糖果巧克力　2 五顏六色的糖果盒，極具巧思又有創意

ⓓ 聯全麻糬

麻糬一向是受歡迎的在地小點心，千變萬化的內餡，多種不同吃法，可以是茶點，也是適合送親朋好友的伴手禮。四十年來經歷過不斷地改良、進步，才做出一顆顆 Q 彈又飽滿的麻糬。來到門市不僅是購物，聯全推出麻糬 DIY 體驗活動，教大家如何做出好吃香 Q 的手工麻糬，做完之後還能帶回家與其他家人分享。

03．922．8696
宜蘭縣員山鄉惠民路 207 號
每日 0900-1700
www.goodmarch.com.tw

1 宜蘭唯一的觀光門市

宜蘭站
ROUTE
4

童心四射樂活日

廣興農場 × 飛行碼頭 × 小熊書房 × 梅花湖風景區

ⓐ 廣興農場

　　有「鴨母寮・豬哥窟」之稱的廣興農場，最早以製作醬菜舖起家，因為辛苦不容易做，自此開啟了「廣興牧場」的養豬業。後因口蹄疫事件大爆發，被迫放棄畜牧事業。最終，一家人齊心利用原有的養豬寮環境，巧妙投入休閒農業，轉型為廣興農場。它是全台唯一以「豬舍」為環境主幹，重現傳統農村生活的休閒農場，不少人帶著孩子前來，就是為了重新親近泥土香、親近生態。鴨母寮農舍很少見，廣興將它改造的頗具主題性，並且飼養豬、鴨、雞、兔、魚、羊這些可讓人餵食的小動物，提供的體驗項目更是多達七項以上，如：彩繪、控窯、蝦蔥餅、傳統美食 DIY 等，還有大家最喜歡的摸蜆兼洗褲，在兩百坪的天然湧泉池裡體驗沁涼泉水，是夏天非常受歡迎的活動喔。走完整座農場之後，別忘了前往童玩廣場，體驗有趣的大型童玩，有放大版的彈珠台，還能穿著大木屐玩同手同腳遊戲，明太子跟著我們玩了好幾輪，對他來說是很新鮮的體驗，直說很有趣，下次要再來！

03・951・3236
宜蘭縣冬山鄉柯林村村光華三路 132 巷 12 號
每日 0900-1800（每周三公休）
www.pigs.com.tw

1 在 200 坪的天然湧泉池裡體驗沁涼泉水，是夏天非常受歡迎的活動　**2** 難得如此親近豬仔，讓孩子開心的把握近距離體驗的機會

ⓑ 飛行碼頭

飛行碼頭在梅花湖畔旁，外觀是一棟木造建築，擁有一份愜意感，還有引人注目的特色：各式各樣的鴨子擺飾品。曾經在航空公司服務十七年的退休空服員親自打造了這間夢想咖啡屋，從設計、規劃到具體呈現，一手包辦，用自己的雙手實現夢想。

決定帶明太子來這兒用餐，除了空間舒適，也想順便跟他說說「飛機與鴨子的故事」。因為女主人特別喜歡鴨子，而鴨子擅長飛行，跟女主人有相同嗜好，

故取名為飛行碼頭，給自己跟鴨子一個安穩的停靠處。女主人將過去飛行生涯裡所收集的收藏品，裝飾在各個角落，這兒提供了舒適的沙發椅，像明太子這般年紀的孩子都很喜歡坐在上頭吃東西。餐點以套餐方式呈現，咖哩飯、嫩雞肉排等都是頗受歡迎的特色佳餚。飯後再送上冰淇淋跟飲料，孩子們樂得很！

隔壁女主人的家也開放參觀（僅限戶外），看起來像是一間美麗的莊園，有身處異國的氛圍哦！每次造訪，明太

子總喜歡在草地上奔跑，對著鴨子裝飾品說話，超可愛的。飛行碼頭也供應下午茶點心，書報架上有流行雜誌，還有幾本適合大孩子的書籍，閱讀時來份小點心，一同享受悠閒的親子時光。

03・951・1767
宜蘭縣冬山鄉大埤二路 176 號
平日 1030-1800 ／假日 1000-2000
FB ｜飛行碼頭

1 由隔壁大門進入就是空姐老闆娘的私人別墅　2 湖畔邊的木造房訴說著飛機與鴨子的故事　3 適合大家庭的空間
4 美味的下午茶套餐

ⓒ 小熊書房

　　如果想找一間活潑點的餐廳，可考慮鄰近的小熊書房，位在梅花湖畔旁，外觀醒目很容易辨識。偏向親子餐廳的經營模式，餐點以套餐方式呈現，主餐搭配沙拉跟白飯，再外加一碗濃湯。需要注意的是餐點份量不多，一大一小共食可能稍嫌不足，請大家自行斟酌囉！

03・951・0060
宜蘭縣冬山鄉大埤二路 123 巷 22 號
平日 1100-2000（每週二店休）／假日 1000-2000
www.little-bear.com.tw

1 小熊書房營造出溫馨恬淡的用餐空間

ⓓ 梅花湖風景區

梅花湖是宜蘭地區著名的國家級風景，它是一座天然的蓄水池，因為湖的形狀像一朵五瓣花而得名。東岸湖中有一座吊橋，銜接環湖公路及浮島，我們帶明太子穿過吊橋來到島上，俯瞰整座湖面。環湖公路長約四公里，適合騎乘腳踏車，繞一圈約四、五十分鐘，可自行攜帶或是花點錢向附近商家租借。而多數遊客喜歡租借電動車，操控性佳又方便，尤其以帶著小小孩的親子家庭，以及有年長同行者較多，對不會騎車的人來說更是最佳選擇。來這裡適合緩、慢，途中遇到想看的、想佇足的景色，不妨停下來看看，順便拍拍照留做紀念。環湖公路也可步行，湖邊四周清幽舒適，慢慢散步，邊走邊賞景，呼吸乾淨的空氣，吸收芬多精，眼前盡是藍天白雲綠水，好愜意，讓我們久久不想離去。美景讓人有好心情，帶孩子在湖邊餵餵魚和鴨子，也是一種簡單的幸福。

03・961・2888
宜蘭縣冬山鄉得安村環湖路
全年開放

1 悠閒的欣賞湖景、餵野鴨，在天然的環境底下陪孩子一起悠悠哉哉的旅行吧　2 各式造型的家庭電動車儼然成為暢遊梅花湖的熱門工具

安心陪伴，自在悠遊

菇菇茶米館 × 宜農牧羊場

ⓐ 菇菇茶米館

1 菇菇生態瓶 DIY，既能長知識又讓孩子覺得有趣 **2** 几淨明亮並附設無障礙的洗手間 **3** 館內備有大型舞台，經常舉辦表演活動

台灣後農村時代來臨，人們開始回歸自然，綠活、有機、健康成了農業新一代的標語。二〇一二年冬山鄉農會決定讓老穀倉換新裝，名稱其來有自，源自於宜蘭有好米好茶及好菇，於是給了一個很可愛的名字「菇菇茶米館」，天喜菇、有機雪耳黑木耳是新花樣，也是館內的人氣招牌。這裡地方寬敞，有個超大的廣場，還有大型表演舞台，常有活動舉辦。館內某幾處角落放置了一些農作工具，每一粒米的背後都有一位用心又辛苦的農夫，而每一位成功的農夫，都有很厲害的機器人協助他，這些機器人指的是幫助農夫耕種的各式道具，像是耙仔、大拖、秧鑹子等，名稱不簡單，家長們可以轉化成簡單的話語，一一解

釋給孩子聽，讓他們更進一步了解農夫究竟利用哪些秘密武器幫他們順利完成工作。

繞行館內一圈，結束了文化巡禮，接下來是 DIY 長知識時間。館方提供了兩、三個 DIY 品項，我們替明太子選擇了最有趣，也是他最喜歡的「菇菇生態瓶」。現在我們終於知道，菇菇雖然很好養，其中的眉眉角角卻不容忽視，少了一個環節就會影響菇菇的生長。另外，菇菇茶米館最厲害的餐點就是菇菇鍋，端上桌才知道，原來它小有來頭。菇菇既養生，營養又豐富，想嚐到以菇類作為主要食材的料理，一般來說都不便宜。而館內提供的菇菇養生鍋，以葛瑪蘭黑豚健康豬肉、金車鮮蝦及無毒蔬菜融合

在這鍋湯裡，內容驚人，用料實在，份量十足，不用花大錢就能品嚐原汁原味的美味菇料理，這一餐明太子可是吃的很認真、很滿足。

03・958・2299
宜蘭縣冬山鄉順安村永興路二段 48 號
平日 0800-1700 ／假日 0900-1700
www.tea-riceresort.com.tw

ⓑ 宜農牧羊場

　　冬山鄉的牧草資源豐富，宜農因此開始了養羊的酪農事業。隨著地方建設日益發達，酪農業者也必須跟上時代的腳步，一再創新並發展出多樣性產品。鄉村風的小木屋，販售各式伴手禮及手作小禮品，雖沒有提供正式餐點，但可事先預約戶外的窯烤披薩 DIY，店家亦有提供小點心，坐在小木屋裡頭吃吃喝喝還挺享受的。看得出許多遊客中，多數是像明太子這種從小在都市長大的孩子，在自然環境底下餵餵羊、魚、鵝、鴨、兔子，對他們來說是難得的體驗。最特別的是餵小豬喝奶，看明太子手裡拿著奶瓶，認真餵食的畫面，倍感溫馨！為了讓孩子跟小動物接觸零距離，農場裡有部份小動物是沒有被關在籠子裡的，

只要不主動攻擊他們，沒有安全上的疑慮，家長們可以放心。

　　大庭院裡有幾張桌椅，大人乘涼，小孩跟動物們互動，呈現出一片和樂的景象。宜農有幾項付費的 DIY 活動，手印明信片完成後店家會幫忙寄出，還有筆桶、彩繪貼花以及羊奶香皂等，給孩子們殺殺時間，互動學習，挺不錯的。宜農是一間私人農場，為了提供親子家庭一處自然純樸的農場環境，在多年的努力維持之下，成了親子活動的最佳場所。

03・956・7724
宜蘭縣冬山鄉柯林村長春路 239 巷 17 號
每日 0900-1800
goat.efarming.org.tw

1 悠閒的欣賞湖景、餵野鴨，在天然的環境底下陪孩子一起悠悠哉哉的旅行吧　2 餵小豬仔喝奶溫馨又有趣　3 鄉村風的小木屋，販售各式伴手禮及手作小禮品

自然野趣之樂

天送埤車站 × 味珍香卜肉店 × 農夫青蔥體驗農場

ⓐ 天送埤車站

　　因為偶像劇《下一站幸福》而聲名大噪的天送埤車站，是一個沒有火車經過的火車站。創建於一九二一年，因運材需要而設置太平山森林鐵道，沿途設有十處車站，天送埤是其中一站，外觀略顯出日式建築的樣貌，有門廊及半戶外空間，反應出宜蘭地區多雨的氣候。天送埤走過繁華年代，而今僅剩下一棟殘舊的車站驅殼，沒有喧鬧的吵雜聲，也聽不見火車汽笛經過的聲音，更沒有太多遊客穿插其中，一切回歸於平淡。

　　我們喜歡這樣寧靜的氛圍，慢慢走慢慢看。步入車站裡仔細端詳這棟老舊木造建築，相較於現代化空間明亮的新型車站，這兒更有故事性，也更值得細細品味。喜歡欣賞車站的明太子在荒廢的軌道上來回行走數十趟，最後不禁好奇追問了幾個問題，像是售票口為什麼跟現在不一樣？還有，火車為什麼不來了？孩子不了解過去年代的老歷史，不妨花點時間跟他們解說，讓旅行變得更有意義。如此的特色建築在台灣並不多見，離開之前別忘了留下最珍貴的親子合照哦！

宜蘭縣三星鄉福山街福山橫巷 27-41 號
全年開放

1 沒有火車經過的火車站，留下背後故事供人探索回味　2 過去的歲月點滴在心頭

ⓑ 味珍香卜肉店

1 飄香八十載，是當地非常有名氣的特色餐廳　2 只加了蝦米提味的三星蔥與卜肉是味珍香首推的在地特色佳餚
3 造訪三星必吃的卜肉　4 瘦肉絲、紅蘿蔔及在地三星蔥，大火炒油麵香氣十足，一碗接一碗

　　來到三星鄉，卜肉成了餐桌上必點佳餚，外皮香脆、肉質鮮嫩，沾點胡椒鹽就很美味。這道菜是宜蘭著名小吃之一，做法是將豬里肌肉去筋，取瘦肉後切成條狀，混合糖、麵粉、蛋及醬油等包裹成麵衣後再經高溫油炸，因台語發音為「爆肉」，故得「卜肉」之名。

　　味珍香是三星鄉卜肉創始店，店裡店外人潮來來去去，裝潢打理的古色古香，遠遠一看就知道是一間老店。不過三星鄉不只卜肉有名，蔥的受歡迎程度

也是眾所皆知，我們一家都愛蔥料理，特別點了炒青蔥，配料不多，加一點蝦米提味，青脆爽口。再推薦大家點一盤以瘦肉絲、紅蘿蔔絲及青蔥爆香，經大火翻炒的炒麵，麵條頗有口感，調味也很棒，幾乎是每桌必點的平民美食。

03．989．2960
宜蘭縣三星鄉三星路七段 305 號
每日 1000-1730
www.negipro.com.tw/poro

ⓒ 農夫青蔥體驗農場

　　農夫青蔥體驗農場佔地約五千坪，不同季節有不同面貌，開放給大家體驗不一樣的農作生活。農場主人除了是蔥農，也是梨農，所以除了種植大面積的青蔥，還有一個不小的有機梨園，並且隨處可見火雞、鵝、羊、鴨成群。明太子才剛踏進農場就急忙跟在小動物們後頭，準備來場熱鬧的餵食秀。農場主人親手打造了這座農場，提供豐富的農場體驗空間給前來參觀的親子家庭以及團體遊客，希望讓客人能夠更親近大自然。

　　從拔蔥、導覽解說到蔥油餅 DIY，皆由農場主人一手包辦，並且親自帶領遊客體驗當一日蔥農的樂趣。製作蔥油餅

1 壯觀的青蔥田　2 塞入大把大把的蔥，完全不客氣，自己做的最好吃　3 現做現煎的蔥油餅美味程度無法擋　4 佔地 6000 坪的體驗農場，不同季節有不同面貌

最主要的材料就是青蔥，現摘下來的青蔥翠綠又新鮮，不時嗅到泥土的味道。經過細心指導，才發現蔥油餅沒有想像中容易，有些眉角若沒注意，便會影響口感。最後將捏揉過的半成品交給農場主人以大火半油炸的方式料理，剛起鍋的蔥油餅又酥又香脆，加上青蔥給的不手軟，大家直呼料好實在，有夠美味！從拔蔥、做蔥油餅到親近小動物的餵食秀，整個過程約三小時，若遇有機梨的採收季節，當完蔥農再當梨農，很適合作為親子半日遊的選項。

0972・243・252
宜蘭縣三星鄉拱照村大湖路 59 號
每日 0830-1800
www.sunshinonion-diy.com

練習過日子

宜蘭餅發明館 × 海洋 20M × 蠟藝彩繪館 × 蘇澳冷泉

ⓐ 宜蘭餅發明館

　　宜蘭餅是首創 0.1 公分超薄鮮奶牛舌餅的創始人，在此之前我並沒有特別喜歡牛舌餅，接觸了這項創意（創新）之後才真正喜歡上它。以傳統大紅色為主體的中國風建築相當討喜，沉穩且大器。透明化的生產線，讓大家親眼瞧瞧這 0.1 公分超薄牛舌餅的製造過程，配合導覽解說，讓參觀過程有更多的互動。一樓主要是商品部，販售各式各樣琳瑯滿目的特色伴手禮，另一區則有幾個超大玩偶陪著入鏡，還有一個小小的故事館，述說著宜蘭餅的過去，一旁展示了古今製餅器具，讓我們進一步了解不同時空背景的宜蘭餅。

　　對大人來說，一樓很好逛也很好買，但對小孩來說，可不只是來採購就能滿足他們！二樓的超大空間，正是帶孩子玩 DIY 的地方，不論是動手做糕餅亦或是牛舌餅，都令孩子感到趣味十足。糕餅在傳統的婚嫁禮俗裡有佔有舉足輕重的地位，透過互動式的趣味遊戲，以及手作 DIY 的活動，累積了更多傳統禮俗各方面的知識，孩子也因此樂在其中，開心享受每個活動所帶來的樂趣。

03・990・8869
宜蘭縣蘇澳鎮隘丁里海山西路 369 號
每日 0900-1800 全年無休
www.i-cake.com.tw

1 從小學徒到製餅達人的一步一腳印，都在開卷有益故事區　2 製作糕餅的主要工具，每一種圖樣都代表著不同意義

ⓑ 海洋 20M

1 海邊的藍白建築顯的特別耀眼，頗有異國風情 2 清爽無負擔的料理提供更多樣化的選擇

宜蘭海景很漂亮，尤其在夏天，幾乎是遊客必訪的景點之一，為了讓更多人欣賞美麗的海岸景色，岸邊餐廳有逐年漸增的趨勢。海洋 20M 是一間藍白相間的建築，很浪漫很夢幻，讓人彷彿像是到了希臘。推開大門，迎接我們的依舊是藍白二色，純淨自然，也讓我們嗅到一絲絲鹹鹹的海水味。餐廳前方是內埤海岸，霧氣籠罩海面，有種說不出的美，而店裡的小裝飾品更是自然又巧妙融入整體建築風格，多希望自己真的來到了希臘旅行啊！

餐廳供應義大利麵、披薩、輕食、下午茶點心及各式飲品，我們各自點了喜歡的餐點，準備邊欣賞美景邊享受美食。這次有朋友一塊兒旅行，幾乎所有種類都上桌了，義大利麵份量不少，口感調味都不錯；披薩的風味獨特，小孩會喜歡；墨西哥捲味道清爽，用料挺豐富，有大量的蔬菜，頗受媽媽們喜愛。海洋 20M 的室內空間巧而溫馨，戶外無遮蔽物，視野佳，站地利之便，有很棒的觀景角度。站在岸邊聽著海浪拍打著岩石的聲音，讓人不知不覺的放鬆。看著孩子們吃著喜歡的食物，牽他們小手看海，吹海風，不也是一種享受？天氣好的時候，記得帶孩子到沙灘上走走，玩玩石頭，享受恬靜悠閒的親子時光。

0938・789・918
宜蘭縣蘇澳鎮造船路 108 號
每日 1100-2100
FB｜海洋 20M

ⓒ 蠟藝彩繪館

時代在變，這幾年許多傳統產業想走出一片天，蠟藝也積極且成功轉型為觀光工廠，讓陳舊的工廠煥然一新，並且開發出人體彩繪筆及教育用造型蠟筆，同時在工廠內部創建彩繪館，非常受孩子歡迎。館內大致分為：簡報區、塗鴉區、人體彩繪區、蠟筆／彩色筆 DIY 區、變裝區、星光大道區等，光是入口處大廳整齊排放的彩色椅子，就已經讓孩子們陷入瘋狂了。室內五彩繽紛，與「色彩」主題相互呼應。購票後的第一關是塗鴉區，選一張主題畫紙，就能開始著色；再來進入 DIY 區，這回要動動手的項目是彩色筆，如何敲敲打打將各色的彩色筆組合完成，需要小小的耐心。隨後帶大家參觀縮小版的機台運作，看機器如何組裝彩色筆，做出自己喜歡的造型蠟筆，

最後，玩玩人體彩繪及變裝遊戲。這麼多好玩的體驗關卡，讓大家整個下午都很嗨，透過親身製作的過程，享受成果的快樂與成就，別說小孩很興奮，大人也樂在其中。

館內販賣各式蠟筆、彩色筆、人體彩繪筆及浴室塗鴉筆，種類繁多，許多筆在一般市面上不容易購得，我們也趁機替孩子們選購了一、兩款特別的當作小禮物，也期待未來可以再來玩塗鴉。

03・990・7101
宜蘭縣蘇澳鎮德興六路 7 號
每日 0830-1700
www.lucky-art.com.tw

1 色彩繽紛的蠟筆造型建築，其實裡頭別有洞天　2 白板上可任意塗鴉，畫出孩子心目中的彩色世界　3 運用靈活的小手做出獨一無二的蠟筆

ⓓ 蘇澳冷泉

1 全年均溫 22℃ 的冷泉，在夏天非常受歡迎，個個是攜家帶眷，大人泡泉水，小孩玩冷水　2 曾經在冷泉區裡展示的黃色小鴨，活絡了觀光也帶動了更多的人潮　3 冷泉區空間寬敞，規劃完善，除了大眾池，後期更增加個人湯屋提供更多的服務

　　難得來一趟蘇澳，在時間許可下，建議大家不妨順遊全台唯一、世界唯二的地質聖地：蘇澳冷泉。泡冷泉很像皮膚泡在汽水裡的感覺，冰冰涼涼刺刺的。僅 22℃ 的冷泉，在夏天非常受歡迎，遊客們幾乎是攜家帶眷來，大人泡泉水，小孩玩冷水。據說冷泉可以潤滑肌膚，養顏美容，舒緩腰酸背痛等，泡過冷泉的皮膚總是滑滑嫩嫩的，好似擦了保養液一般，而且這水溫有提振精神，消除疲勞的功能。為了喜歡泡冷泉的貴賓，園區裡特別增建了數十間湯屋，以避免等候多時，也較有隱密的空間且設備齊全，讓大家來到蘇澳能玩得更盡興。

03・996・0645
宜蘭縣蘇澳鎮冷泉路 6-4 號
每日 0900-2100

優質學習小旅行

旺山休閒農場 × 金車蘭花園 × 壯圍穀倉 × 羅董養生觀光工廠

ⓐ 旺山休閒農場

　　旺山休閒農場位於宜蘭壯圍鄉，主要栽種各式各樣的葫蘆科植物，約有三百多種以上不同的品種，來自世界五大洲，有西洋南瓜、美國南瓜以及觀賞用的南瓜等，但因南瓜並非全年皆可種植，如遇非時令季節，就會改種絲瓜、冬瓜、百香果、番茄供大家觀賞。旺山之所以熱門，是因為有好幾條非常壯觀的瓜果隧道，其中以南瓜隧道最為有名，多數遊客幾乎是為了它而來。除了近距離欣賞南瓜，還能體驗採果及 DIY 的樂趣。老闆會帶大家認識植物，煮煮南瓜湯或是做做披薩。農場裡有許多以南瓜製成的產品（如：南瓜咖啡、南瓜冰淇淋等），同時提供餐飲服務；戶外大草皮是孩子們的最愛，草地修整得不錯，環境也打理得很好，把孩子野放去跑一跑消耗體力，再來一頓南瓜風味大餐，既養生又吃的開心。農場有各種 DIY 及餐飲的套票優惠方案，建議大家買票前先確認，便可以買到最經濟實惠的套票。

03・938・3918
宜蘭縣壯圍鄉新南村新南路 107 號 -7
每日：0900-1700（二月至九月／每週四休園）
／每日 0900-1800（十月至一月）
wanshun.hiweb.tw

1 來到旺山有如劉姥姥進大觀園，驚喜連連　2 旺山的南瓜隧道讓許多遊客慕名而來

ⓑ 金車蘭花園

1 沐浴在蘭花的香氣裡，感受那股清香的氣息　2 園區提供中途休息站，也是靜靜欣賞蘭花的最佳位置　3 蝴蝶蘭是蘭花園裡數量最多的品種，是台灣外銷量世界第一的花卉

　　金車生技是北台灣最大的專業蘭園，擁有八千五百多坪溫室，約一百三十萬株的蝴蝶蘭，廣泛收集各地的原生品種以及優良的雜交品種，以一流設備、專業化技術，讓更多愛花人士欣賞這片蘭花花海。蝴蝶蘭是台灣外銷量世界第一的花卉，也是蘭花園裡數量最多的品種，在眾多花兒之中，以優雅的姿態勝出，美麗大方，像蝴蝶般隨時準備翩然起舞。明太子看見這麼多蘭花圍繞在他身邊，

挺開心的，不時認真欣賞起來，還真煞有其事呢！無論是親臨現場，或是透過相機裡的小視窗拍花兒的美貌，都能見識到台灣蘭花清新脫俗的一面，推薦給喜歡花兒的大小朋友。

03・988・7820
宜蘭縣礁溪鄉德陽村奇立丹路 103 號之一
每日 0800-1700
www.kingcar.com.tw

ⓒ 壯圍穀倉

說到壯圍穀倉，它真是一間特別的餐廳。瓜果（哈密瓜與南瓜）跟青蔥是壯圍特產，稻米產量更是名列台灣三大米倉之一，也因此壯圍地區可見早期留下的大穀倉。這間有著濃濃古早味的穀倉餐廳，正是由舊穀倉所改建，目的是讓遊客體驗早期的農村氛圍，享受在穀倉裡用餐的樂趣。無論是建築裡外，皆具備了早期穀倉特色，店家特別找來傳統農具，讓用餐空間的陳設更具特色，也符合餐廳主題。

餐廳主廚巧妙的利用哈密瓜、南瓜加以改良後，創造出多種有特色的美味佳餚。穀倉以熱炒合菜為主，可以自行點菜，也能提供人數請店家幫忙配菜。料理結合了懷舊與創新，同時聘請中西餐廚師聯手打造一道道兼具美味又創意的古早味料理。新鮮櫻桃鴨只淋上蔥蒜末，沒有過度調味，口感清爽，肉質新鮮；

而餐廳裡的人氣餐點之一「古早味割稻飯」，是老闆孃的拿手菜，幾乎是每桌必點。割稻飯其來有自，早期稻子收割時需要人手幫忙，所以會請親朋好友以「換工」或「伴工」方式來協助，這道菜成了農村收割時，感謝親朋好友的簡單美味佳餚。灑上滿滿青蔥的割稻仔飯，除了迷人的青蔥香氣之外，以白蘿蔔取代味精，以香菇煉製高湯，每一粒米飯都能吸收食材原味的鮮甜；糕渣也是宜蘭地區小有名氣的點心，飽餐之餘別忘了順便嚐嚐這道人氣名產，最後再拿鹹餅乾到麥芽糖區玩 DIY，吃飯還有得玩，保證孩子們開心，大人滿意！

03・938・3186
宜蘭縣壯圍鄉吉祥村壯五路 143 號
每日 1100-1400、1630-2100
barn.com.tw

1 在穀倉裡用餐別有一番趣味 2 難得一見的傳統點心

ⓓ 羅董養生觀光工廠

1 紅磚建築裡頭不只是商品販售處，還有其它有趣的活動　2 工廠自行生產豆奶製品，又濃又香，推出即獲好評
3 鹽滷手工豆腐 DIY，過程豐富有趣，現做現吃美味可口

　　每次離開宜蘭之前，總會經過羅東農會，卻一直不知道這裡頭原來也有好玩的！除了是農會，也是一所休閒驛站，自行生產豆奶製品，有幾個 DIY 項目幾乎都與豆製品相關。對成年人與大孩子來說這裡是寓教於樂、長知識的地方，透過解說及操作的過程，了解更多與「豆」相關的變化，如：蛋白質凝固、溫度的傳導等；對較小如明太子這樣的學齡前小小孩，叔叔阿姨說第一步，第二步，只是聽從指令動動小手，就覺得趣味十足了。

　　羅董養生觀光工廠打破早期農會帶給大家的刻版印象，不再只是買東西的地方，加入的導覽與 DIY 活動，為這裡創造了更多的附加價值，快來喝豆奶、嚐皮蛋、玩體驗吧！

03・957・4525
宜蘭縣羅東鎮倉前路 14 號
每日 0900-1700

宜蘭站
ROUTE
9

打造孩子的小小夢想

四圍堡車站 × 水鹿咖啡親子館 × 幸福時光 × 麗野莊園農場

ⓐ 四圍堡車站

四圍堡車站—哈利波特霍格華滋學堂，位在交流道附近，車停妥之後，先是被門口外側的火車廂造型給吸引住，停下腳步走走看看，發現一旁的紅色電話亭也很好拍，跟超人影集中的很像，而且其中一個電話亭裡頭竟然還有替遊客精心準備的咖啡機！此外，室內華麗的裝潢、燈飾、歐風傢俱、街道，皆比照哈利波特魔法學院打造，一景一幕都像極了哈利波特電影中的霍格華滋城堡，小小孩可能無法想像，只是認真數了數頭頂上有幾隻貓頭鷹，但看過電影的大人們肯定都有身歷其境的感覺。

四圍堡車站其實是商店，街道二側販售非常受歡迎的手工麵包及甜點等，

像是長的像巨人骨頭的拐子骨麵包、提拉米蘇口味的盆栽甜點等，不僅新鮮出爐，包裝也很有新意，做為伴手禮是話題性十足。四圍堡之所以能吸引大批遊客前往，除了特色麵包之外，主題建築是最大的賣點。來到魔法學院人人都可以變身成巫師，別忘了選一頂巫師帽拍照留作紀念喔。

註：2016 年全新主題「笑笑羊」也非常吸睛，逗趣的表情很可愛，館外增設小火車，室內則換成全系列笑笑羊主題商品，就連冰淇淋也有造型哦。

03・987・1122
宜蘭縣礁溪鄉礁溪路七段 72 號
每日 1000-193 ／假日 0900-2000
FB ｜四圍堡車站

1 色彩鮮明的主題彩繪，更增添活潑的氛圍　2 挑高格局讓餐廳顯的非常氣派

ⓑ 水鹿咖啡親子館

水鹿咖啡位在鄉間道路上，放眼四周盡是綠油油的田地以及平矮的屋舍，讓人很容易一眼就認出它來。純白色建築上掛著二個大大的水鹿二字，柔和且不突兀，但在綠油油的稻田旁卻略顯醒目。

我們抵達的晚，推開車迎接我們的是一隻超大的布偶熊，乾淨清新是餐廳給我的第一印象。再往樓上走，還有更多的位子，也看見哺乳室及尿布台等貼心的親子設施。到處都能看到鹿的設計，營造出活潑童趣風的氛圍。餐點大致上已鍋物為主，點心類表現算是可圈可點，沒有苦澀味的抹茶歐蕾讓明太子好喜歡，

推薦大家試試嘍。

吃飽喝足了，再到後頭去放風，店家在戶外打造一座溜滑梯、戲水池、沙坑，以及可餵食的小小動物區，看見羊跟兔子直撲而來搶食遊客手中的牧草，明太子也立刻加入餵食秀，別說小小孩欲罷不能，就連大孩子也玩的樂不思蜀呢。

03・987・4997
宜蘭縣礁溪鄉時潮村塭底路 3-15 號
每日 1030-2000（每週一店休）
FB｜水鹿咖啡

1 溫馨舒適且不失設計感的用餐空間　2 以火鍋類為主要供應的餐點品項，點心類的表現也是可圈可點　3 餵羊體驗是孩子在餐後最滿足最開心的活動　4 戶外遊樂場是消耗孩子體力的好地方，多樣性的硬體設施令孩子們玩的樂不思蜀

ⓒ 幸福時光

1 幸福時光提供優質的用餐空間,有回到家的輕鬆感 **2** 洋溢著幸福的料理 **3** 畫板帶給孩子更多樂趣

　　幸福時光,是幼兒園改建的親子餐廳,美式風格的咖啡廳型態,空間明亮寬敞,有小朋友專屬的兒童遊戲室以及閱覽區,提供益智類的玩具、感覺統合輔助教具等,也有動動腦動動手的拼圖,以及專為小 Baby 設計的小角落。考量 Baby 的舒適與安全,特別鋪上軟墊,有抱枕玩偶等,都是一些柔軟的玩具,讓家長能夠安心在這裡陪伴玩耍;戶外有草地,還有大片塗鴉牆,供孩子們盡情揮灑畫筆。除此之外,店家貼心規劃親子廁所及尿布台,並且有幼童專用洗手檯,讓孩子輕鬆清洗雙手,不再需要大人抱上抱下的協助,父母們都覺得省事多了。

　　目前餐廳正積極規劃親子烘焙教室,用餐之餘還能動動小手玩餅乾 DIY,後期也會陸續推出相關課程,多元化的活動設計讓幸福時光很有內容。餐廳推出義大利麵、排餐、輕食午茶,選項不少,也有專為兒童設計的套餐,組合裡有麵、水果、湯品及果汁,可以算是健康美味的餐點。整體來說,環境餐點都不錯,營造出來的氛圍及規劃的空間都挺適合親子家庭,記得先預約訂位喔。

03・988・6211
宜蘭縣礁溪鄉玉龍路二段 406 號
平日 1100-2000
FB ｜幸福時光

ⓓ 麗野莊園農場

麗野莊園既是民宿，也是一間極具親和力的親子農場。我們首次在同一個地方，帶著孩子一口氣體驗超過三個以上的活動項目，其體驗項目之多，讓人感受到農場的用心，更不得不佩服老闆一個人從頭到尾帶大家做活動，對遊客熱情，對孩子有耐心，難怪麗野留給我這麼好的印象。

大膽搶眼的紅黃配建築，活潑、熱情，從各個小細節中不難看出農場用心經營這塊土地。相較其它曾造訪過的農場，麗野除了提供優質的服務，其各項DIY 費用顯得很親民。餵小動物這件事，恐怕沒有孩子不喜歡，光是在餵食區就待上好一段時間。而接下來一連串的活動，更讓大家期待，撿了鴨蛋就準備做

歐姆蛋，祭祭大家的五臟廟；再來玩爆米花、愛的穀粒，然後再來一盤剉冰，孩子們一碗接一碗，自己做的特別美味。最後的搭牛車體驗，可不是每個農場都有，如果時間允許，不妨讓孩子坐坐牛車繞一圈，能幫助他們體驗農村生活，製造一點小樂趣。沒有晴雨天限制，超豐富套裝行程，環境乾淨舒適，大人輕鬆小孩開心，體驗項目會因季節而有變動，像是後來的稻作體驗頗受親子家庭的肯定，趕快計劃下一個行程吧！

03・937・1478
宜蘭市黎明路一路 88 號
全年開放

1 搭乘牛車繞一圈，感受鄉間田野樂　2 吃過爆米花，但知道它怎麼來的嗎？　3 都市孩子的餵鴨初體驗

擁抱單純美好

大湖風景區 × 唐唐咖啡 × 白米木屐村 × 奇麗灣珍珠奶茶文化館 × 祝大漁物產文創館

ⓐ 大湖風景區

大湖風景區在宜蘭員山鄉，水源來自雪山山脈的地下湧泉，是一座天然湖泊，水深不超過五公尺，清澈呈現綠色又帶點透明，因湖泊形狀似天鵝，故有天鵝湖之稱。清新秀麗的湖岸美景映入眼簾，如同我想像，遊客不多，孩子們奔跑不必擔心撞著他人，空氣也乾淨，能嗅到一絲絲的泥土味。園區裡大量種植了茄苳及鳳凰木等多種植物，散步經過湖邊時還能見到綠頭鴨及黑天鵝，可見這裡的生態保持得不錯。

眼尖的明太子遠遠看見停靠岸邊的天鵝船，嚷著想試踩，一旁還有電動竹筏，在假日為前來遊湖的民眾，提供生態導覽解說的服務。我們想悠閒地欣賞湖岸風光，來一場輕鬆不趕時間的旅行，所以選擇腳踏船，累歸累卻趣味十足，對於從未有過類似體驗的孩子來說，更是讓他們樂得笑開懷。秋冬的落羽松很美，步道平整且乾淨，園區逛一圈再去踩踩船，全程約 1 至 1.5 小時，很適合假日帶孩子來休閒遊憩。

03・922・8080
宜蘭縣員山鄉湖北村湖前路 185 號
每日 0830-1930
FB ｜大湖風景區

1 除了有水上餐廳、動物區及果園，還提供搭船遊湖的服務　2 造訪自然生態的絕佳景點

ⓑ 唐唐咖啡

蘇澳鎮有名的內埤海灘,又稱情人灣,是南方澳的第二漁港區。由於景色優美,是細沙石礫混積而成的海灘,在夏日常有遊客攜家帶眷前來聽濤觀浪,故岸邊成排的咖啡館,儼然成為大家休憩用餐的最佳選擇。

唐唐咖啡距離海岸邊僅二十公尺,緊鄰海岸線搭建,我們被它鮮紅色外觀給吸引了進去。室內採光佳,明亮又舒適,從細膩的擺飾品感受到淡淡的英國風情,牆上的愛之鎖代表了不同的祝福之意,塗鴉彩繪帶動了活潑的氣氛,這就是唐唐咖啡的風格。這兒有義大利麵、飯等主食,也供應輕食及飲料,在海邊用餐賞景是頗浪漫的事,總覺得小點心比起中式餐點更貼近海邊主題,冰淇淋鬆餅、雞肉三明治成了我們的桌上佳餚。餐後走近美麗的海邊,散散步吹吹風,揮別了美景美食,繼續往下一個地方前進。

03・995・2522
宜蘭縣蘇澳鎮造船路 114 號
每日 1100-2000
FB｜唐唐咖啡

1 紅白相間外觀觸發少女心 2 戶外區用餐顯的悠閒自在,嗅的到一絲絲的海水味 3 海邊景緻盡收眼底

ⓒ 白米木屐村

才抵達白米社區木屐館,就遇上熱心的導覽阿姨忙著招呼前來參觀的遊客,說明導覽時間、門票還有其它付費項目,希望遊客能先聽完社區介紹,再自行參觀,足以證明他們非常重視社區文化及其發展。館內展示多種傳統木屐、製作過程以及使用的相關材料,可親眼看見師傅在工作檯上敲敲打打,甚至能馬上做出遊客指定的客製化紀念品,舉凡椅子、簽名處、天花板裝飾等,從許多小細節裡不難看出他們對木屐情有獨鍾,並且隨處可見獲得台灣手工藝獎的作品。

1 遊客請老師傅製作專屬的紀念品 **2** 有多款彩繪木屐樣式供選擇 **3** 經驗老道的師傅正在現場示範木屐製作過程

導覽的最後，開放穿木屐體驗，有漂亮的彩繪木屐，也有舒筋活骨、矯正站姿、穴道按摩以及健美體態等多種功能性木屐，頗受歡迎，不買也歡迎體驗，讓大家知道原來木屐不只是穿漂亮，還有養身保健的用途。另外館方提供付費木屐吊飾 DIY 課程，選擇好圖案及顏色，再印壓及彩繪，創作出屬於自己獨一無二的紀念品吧！

03.995.2653
宜蘭縣蘇澳鎮永春路 126 號
平日 0900-1700（每週一休館）／假日 0830-1700
FB ｜白米木屐村

ⓓ 奇麗灣珍珠奶茶文化館

奇麗灣是全台首座以珍珠奶茶為主題的觀光工廠，一開幕就成造成轟動。珍珠奶茶是台灣飲品界的 No.1，從台灣一路發揚光大到世界各國，只要提起這四個字，大家就會聯想到台灣。奇麗灣的建築既不花俏也少了華麗感，強調環境與建築共生，以透明採光罩、循環水以及煙囪效應設計，興建出一座綠色工廠，盡可能融入在地生態環境。

館內推出限量限額的珍奶 DIY，大人小孩都搖得很開心，完成就能立即飲用，享受新鮮現做的珍珠奶茶，還能把公雞杯帶回家重覆使用，是遊客參觀之餘非常感興趣的體驗項目。餐廳提供的限量燈泡珍奶也是吸引眾多遊客前往的主因之一，把燈泡放大，變身為盛裝珍奶的

容器，可謂獨一無二的創意。一顆小小粉圓能拓展到海外市場為國爭光，足以可見它的魅力難擋，快帶家人一起來奇麗灣感受珍珠奶茶的獨特魅力吧！

03・990・9966
宜蘭縣蘇澳鎮頂強路 23 號
每日 0900-1730
hwww.kilibay.net

1 強調環境與建築共生，興建出一座綠色工廠　2 孩子專屬的戶外沙坑　3 把燈泡放大，變身為盛裝珍奶的容器，可謂全台獨一無二的創意

ⓔ 祝大漁物產文創館

祝大漁物產文創館於二〇一六年年初開放，是由漁會輔導成立的小型觀光市集，為了推廣漁產品而設立。首創全國唯一的三百六十度 3D 海底隧道超吸睛，珊瑚、海草及魚群都非常逼真，彷彿真實置於海底欣賞美麗奇景，讓大家瘋狂拿起相機拍照。不只是隧道，還有話題性十足的 3D 阿帕契直昇機，彩繪在戶外的牆上更是引人注目。

文創館有三層樓高，一樓是推廣區，販售各式漁產及漁罐頭，目前並無其他銷售通路，讓不少婆婆媽媽們爭相採購回家做料理；二樓是珊瑚展售區及 DIY區，可以現場做生態瓶還有相框，參觀時間約三、四十分鐘，是一處適合拍照、安排採買的順遊小景點。若時間允許，可就近在漁港走一走，欣賞船隻進出作業，品嚐當地多種口味的新鮮魚丸，玩夠了吃夠了再回家。

03・995・1050
宜蘭縣蘇澳鎮江夏路 52-2 號
每日 1000-1700
FB｜祝大漁物產文創館

1 由漁會輔導成立的小型觀光市集，是為了推廣漁產品而設立

花蓮站
ROUTE
1

東岸時光慢遊

立川漁場 × 禾田野 × 豐之谷自然生態公園 × 東華大學

ⓐ 立川漁場

提到花蓮立川漁場，幾乎無人不知無人不曉，幾年過去了，仍然是熱門且受歡迎的景點之一。立川位於壽豐鄉，以養殖黃金蜆聞名，是全球黃金蜆唯一製造原廠，同時是研發蜆精、蜆錠等加工品的觀光漁場。之所以受到親子家庭的歡迎，主要是這裡擁有一塊大範圍的養殖池，池裡的黃金蜆數量繁多，開放讓遊客體驗「摸蜆仔兼洗褲」的樂趣。明太子不懂什麼是摸蜆仔，第一次體驗是驚喜連連，每撈起一次就對著我們叫喊：「我撈到了好多！」讓他開心極了。

整座漁場環境規劃得不錯，有影音室、庭園造景、商店等，提供導覽及商品介紹，最受矚目的當然還是走進池子裡撈黃金蜆的活動。一旁有二個大小不

一的戲水池，水很淺，水溫常年保持在二十三度，適合較小的孩子跟父母待在這一區玩耍，漁場甚至貼心準備小板凳及海灘椅供家長休息之用，並規劃熱水盥洗室，讓大家能乾淨的離開漁場，清爽迎接下一個景點。除此之外，一間約可容納百餘人的餐廳，提供炒蜆仔、鹽烤台灣鯛等道地的風味料理，兼顧美味與健康。聽說黃金蜆的養殖價植遠高於其它蜆類，既然來了就點一盤炒蜆仔吧，來立川沒吃這一味就太可惜啦！

03．865．1333
花蓮縣壽豐鄉魚池 45 號
每日 0800-2000
www.lichuan.tw

1 大面積的養殖池，開放讓遊客體驗「摸蜆仔兼洗褲」的樂趣 2 抓多少算多少，好玩最重要 3 超份量的炒蜆仔讓人大快朵頤

ⓑ 禾田野

禾田野是一間日式老屋，在台九線旁，庭院裡種植了一株上了年紀的老樹，又大又醒目，路過的人不免被它吸引。已有八十年歷史的老房舍，原本是台糖舊廠房，被新主人承租下來，改造成頗具特色且散發著迷人復古味的懷舊餐廳。乍見它不太起眼，在和煦的陽光照射下，老屋顯得蓬勃朝氣，隱藏著沉穩靜謐的味兒，正是魅力所在。光線灑進屋裡的各個角落，慵懶且放鬆，讓我們自動放輕腳步，連說話聲也小了。原本還擔心帶孩子來到這樣的特色老房子會小有壓力，看到店員親切的招呼，知道自己多慮了。

不止是整個環境空間，連小擺飾也巧妙融入氛圍中，老電視、老算盤、老收音機，甚至有老唱片，彷彿帶我們回到「那個年代」。不少人來用餐都會指定靠窗邊座位，除了有柔和的光線，窗台也很吸引人，簡單方正的線條帶出老房子獨特的味道。角落的單人沙發椅避開了喧嘩聲，點杯咖啡飲品就能窩在這裡一陣子，獨享片刻寧靜。

禾田野提供義大利麵（飯）及三明治、鬆餅等輕食，也有暖胃的小火鍋，咖啡、茶類應有盡有，一份套餐下來讓人很飽足，調味各方面也偏向清爽無負擔的餐飲。房子雖然經過翻修，但仍保有部份的原汁原味，來到這裡，一定要看看牆面上的黑白照片，故事可都是從這兒開始的啊！禾田野不僅屋裡舒適，戶外也整理得很好，吃飽了別急著上車，帶孩子走一走，呼吸新鮮空氣吧！

08・865・3710
花蓮縣壽豐鄉豐山村中山路 121 巷 2 號
每日 1100-2000
FB ｜ 禾田野

1 已有七十年歷史的老房舍，現改為散發著迷人復古味的懷舊餐廳　2 禾田野提供義大利麵（飯）及三明治鬆餅等輕食，也有暖胃的小火鍋，調味清爽無負擔，適合孩童

ⓒ 豐之谷自然生態公園

　　豐之谷是全台唯一由飯店所經營的生態公園，對外開放一般民眾買票入園參觀，也就是説，不入住飯店也能進入園區來一場自然生態教學之旅。園區內有豐富的水生植物以及各類動物及昆蟲，還能進行騎馬，單車，射箭，腳踏船，滑草及獨木舟等各項體驗。隨著季節交替，常有鳥類昆蟲移居，逐漸形成小型生態圈，而每逢夏季更有白身體小黑嘴的燕鷗在此聚集、繁殖，在觀鳥台還能欣賞燕鷗盤旋、掠食的精彩補魚秀。

　　伴隨微風搭乘小河上的竹筏左看右看，沿途水上風景一覽無遺，時而小鳥飛過，時而魚躍水面，甚至能聽見蛙叫聲，還有豆娘蜻蜓圍繞身邊，孩子們開心的探索周邊生態，近距離感受大自然生態的奧妙。其中讓明太子佇足最久的是滑草場，也有手作教室提供舒適的場所以及簡單的 DIY 體驗，很適合喜歡動動手的小小孩嚐試。除了單項體驗活動，園區也有農夫半日遊、一日遊的小團體套裝行程，四人以上即可成行。若不想跟大家一起，可以報名以人頭計費的套餐組合，時間上較容易掌握，也有較多的個人體驗空間。這裡不過度建設，試著盡可能保留住原貌，期待留給未來更美好的生態環境，為維護生態平衡，無噴灑農藥，為避免孩童受到蚊蟲叮咬，園區特別準備防蚊用品，非常貼心。有機會來到花蓮旅行，不妨帶孩子親身感受與大自然為伍的樂趣。

03・865・6789
花蓮縣壽豐鄉理想路 1 號
每日 0830-1700
www.plcresort.com.tw

1 運河遊艇，感受威尼斯水上風情　2 美麗的自然生態環境　3 高處俯衝的感覺真好　4 這裡的小動物不怕生，還會追著人跑呢

ⓓ 東華大學

東華大學在東台灣是頗具特色的學校，佔地廣大，綠樹成蔭，草皮整理得很棒，人行步道平坦流暢，常有附近居民來跑步健身，尤其是東湖，湖景與校園建築形成一幅美麗的圖畫，如同國外電影般場景真實上演。這兒風景秀麗，空氣清新，放孩子在這裡曬曬太陽滾滾草皮，讓皮膚更貼近自然，大人則放慢步調在附近散散心，馬上能感受到一股莫名的好心情哦，建議大家放入順遊名單裡，有機會來到壽豐鄉，別忘了來參觀這所美麗的校園。

03・863・5000
花蓮縣壽豐鄉大學路二段 1 號
全年開放
www.ndhu.edu.tw

1 東華大學在東台灣是頗具特色的學校，環境清幽，尤其是東湖，與建築合為一體交織出美麗的畫面

純樸的生活風景

新光兆豐農場 × 三立冰淇淋 × 讚炭工房

ⓐ 新光兆豐農場

兆豐隱身在美麗的花東縱谷裡，寬闊美麗，是國內少見的大型休閒農場之一，有大花園、大草原、可愛動物區、乳牛放牧區、觀光果園、鳥園區、釣魚池及天鵝船湖景區等，完全要靠步行欣賞整座園區小有困難，此時電動高爾夫球車成了必要的代步工具，想走就走，想停就停，為許多家庭帶來了便利性。

園區的綠化工程做得很棒，大面積種植草皮花卉，修剪得整齊俐落，隨處可見涼亭，停下來喝喝水，拍張照，跟家人朋友聚在一起聊聊天，成了舒適的休閒空間。此外，侏羅紀主題區也非常吸引小孩逗留，雖然是大型模具，但卻也仿造得維妙維肖，生動自然。來到美麗的湖景區，別忘了換搭天鵝船繞行湖區一圈，欣賞有如江南之美的景色。相信春天百花盛開的季節一到，兆豐又將展現不同風貌，每年七、八月還會開放孩子最愛的戲水區，是親子休閒的好去處。

1 逛園區最省時省力的除了電動車，就是遊園火車了 2 園區有許多特殊品種的小動物，鮮少見到的浣熊便是其中之一 3 優質的綠化工程，草皮花卉修整的很棒 4 踩船遊湖欣賞湖邊景緻，也是另一種享受

因為園區很大，我們希望能緩慢悠閒的體驗各項設施，避開都市裡的烏煙瘴氣，多多呼吸這兒的新鮮空氣，更希望帶孩子來不只是走馬看花，打算就待在園區裡簡單的用個餐。兆豐備有大型宴會廳，也有酒吧及咖啡廳，提供農場栽種的蔬果料理，以及花蓮當地特產成為桌上美味的佳餚。若是想吃得更簡單，一樓咖啡廳也有套餐及麵食等，給遊客更多的選擇。人們經常忽略身邊美麗的風景，來到兆豐一定要放慢腳步，讓大自然帶來更多的樂趣。

03・877・2666
花蓮縣鳳林鎮永福街 20 號
每日 0800-1700
www.skcf.com.tw

ⓑ 三立冰淇淋

1 運河遊艇，感受威尼斯水上風情 2 美麗的自然生態環境 3 高處俯衝的感覺真好 4 這裡的小動物不怕生，還會追著人跑呢

　　在花蓮絕大多數火紅的老店，外觀看起來相對陳舊有故事，而三立則是一間在純樸街道上一眼就被認出的新式建築。離開了工作三十年的光復糖廠冰店，老闆娘以牧場鮮乳為基底，以及累積大半輩子的製冰經驗，開設三立冰淇淋，聽說在花蓮鳳林鄉小有名氣，每年夏天總是湧進一堆「搶冰」人潮。店內有許多人氣冰品，其中夏季限定的芒果冰，在炎熱的夏天裡非常受歡迎，除此之外，黑糖冰也是熱門選項之一。另外，芋圓以及芋頭冰淇淋味道濃郁，還有滿滿的芋頭顆粒，是我們全家最愛的口味。三立不斷創新冰品，期盼帶給大家更多的新體驗，有機會來到鳳林鄉，先別急著離開，順道來三立吃冰，清涼消暑，冬天也有暖呼呼的甜湯喔。

03・876・2607
花蓮縣鳳林鎮中正路二段 263 號
每日 0900-2100

ⓒ 讚炭工房

在純淨樸實的花蓮鳳林,「讚炭工房」在青山綠水的環境之中,顯得格外舒適寫意。當我們靠近小木屋,負責人熱情招呼我們,一陣寒喧之後,對方為了滿足明太子的好奇心,隨即先替我們進行導覽與實驗解說,接著往玻璃工房前進。它是宜花東第一座以節能、環保概念專門回收廢棄玻璃,以特製的小型玻璃溶爐,製造出各式琉璃、玻璃藝品,這兒當然不只是參觀,還有 DIY 體驗。

它是一間很有趣的店,舉凡衣服、手套、佛珠、項鍊等,什麼都能跟炭做結合,店家並自行研發讚炭烏梅汁,可調整體內酸鹼值;還有竹炭冰淇淋,吃出健康好味道;甚至推出炭與陶合成的茶壺茶杯組,據說有遠紅外線及負離子,水分子會變細小,讓飲料或茶水喝起來溫順甜美。竹炭本身具有除臭、吸附水氣的基本功能,後來才衍生出多種可融入竹炭的創意商品,DIY 結束後,大人在商店選購,小孩就去戶外大草皮跑一跑,消耗體力,結束開心愉快的一天。

03・876・3488
花蓮縣鳳林鎮正義路 15 號
每年開放
FB｜讚炭工房

1 讚炭工房在青山綠水的環境之中顯得格外舒適寫意 2 DIY 訓練小手指頭的靈活度,有趣還能當紀念品 3 生動有趣的解說連四歲娃兒也跟著開心融入主題

花蓮站
ROUTE
3

一起守候的秘密基地

光復糖廠 × 馬太鞍濕地生態園區

ⓐ 光復糖廠

到花蓮旅行，糖廠幾乎是必訪景點之一，好像吃冰也一定要到糖廠買，才有回味過去的感覺。這裡曾經是東部地區的製糖重心，不僅遊客多，冰品種類多，也有知名的麻糬及特產小吃。中間的大池塘裡飼養了大量錦鯉，小孩都喜歡餵魚，明太子也不例外，只是一個餵魚的活動，就能讓孩子感到滿足。一旁成排建築，是台灣碩果僅存，屋齡超過

五十年以上的日式木造房舍，經過整修重建改為日式旅館，正式對外開放營運，簡單雅緻的裝潢呈現出日式風格，提供給前來花蓮旅行的旅客更多的住宿選擇。

建築外的大草皮是孩子們奔跑嬉戲的地方，軌道上已經停駛的載貨火車，讓嗜車如命的明太子驚呼聲連連。而園區裡的創意工坊，提供多項手作 DIY 體驗課程，歡迎大家來動動手，創造出屬於

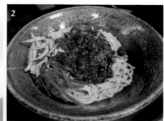

1 來到花蓮，一定要參觀有歷史的糖廠　2 餐點以台灣小吃為主，吃的巧又吃的飽　3 過去運送甘蔗的火車如今已功成身退，留給大家無限的回憶　4 經過修整後成為日式旅館開放給旅客更多的住宿選擇

自己的回憶。百年糖業雖然在大環境的衝擊下落寞，但遺留下來的文物、產業文化等，卻已蛻變成新時代的新興景點，園區裡有餐廳、咖啡廳、超市、碰碰車遊樂場、兒童遊憩區、腳踏車出租、糖史館、各種藝品或特產展售等。另外，搭乘牛車繞廣場一周也是很特別的體驗喔，給牛拉著走的感覺好有趣！想來參觀糖廠，別忘了預約導覽服務，來一場貨真價實的糖業文化之旅後，再動手玩體驗，樂趣多多。

03・870・4125
花蓮縣光復鄉糖廠街 19 號
每日 0800-2000
www.hualiensugar.com.tw

ⓑ 馬太鞍濕地生態園區

　　馬太鞍濕地是花蓮縣面積最大的生態濕地，源自中央山脈潔淨的水，成就了這塊濕地，湧泉不絕，部落居民便以此耕種補魚。這兒生態豐富，濕地可近距離賞蓮、蛙、昆蟲，也是東部的主要賞鳥地之一，偶爾稀有的候鳥水雉，曾南下至此過冬。導覽員先簡單介紹環境、設備及注意事項，大夥兒便趕緊跟上腳步。看得出孩子期待的眼神，因為眼前出現了撈魚的網子，讓我們體驗部落居民捕魚的方法，只是捕魚是一件需付出勞力的工作，只有男人可以做，小孩跟婦女只能先在一旁觀望過程。但也別以

為女人小孩就沒事可做，搗麻糬的體驗就得靠女人上場，因為部落是母系社會，家中大小事包括料理，當然交給女人來負責。藉由 DIY 體驗活動，呈現出在地的生活智慧以及部落獨特的文化。園區風

景秀麗，漫步在步道上能感受到怡然自得的氣息，大家一同哼著歌，是一種悠閒與放鬆。此時，是孩子距離大自然最接近的時刻，也是送給孩子最棒的禮物。馬太鞍規劃完善的單車道，若想體驗深度之旅，單車是最佳的代步工具。

03・870・0015
花蓮縣光復鄉大全村大全街 42 巷 15 號
每日 0800-1700

1 馬太鞍是花蓮縣面積最大的生態濕地　2 豆娘跟蜻蜓有何不同？馬太鞍帶大家探索大自然生態的奧妙　3 體驗部落居民在地的飲食文化，你也會愛上它　4 辛苦揮汗手作麻糬特別好吃　5 體驗當時部落居民捕魚的方法需要好體力，只有男人可以做

凱特文化 輕旅行 12

手牽手的幸福
親子共享的70款旅行甜味

作　　　者	魚　兒	
發　行　人	陳韋竹	
總　編　輯	嚴玉鳳	
主　　　編	董秉哲	
責 任 編 輯	董秉哲	
封 面 設 計	萬亞雰	
版 面 構 成	萬亞雰	
行 銷 企 畫	黃伊蘭	
印　　　刷	東豪印刷事業有限公司	
法 律 顧 問	志律法律事務所 吳志勇律師	

出　　　版	凱特文化創意股份有限公司
地　　　址	新北市236土城區明德路二段149號2樓
電　　　話	02-2263-3878
傳　　　真	02-2236-3845
劃 撥 帳 號	50026207凱特文化創意股份有限公司
讀 者 信 箱	katebook2007@gmail.com
部　落　格	blog.pixnet.net/katebook
經　　　銷	大和書報圖書股份有限公司
地　　　址	新北市248新莊區五工五路2號
電　　　話	02-8990-2588
傳　　　真	02-2299-1658
初　　　版	2017年04月
I　S　B　N	978-986-93909-6-5
定　　　價	新台幣380元

國家圖書館出版品預行編目資料

手牽手的幸福：親子共享的 70 款旅行甜味 / 魚兒著 . -- 初版 . --
新北市：凱特文化創意，2017.04　面；17x23 公分 . -- (輕旅行；12)
ISBN 978-986-93909-6-5(平裝)　1. 台灣遊記　　733.69 106002325

凱特文化 讀者回函

您所購買的書名：手牽手的幸福：親子共享的70款旅行甜味

姓名：＿＿＿＿＿＿＿＿＿＿＿＿＿＿＿＿＿＿＿＿ 性別：□男 □女

出生日期：＿＿＿＿年＿＿＿＿月＿＿＿＿日 年齡：＿＿＿＿＿＿＿＿＿＿＿＿＿

電話：＿＿＿＿＿＿＿＿＿地址：＿＿＿＿＿＿＿＿＿＿＿＿＿＿＿＿＿

E-mail：＿＿＿＿＿＿＿＿＿＿＿＿ Facebook：＿＿＿＿＿＿＿＿＿＿

＿＿ 學歷：1 高中及高中以下 2 專科與大學 3 研究所以上

＿＿ 職業：1 學生 2 軍警公教 3 商 4 服務業 5 資訊業 6 傳播業 7 自由業 8 其他

＿＿ 您從何處獲知本書：1 報紙廣告 2 電視廣告 3 雜誌廣告 4 新聞報導 5 親友介紹
　　　　　　　　　　6 公車廣告 7 廣播節目 8 廣告回函 9 逛書店 10 書訊 11 其他

＿＿ 您從何處購買本書：1 金石堂 2 誠品 3 博客來 4 其他

＿＿ 閱讀興趣：1 財經企管 2 心理勵志 3 教育學習 4 社會人文 5 自然科學 6 音樂藝術
　　　　　　7 養身保健 8 學術評論 9 文化研究 10 文學 11 傳記 12 小說 13 漫畫

請寫下你對本書的建議：＿＿＿＿＿＿＿＿＿＿＿＿＿＿＿＿＿＿＿＿＿

＿＿＿＿＿＿＿＿＿＿＿＿＿＿＿＿＿＿＿＿＿＿＿＿＿＿＿＿＿＿＿＿＿＿

＿＿＿＿＿＿＿＿＿＿＿＿＿＿＿＿＿＿＿＿＿＿＿＿＿＿＿＿＿＿＿＿＿＿

＿＿＿＿＿＿＿＿＿＿＿＿＿＿＿＿＿＿＿＿＿＿＿＿＿＿＿＿＿＿＿＿＿＿

＿＿＿＿＿＿＿＿＿＿＿＿＿＿＿＿＿＿＿＿＿＿＿＿＿＿＿＿＿＿＿＿＿＿

收件人

新北市 236 土城區明德路二段 149 號 2 樓

凱特文化　收

寄件人

姓名

地址

電話

手牽手的 幸福

親子共享的70款旅行甜味

魚兒——著